壁から死体？

パンディアン

“ひらけごま”と唱えると現れる秘密の読書室や、秘密の花園に通じるドアが隠された柱時計。だれもが一度は夢見た仕掛けに特化した工務店〈秘密の階段建築社〉がテンペスト・ラージの家業だ。イリュージョニストとしてラスヴェガスで活躍していた彼女だったが、ある事故の責任をとらされて、サンフランシスコに帰郷せざるをえなくなり、この家業を手伝うことに。だがその初日、仕事先の古い屋敷の壁を崩したところ、そこから死体が見つかる騒ぎが……。ラージ家に伝わる、あの呪いと関係があるのか？　楽しい不思議が満載のシリーズ第１弾！

登場人物

テンペスト・ラージ……イリュージョニスト
ダリウス・メンデス……テンペストの父。〈秘密の階段建築社〉の経営者
エマ・ラージ……テンペストの母。元イリュージョニスト
エルスペス・ラージ……エマの姉。元イリュージョニスト
アショク（アッシュ）・ラージ……テンペストの祖父
モラグ（モー）・ファーガソン＝ラージ……テンペストの祖母
アブラカダブラ……テンペストのペットのロップイヤー・ラビット
アイヴィ・ヤングブラッド……テンペストの幼馴染。〈秘密の階段建築社〉の従業員
ダリア……アイヴィの姉
ヴァネッサ……ダリアの妻
ナタリー……ダリアとヴァネッサの娘

ロビー・ローナン……〈秘密の階段建築社〉のベテラン従業員
リーアム・ローナン……ロビーの弟
ギディオン・トレス……〈秘密の階段建築社〉の新人
キャルヴィン・ナイト……〈秘密の階段建築社〉への注文主
ジャスティン・ナイト……カルヴィンの息子
サンジャイ・ライ……テンペストの友人。イリュージョニスト
キャシディ・スパロウ……テンペストの元替え玉（ステージ・ダブル）
アイザック・シャープ……キャシディのボーイフレンド
ニコデマス（ニッキー）……テンペストの師匠
プレストン……テンペストの熱狂的なファン
イーニッド……〈密室図書館〉の館長
ブラックバーン……刑事

壁から死体？

〈秘密の階段建築社〉の事件簿

ジジ・パンディアン

鈴　木　美　朋　訳

創元推理文庫

UNDER LOCK & SKELETON KEY

by

Gigi Pandian

This book is published in Japan by TOKYO SOGENSHA Co., Ltd.
Japanese translation published by arrangement with
Gigi Pandian c/o Taryn Fagerness Agency
through The English Agency (Japan) Ltd.

壁から死体？

驚くほど素敵な作家仲間の女性たちへ
あなたたちがいなければ、テンペストの物語は生まれなかった

第1部　錠前

1

テンペスト・ラージは、なめらかな硬材(こうざい)の床の強度をもう一度確かめた。底が三つの隠しコンパートメントになっている船旅用トランク(スチーマー)の前から、月明かりの差しこむ窓辺まで、床板はどこもきしまなかった。よし。

薄明かりのなか、左小指の部分がすりきれている真紅のバレエシューズで、いま一度、部屋の端から端へ歩いた。壁のアンティーク時計に目をやる。午前零時七分。まだしばらく眠れそうにない。

床板がどこも鳴らないのを確認できたので、テンペストは両腕をまっすぐ頭上にのばすと後屈してブリッジの体勢になり、床を蹴ってくるりと回転した。両足が着地するや、すかさずピルエットでまわる。さらにもう一回。くるくるまわっていると、自由になれる気がする。気がするだけだけど。

丸一分まわってぴたりと動きをとめたとき、テンペストはわれながらまずいと感じるほど息を切らし、そのうえ姿を消してもいなかった。消え失せられるわけがない。ここはステージではないのだから。足下に隠し扉もない。観客もいない。もはや自分はザ・テンペストではない。子ども時代を過ごした実家の寝室にいる、ただのテンペスト・ラージだ。そしてどうやら、早くも体力が落ちているらしい。

テンペストは見えない観客たちに一礼し、バレエシューズを脱ぎ散らかしてベッドに倒れこんだ。堅牢な床と違い、ベッドのスプリングは耳障りな音をたてて抗議した。ツインサイズのマットレスは、二週間前までラスヴェガスの家で寝ていた豪華なカリフォルニアキングサイズとは大違いだ——二週間前、テンペストは不本意ながらほとんどすべての持ちものを売り払い、ラスヴェガスを離れていた。

このベッドに慣れようと努力はしている。ほんとうだ。ステージマジシャンだったころは、モーおばあちゃんなら〝小夜更方(さよふけがた)〟と言いそうな時間までベッドに入れないのが普通だった。けれど、今夜はしっかり睡眠をとらなければならない。明日は大事な日だ。いや、その言い方は正しくない。明日は大事な日になるかも、し、れ、な、い。期待しすぎてはいけないのはわかっている。彼になぜ呼び出されたのか、理由はいくつか思い浮かぶ。なかでも可能性の高いものをふたつまで絞りこみ、その片方でありますようにと必死に祈っているところだ。実現すれば、このどん底から脱出できる。もう片方だったら？　それは彼に会ってから考えればいい。

テンペストは体をずらし、この世でもっとも攻撃的なスプリングから逃れた。子どものころのまま天井に散っている夜光塗料の星々を見あげながら、どうしてこんなことになったのだろうかとあらためて考えた。テンペストのキャリアを台無しにしたばかりか、ステージ上でこの命まで奪いそうになったあの事故は、彼女自身の無責任さが原因だとだれもが信じている。世間の人々やマネージャーや劇場の経営陣はもちろん、友人だと思っていた人たちすら、安全の確認されたイリュージョンをテンペストがはるかに危険なものにすり替えたのではないかという噂を鵜呑(うの)みにした。前回のショーを超えるものは作れないとわかっていたくせに無理をして、自分だけでなく大勢の人々の命を危険にさらしたなんて、大嵐(テンペスト)とはよく言ったものだ、と……。そのうえ、テンペストが新しい危険なスタントの準備をしているところを目撃した者がいるとささやかれもした。だが、たやすくテンペストに化けることのできる人物がいた。テンペストの替え玉(ステージ・ダブル)を務めていたキャシディ・スパロウだ。

もともとマホガニー色だった髪を黒く染めたキャシディは、気味が悪いほどテンペストにそっくりだった。テンペストのドッペルゲンガーとまではいかないものの、百七十八センチのたくましくグラマラスな体格と大きな茶色の瞳の持ち主で、波打つ黒髪を腰までのばしたキャシディは、ほぼそれに近かった。

キャシディがテンペストのキャリアを故意に台無しにしたのではないか。妨害したのではないか。そうだとしたらそのせいで、いまや訴訟の可能性がギロチンの刃よろしく首の上に吊るされている。

あの恐ろしい夜のできごとの真相は、そうとしか考えられなかった。いや、そう言い切るのは正しくない。もうひとつ別の可能性があるのだが、テンペストはそれについて真剣に考えたくはなかった。だってあんなばかげた話はない。そのことについてはじめて不安がちらりと頭をよぎったのは五年前だ。あのときはじめて、もしかして、と思ったのだけれど——まさか、ありえない。テンペストは頭のなかからそのくだらない考えを押しのけた。

家族のほかに、少なくともひとりはテンペストの潔白を信じてくれている人がいた。明日会うのはその彼で、いまから待ちきれなかった。人生をふたたび軌道に乗せる第一歩になるかもしれない。

テンペストは目をつぶり、すぐにまたあけた。天井の星座は現実の夜空を模したものではなく、じっと目を凝(こ)らすと、小さな光の点が万能鍵(スケルトン・キー)の形に配置されているのがわかる。テンペストと母親を結び、心の故郷(ふるさと)へ導くシンボルだ。

見慣れた星々をつなぐ線をたどるのは羊を数えるのに似ているらしく、テンペストが次に目をあけたときには、まぶしい日光が窓から室内に降り注いでいた。テンペストは目に枕を押しつけた——が、目が覚めたのは日差しのせいではないと気づき、さっと枕をどけた。たしかに奇妙な音が聞こえた。ヴェガスでは、耳慣れない音など日常茶飯事だ。だが、このヒドゥン・クリークでは違う。

だれかがどなっている？

間違いない、大きな声が、祖父母の住む裏庭のツリーハウスのほうから聞こえた。

厳密に言えば、あの建物にツリーハウスという呼び名はそぐわない。十五年前からそうだ。テンペストが十歳のときに建てられた子ども用の小さなプレイルームは、家のほかの部分と同じように、もとの計画よりはるかに規模の大きなものになっていた。最初にオークの巨木の幹の周囲に造られた屋根つきのデッキは、いまでもそのまま残っている。のちにそばにある同じくらい大きな木に第二のデッキが造られた。さらに現在はそのふたつのデッキを二階建ての家がつないでおり、その家がアショク・ラージとモラグ・ファーガソン‐ラージの住まいになっている。

テンペストはベッドから飛び出たが、まだ頭はぼんやりしていた。午前七時にもなっていない。もう何年も、この時間帯にはまだ眠っているのが普通だった。テンペストは床材でかたどられた大きなスケルトン・キーを突っ切り、ドレッサーとして使っているアンティークのスチーマー・トランクをあけた。ジーンズをはいてTシャツをかぶったとき、祖父の特徴のある声がまた聞こえた。テンペストは携帯電話を尻ポケットに突っこみ、自室と家のおもての部分をつなぐ秘密の階段を駆けおりた。

両親はこの家に、テンペストが生まれる直前に引っ越してきた。当初は九十平方メートルにも満たない、こぢんまりしたバンガローだった。当時、ここのもっともユニークな特徴は、家が建っている土地にあった。町の名前の由来になった天然の地下河川（ヒドゥン・クリーク）の脇の斜面に広がるおよそ二千平方メートルの土地は、傾斜が急なために大きな家が建ったためしがなかった――エマとダリウスが引っ越してくるまでは。ふたりは何年もかけて試行錯誤を重ねて自宅に手を入れ、合わせて四百平方メートルを超える、不思議に満ちた四軒の隠れ家のような家を造りあげた。

ダリウスはよく言ったものだった。大工とステージマジシャンが恋に落ちたらどうなる？

ふたりは不思議な家でみんなを楽しませる〈秘密の階段建築社（シークレット・ステアケース・コンストラクション）〉を開業するのさ、と。

じつにロマンティックなアイデアだ。テンペストの両親は、『シャーロック・ホームズの冒険』や少女探偵ナンシー・ドルーの『幽霊屋敷の謎』を抜き取るとドアのようにひらく本棚や、〝ひらけごま〟と唱えると現れる秘密の読書室など、秘密の花園に通じるドアが隠された柱時計だのを夢見る人々のために、巧妙な隠し部屋を造ることに特化した工務店を開業した。テンペストの家には——外見だけは立派な装飾用の建築物を指す言葉をわざと使い、そこに母親の好んだ楽器を足して〈フィドル弾きの阿房宮（フィドラーズ・フォリー）〉と名付けられたこの家には——ドアのようにひらく本棚も秘密の部屋も扉が隠された柱時計もある。ほかにも楽しいポイントはたくさんあり、裏庭のツリーハウスもそのひとつだ。テンペストはこの家を隅々まで気に入っていた。気に入らないのは、二十六歳にしてこの家に戻らざるをえなくなったことだ。

もっと悪いことに、もし今日これから期待どおりに仕事のオファーを受けられなければ、父親の思いつきに従い、〈秘密の階段建築社〉で働くはめになる。三年前には有名な芸能雑誌の〝二十五歳以下のトップエンターテイナー二十五人〟に選ばれ、贅沢に暮らすばかりか、実家にお金を送ることすらできていたのに。実家の子ども部屋に戻ってきただけでも屈辱なのに、父親に助手など必要ないのを承知のうえで助手として働かなければならないなんて。どうかそんなことになりませんように。

節（ふし）くれだったオークの巨木を一本まわると、祖父母の姿が見えた。そこにいるのはアッシュおじいちゃんとモーおばあちゃんだけで、ふたりとも相手をにらんでいる。テンペストはとがった木の根を踏み、顔をしかめた。急いでいたので、靴を履いてこなかったのだ。

「ふたりとも、結婚五十五年目にしてとうとう果たしあいをすることにしたの？」テンペストは踵をさすりながら尋ねた。

「五十六年目よ」祖母は訂正した。美しい銀髪をいつものように完璧にととのえ、首にはさりげなく群青と白のアーガイル模様のスカーフを巻いている。彼女はつねに一九四〇年代のハリウッド映画から抜け出てきたように見える。ただし、口をひらいたとたんに、スコットランドで生まれ育ったのがわかるのだけれど。

「あいつはどこに行ったんだ？」アッシュが尋ねた。褐色のつるつる頭はチェックのキャスケット帽に覆われている。テンペストがはじめて見る帽子だ。祖父の帽子コレクションは、祖母のスカーフの在庫に負けないくらい膨大なのだ。

「だれか来てた？」テンペストはさっと振り向いた。

モーはテンペストの肘に腕を絡ませた。「あなたの兎は悪魔そのものね」

テンペストは嘆息を漏らした。やっぱり靴を履いてくればよかったと後悔した。「アブラのやつ、今度はなにをしでかしたの？」

アブラカダブラはテンペストの飼っている体重六・八キロ、五歳のロップイヤーラビットだ。アッシュがこっそり食べものを与えるようになる前から巨体の兎だった。テンペストの見たところ、一緒に実家に戻ってきてから確実に五百グラムは太った。ほんとうなら、あのいたずら好きな太っちょ兎は〈秘密の砦（シークレット・フォート）〉のケージにいるはずなのに。ちなみに〈秘密の砦〉とは、丘の中腹にある〈フィドル弾きの阿房宮〉の敷地内で、もっとも新しい未完成の建物だ。

「あっちのほうへ走っていったわ」モーが丘のほうを指した。「きっとウィスカーズがあの子の縄張りに入ろうとしたのよ」

　アブラカダブラにとって食べること以外の楽しみは、猫を追いかけることだ。彼を日中はあちこち自由にうろつかせているが、それはかならずちゃんと帰ってこられるからだ。ヴェガスにいたころはなんの問題もなかった。けれど環境が変わったいま、テンペストはだれかがそばにいないときはケージに入れるようにしているものの、どうやらアブラはケージのなかでおとなしくしているつもりはないらしい。あの灰色の巨大な兎は普通の兎より賢い。少なくともテンペストはそう思っている。もしかしたらどの兎も同じくらい賢いのかもしれないけれど、いまのところ確かめる機会がない。テンペストはずっと、いかにもマジシャンっぽいマジシャンにならないようにしているので、アブラを贈られるまで兎を飼ったことがなかった。飼いつづけるつもりもなかったが、ひと目惚れならぬひとかじり惚れした。気難し屋のアブラは人を見る目が鋭く、テンペストの友人サンジャイとつきあっているいやな女に嚙みついたのだ。これほど聡明な生きものを手放せるわけがないではないか?

「アブラカダブラ!」テンペストは声を張りあげた。「出ておいで、アブラ」

「出てくる気になったら出てくるわよ」モーが先に立ってツリーハウスへ歩きだした。「おじいちゃんは朝食をこしらえている途中でアブラがうろついてるのを見かけたの。いたずらっ子のようすを見にいこうと言って聞かなくてね。兎愛が燃えあがってキッチンが全焼してなければいいけど」

「アブラはいつかトラブルに巻きこまれるぞ」アッシュが背後から大声で言い、かぶりを振りながらついてきた。

テンペストもそう思っていた。後ろ髪を引かれる思いで祖母と一緒に歩きながら、アブラは猫のようにいくつも命を持っているから大丈夫と自分に言い聞かせた。

三人は丘の斜面をおり、ツリーハウスの赤い玄関ドアにたどり着いた。このドアは、普通の鍵では開錠できない。ドアノブの表面はなめらかで、鍵穴がない。家に入るための仕掛けが隠れているのは、にんまりと笑ったガーゴイルのドアノッカーだ。戸口の前に立ったら、長さ七・五センチの真鍮のスケルトン・キーを、ガーゴイルの鋭い牙に嚙みつかせるように、口の横から差しこんでひねる。すると、ガーゴイルの牙が鍵と嚙みあい、錠がはずれる仕組みだ。

いま、ドアに鍵はかかっていなかった。鍵がかかっていたとしても、とくにセキュリティは万全というわけではない。この建物は住宅として建てられたものではないからだ。敷地内のほかの建物と同様に、このドアの鍵はテンペストの両親が屋内の隠し部屋のために試作した、たくさんの風変わりな鍵のひとつだ。五年前に祖父母が引っ越してきてからも、ちゃんとした鍵に交換せず、そのままになっていた。ヒドゥン・クリークでは犯罪などめったに起きない。けれど、町の長い歴史のなかで起きた唯一の重大犯罪は、ほかならぬテンペストの家族を巻きこんだものだった。

テンペストは、つねに手首につけているブレスレットからぶらさがっている八個の銀のチャームに目をやった。母親のエマのマジックに対する愛がこめられた、存在感のあるチャームを太い鎖でつないだブレスレットは、五年前、エマが最後にテンペストに贈ったものだった。その後、エマは公演中に行方をくらませた。人体消失イリュージョンはその日の演目ではなかったのに、それ以来エマ・ラージの姿を見た者はいない。あのときから、テンペストはラージ家の呪いの言い伝えは本物なのではないかと疑うようになった。

2

祖父母宅のキッチンへつづく階段をのぼるテンペストの手首で、ブレスレットのチャームが軽く触れ合った。テンペストは階段をのぼりきると、目を閉じ、あたりにたちこめるジンジャーとカルダモンのかぐわしい香りを深々と吸いこんだ。二秒後に目をあけると、祖父がまるでさっきからそこにいたかのように、インドの伝統的な粗糖のジャガリーを入れたコーヒーの沸いている鍋を木杓子（きじゃくし）でかき混ぜていた。

「もうやだ」テンペストは口をとがらせた。「ほんとに……どうしてそんなことができるの？」

アッシュは声をあげて笑った。八十歳にして、祖父は姿を消してふたたび現れるマジックがテンペストよりうまい。テンペストも優れたマジシャンを自負しているけれど。

もっとも、自分ひとりの力でマジシャンとして成功したとは思っていない。生まれるよりずっと前から、マジックは自分の一部だった。アショク・ラージが八十年前に生まれたのは、インドはケララ州の有名な巡業手品師の一族だったのだ。アショクがプロのマジシャンを辞めて、六十年以上になる。

「マジシャンは決して種明かしをしない」アッシュは頬をゆるめてつぶやき、ガスの火を消してから、香辛料の効いた甘いコーヒーを鍋からレードルですくった。そして、テンペストに湯気の立つマグカップを差し出した。「おまえが帰ってきてくれてうれしいよ」

テンペストは故郷に帰ってきてもうれしいのかどうかわからなくなっていた。五年前、行方不明になった母親の捜索を手伝うために大学を休学して帰ってきたときから。結局、復学はしなかった。あらゆる状況証拠は、たったひとつの事実を指し示していた。それは、エマ・ラージはみずから海で命を絶った、というものだ。

海は名門マジシャン一族のラージ家の心のよりどころであり――呪いでもあった。インド最南端の海辺の色彩にあふれた町、カンニヤークマリでマジック一座を旗揚げしたことにはじまり、テンペストの母親とその姉がスコットランドに伝わるあざらし女(セルキー)をモチーフにショーをしていたことにいたるまで、水に関連したイリュージョンはラージ家のマジックの真髄とされてきた。一方で、呪いの言い伝えは現実になりつつある。そしていまでは、テンペストがその呪いにとらわれている。母親が行方不明になり、もはや生きてはいないだろうと判断されたときから、以前はばかげているとしか思えなかった言い伝えが――だって、呪いなんてありえない

——テンペストの頭のなかで、偶然の不幸から生まれた迷信ではないなにかとなって居座っていた。さらにこの夏、あんなことがあったからには……やはり迷信ではないのではないか？

テンペストは熱いコーヒーのマグを両手で包み、平穏な日常を噛みしめた。五年前に母親が溺死したとされている件と、自分が九死に一生を得たこの夏の体験とは、あまりにも似通っていた。呪いの言い伝えを頭の隅に押しやり、熱いコーヒーに息を吹きかけ、片手で髪を梳く。とたんに、もつれた髪に指が引っかかった。ベッドを出てから一度も鏡を見ていないが、ボリュームのありすぎる黒髪が朝いつもどうなっているかは承知している。

「あたしの担当美容師さんを紹介してあげようか」モーが言った。「電話番号を教えてあげる」

テンペストは、モーおばあちゃんの髪が乱れているのを一度たりとも見た覚えがなかった。たとえアトリエで時間を忘れて絵画の制作に没頭し、顔や手や服が絵の具にまみれているときですら、祖母の髪は完璧だ。

「人前に出るときはできるだけメデューサっぽく見えないようにするって約束するよ、おばあちゃん」テンペストは笑ってコーヒーをひと口飲んだ。祖父の言葉や子ども部屋で寝起きすることよりも、南インド風のコーヒー独特の香りを吸いこむほうが、故郷に帰ってきたのを実感できた。テンペストと親友のアイヴィのために、母親がいつもこのコーヒーを淹れてくれた。十三歳でコーヒーを飲ませてもらえるようになったとき、一人前になれたような気がしたものだ。幼馴染みのアイヴィはテンペストの親友だった——十六歳のときに関係が壊れてしまうまでは。アイヴィとはもう何年も口をきいていない。あのときのことをなにもかも取り消してしまいたいけれど、いまさらどうしようもないのもわかっている。父親の会社で働きたくないもうひとつの理由がこれだ。そして、今日の打ち合わせが成功してほしいもうひとつの理由でもある。

テンペストはもうひと口コーヒーを味わってからマグを置いた。「十時から朝食がてらの打ち合わせがあるから、用意しなくちゃ」それに、声に出しては言わなかったが、ノートに書きとめておいた改善策について見直したかった。いま頭のなかにあるイリュージョンは、仕掛けこそこれから考えなければならないが、背景のストーリーは完成している。以前から、ストーリー作りがテンペストのいちばんの強みだった。まずはストーリーを決め、どうやって表現するかはあとで考えるのだ。男性マジシャンたちには、マジックとはそういうものではないと何度となく意見された。けれど、いまから会う男は違う。今日、新しいアイデアを尋ねられるかどうかわからないが、できるだけ準備をしておきたい。ステージに戻れるかもしれないのだから。この世界に貢献できる毎日に戻れるかもしれないのだから。なによりも、かつてマジックのなかに——生きることのなかに見出したセンス・オブ・ワンダーを、もう一度取り戻せるかもしれないのだから。世界に対するあの畏怖と驚異の念は母親とともに消えてしまい、以来テンペストはずっとそれを探し求めている。

アッシュが眉をひそめた。「そんな遅くに朝食を食べるやつがいるのか?」

テンペストは最後にひと口コーヒーを飲んだ。「長年、朝七時前に起きたためしのないエンターテイナーたちね」

アッシュは嘆かわしそうに舌を鳴らしてから、冷蔵庫の扉をあけて首を突っこんだ。ふたたび現れて扉を閉めた彼は、練り粉の入ったボウルを抱えていた。

「ワダ・ドーナツを作るの?」テンペストの口のなかに涎が湧いてきた。南インド料理の香ばしいワダは、見た目こそドーナツに似ているが、味はまったく違う。南インドの伝統料理と西洋風の甘いドーナツを掛け合わせた、アッシュおじいちゃんのワダ・ドーナツは、テンペストの大好きな朝食メニューになっている。彼はテンペストが帰ってきた翌朝にワダ・ドーナツを朝食に出し、いくつも食べる孫娘に目を細めた。アッシュは食べることが好きだが、ほんとうに愛しているのはほかの人に食べさせることだ。

アッシュはくっくっと笑った。「おまえが腹をすかせているだろうと思ってな」

「じゃあ、一個だけ……」

ほどなくチリペッパーと蜂蜜の香りが室内を満たした。アッシュは揚げたてのワダ・ドーナツ三個をティファンキャリアというステンレスのランチボックスに入れ、真空断熱のトラベルマグにコーヒーを注いだ。そのたっぷりした朝食をバスケットに収めると、テンペストを玄関から送り出した。

テンペストは、ツリーハウスのポーチでじっと待っている灰色のふわふわを見つけ、ほっとした。これで心配ごとがひとつ減った。テンペストはバスケットを腕にかけ、重たい兎を抱きあげると、彼のケージへ連れていった。

「どうしてあんなところにいたの、アブラ? アッシュおじいちゃんになにをもらったの?」

アブラカダブラの前歯に挟まっているのは、人参のかけらではなかった。そもそも食べものですらない。小さな黒い布切れだ。端がほつれているので、なにかから破り取られたものらしい。あるいは、噛みちぎったものか。

「こんなもの、どこから持ってきたの？」テンペストは庭を見まわしたが、破壊の痕跡は見当たらなかった。アブラカダブラは鼻をひくつかせ、テンペストの手に顔をこすりつけた。テンペストは気になったが、アブラカダブラが掘り返した場所を探すひまはなかった。少しためらったが、とりあえず布切れはポケットに突っこんだ。優先しなければならないことがある。これから人生を取り戻すのだから。

3

風向きのよいときに、丘の中腹の森に抱かれた〈フィドル弾きの阿房宮〉の前に立つと、テンペストの故郷の町名の由来となった地下河川（ヒドゥン・クリーク）を流れる水の音がかすかに聞こえる。川は昔から地下を流れていたわけではない。一九〇六年にサンフランシスコ一帯を破壊した大地震によって、湾の反対側にあるこの丘の斜面にも亀裂が入った。川は新たな通り道に流れこみ、いまでは大部分が地下にもぐっている。テンペストは、眠気を誘う水のメロディに三十秒間ほど耳を傾けてからジープに乗り、人生をもとの軌道に戻してくれるかもしれないミーティングへ向けて出発した。この赤いジープは、一人前になってはじめての大きな買い物だった。幸いなことに即金で買ったので手放さずにすんでいた。

ジープの窓から差しこむまぶしい朝日に銀のブレスレットをきらめかせながら、テンペストは曲がりくねった道に車を出した。ピエロのチャームの謎めいた笑みが、日光を反射してますます妖しく見えた。ブレスレットはいつものようにテンペストを励ましてくれた。母のエマがそばにいるような気がするのだ。

一瞬、手錠のチャームに目をとめてから、前方の道路に視線を戻した。手錠は奇術師のフーディーニをあらわしている。往年の名マジシャンのなかでもテンペストが崇拝しているのは、一八九六年に夫アレクサンダーを亡くしたあとに〝マジックの女王〟として名を馳せたアデレイド・ハーマンだが、エマはだれよりもフーディーニを敬愛していた。その理由は彼の技術ではなく、マジックに対するアプローチだった。「彼は脱出の名人というだけじゃないのよ」と、エマは語った。「フーディーニの知性と忍耐力が鍵だった。彼自身が、どんな錠前もあけることのできる鍵そのものだったの。彼の哲学に倣えば、あなた自身がどんな錠前でもあけることのできる鍵なのよ」エマがその話をするたびに、テンペストは白目をむいたものだった。話のつづきがわかっていたからだ。あなたも大きくなって、がんばって世界に出ていったらわかるわ、型破りなあなたにもかならずぴったりはまる場所があるのよ、という激励だ。あのころ、そんな話ができるありがたみがどうしてわからなかったのだろう? 母もフーディーニも、この世を去るには若すぎた——しかも、どちらも亡くなった状況は謎に包まれている。

今日、テンペストが会いに行くのは、別のフーディーニだ。

約束の時間の十五分前にクリークサイド公園に到着したとき、彼はすでに来ていて、木のテーブルにピクニックの用意をしていた。黒いパンツにチャコールグレーのドレスシャツ、山高帽でまぶしい日差しから目を守っているが、きっとこれがカジュアルな服装だと考えたのだろう。テンペストが見慣れているのは、ステージ衣装の誂え（あつら）のタキシードに身を包んだ彼だ。テンペストも今日はステージの上の自分とはまったく違う格好をしてきた。タイトな白いTシャツにデニムのパンツ、豊かな黒髪はうなじの近くでポニーテールにまとめてあるが、消防車のように真っ赤なお気に入りの口紅はつけずにいられず、そこだけはステージ上と変わらなかった。

サンジャイ・ライ、またの名をザ・ヒンディー・フーディーニは、あの事故のあともテンペストに背を向けなかった、ただひとりのマジシャン仲間だ。家族と同様にテンペストの潔白を信じて疑わない。東洋と西洋のマジックを融合させた派手なイリュージョンが得意な、そここそ有名なステージマジシャンだ。テンペストは、インドのガンジス川の底に据えた棺から脱出するパフォーマンスが彼の最高傑作となるだろうと思っていたが、その後、彼は日本の野外ステージで、するすると空高くのぼっていくロープをよじのぼるという伝説のインディアン・ロープの奇術を成功させた。テンペストはいまだにあのイリュージョンの仕組みがわからない。

そして、いつも彼とその黒々とした美しい髪をひと目見るだけでおなかのあたりがぞくぞくしてくるのはどういう仕組みなのかもわからない。ただし、それはあるひとつの問いの答えでもある。もしも彼が過去にあった二秒間のロマンスを再燃させるつもりがあるのなら、テンペストとしても真剣に考える用意がある、ということだ。

とはいえ、今日ここに呼び出されたのは別の理由であってほしい。

「素敵ね」テンペストは中央に大きな柳のバスケットが置いてあるチェックのブランケットのほうへ顎をしゃくった。

「そう?」サンジャイは肩をすくめると、ブランケットの端を引っ張った。とたんに、グリーンのブランケットがブルーになり、柳のバスケットはどこかに消え、コーヒーの入ったガラスポットと磁器のマグカップ、ペストリーを盛った大皿がのっていた。

「すぐ見せびらかすんだから」テンペストは彼のほうへ舌を突き出してみせた。

「だれが、ぼくが?」サンジャイはにやりと笑い、親愛をこめてテンペストを抱きしめた。彼はツアーからこの北カリフォルニアへ帰ってきたばかりで、ふたりとも町へ戻ってきてから会うのははじめてだった。「会えてうれしいよ、テンペスト。ピクニックするのはここでかまわなかったかな。きみは水辺をいやがるだろうと思ってね」

テンペストは身構えた。危うく命を失うところだったあのイリュージョンの事故のあと、サンジャイは心配して連絡をくれた。あのとき、テンペストは事故について話したくなかったので話さなかったし、いまも話すつもりはなかった。あの夜の話は一切しないようにと弁護士に指示されたことだけが理由ではない。サンジャイには打ち明けていないが――いや、だれにも打ち明けていないが、あの晩死なずにすんだのは、だれかがステージ上で助けてくれたからだった。それがだれだったのか、いまだに判明していなかった。だれも名乗り出ないのは、もう関わりあいになりたくないからだろうか？

気がつくと、サンジャイがまだしゃべっていた。「あの夜なにがあったのか、みんな適当なことを言ってるからさ。きみからきちんと話したほうが――」

テンペストはさえぎった。「今日はこれからの話をするんでしょ？」

「だったら、過去の話はもういいじゃない」テンペストは松ぼっくりとユーカリの木のすがすがしい香りを吸いこんだ。「カフェで会ってもよかったのに。ここまで準備してくれるなんて」

サンジャイは山高帽をちょっと持ちあげて満面に笑みを浮かべた。「そのとおりだ」

「当然だよ。お祝いなんだから」

「お祝い？」

「そうなるといいなと思って」サンジャイは唇を嚙み、テンペストを見て無邪気そうににっこりしたが、テンペストは彼になにか思惑があるのを知っていた。「きみにいい印象を持ってもらいたかったんだ、承知してもらえるように。新しいショーの企画を立ててるんだ」

テンペストは思わずほくそえみたくなったのを我慢した。いいぞ。じつにいい。サンジャイがピクニックに誘った理由がロマンティックな関係を回復させるためではなくて、ほんとうによかった。やはり、彼は新しいショーで共演したいと考えてくれているのだ。

サンジャイがガラスポットを掲げた。「コーヒーはどう？」

「クリームたっぷりで」テンペストは彼とピクニックテーブルを挟んで座り、顔に日差しを浴びた。

「覚えてるとも」

テンペストはクリームたっぷりの濃いコーヒーを受け取りながら、きっと完璧なショーになると思った。「新しいショーのテーマは？」

ふたりとも大がかりなショーをやるのをためらわない。テンペストは、それぞれがイリュージョンでやってきたテーマに近いものを採りあげるのではないかと予想した。自分もサンジャイも、観客に語るストーリーの要素を象徴的に表現する。観客席の空気を自在に操るサンジャイの技術は、本物の魔法を使えるのではないかと、テンペストも一瞬思ってしまうことがあるほどだ。一方テンペストのマジックは、つねに水に立ち戻る。水が原点にあるのだ。テンペストが生まれた日は大嵐で道路に水があふれ、両親は病院へまわり道しなければならなかった。とにかく両親の話では、そのせいでテンペストは危うくシフトレバーの壊れた古いピックアップトラックのバケットシートでこの世に登場するところだったらしく、だから両親は生まれた子をテンペストと名付けることにしたという。以前から似合っていた名前は、マジシャンになってからはまさにぴったりはまった。ステージから退場する前にかならず発する決め台詞(ぜりふ)は、テンペストが売れっ子になった理由のひとつだ。〝わたしはザ・テンペスト。行く先々で爪痕を残す〟この台詞を師匠のニコデマスが考案したとき、テンペストは少し大げさではないかと思ったのだが、結局は師匠が正しかった。

テンペストは母親とおばと同じ道へ進んだのだが、そもそも母親とおばも、ふたりの父方の一族が代々引き継いできた伝統に従ったのだった。名門マジシャン一族のラージ家で最初に教わることは観客に伝えるストーリーの重要性であり、たんなるマジックのトリックではない。トリックはあっさり忘れ去られる。だがストーリーは？　ストーリーが伝わること、それこそがマジックなのだ。テンペストは、タイムマシンでときを遡り、母親とその姉エルスペスが故郷のエジンバラで公演するのを見ることができたらどんなにいいだろうと思っていた。姉妹が亡くなるずっと前、セルキー・シスターズとして活躍していたころのふたりを。けれど、今日は過去に思いを馳せている場合ではない。今日は未来のはじまりなのだから。

「もったいぶらないでよ、サンジャイ」テンペストは催促した。「どんなショーにするの？」

サンジャイはかぶりを振った。「テンペスト、いくらきみでも、一緒にやると言ってくれるまでは詳しいことは明かせないよ」

それはもっともだ。テンペストがサンジャイの立場でも同じように考えるだろう。

「じつは、有能なアシスタントを探してるんだ、グレイスでうまくいかなかったから」サンジャイはつづけた。「きみがしばらくアシスタントをやっていないのはわかってる。それにグレイスみたいに小柄じゃないから、いろいろ調整が必要だけど、きみのためなら努力は惜しまないつもりだ」

テンペストは目を丸くしてサンジャイを見つめた。「わたしにアシスタントをやれって言うの？」サンジャイのアシスタントを？

体のなかで怒りがふつふつと沸いてきた。こっちのほうがはるかにギャラが高いのに。観客数だってうわまわっている。批評家からの賞賛だってそうだ。

「心配しないで」サンジャイは言った。「そんな顔して、不安なんだろ。でも、きみが仕事を必要としているのはわかってる。それに、ほかの連中にどう思われようが、ぼくは気にしない。きみがぼくの評判を傷つけるわけがないよ」

「あなたの評判を傷つけない？」テンペストは、自分の目で赤く燃えている怒りが彼には見えないのだろうかと思った。

「ベーグルはどう？」サンジャイはベーグルをちぎって口に運んだ。澄ましたしぐさで指についた罌粟粒を払い、満足そうな笑みを口元に浮かべた。

「いいえ。結構よ。ベーグルは」

「チョコチップのスコーンは？」

テンペストの口のなかはからからになった。コーヒーをひと口含んだが、舌を火傷しそうになった。「もっとクリームを」声が震えた。

サンジャイはなにも気づいていないようすでにっこり笑い、山高帽をちょっと持ちあげて注文に応じた。

マグカップからあふれそうになったコーヒーは冷めて飲みやすくなったが、次のひと口で干からびた喉が潤ったとたん、テンペストはもっとましなコーヒーの利用法を思いついた。

やめなさいと自分を引き留めるひまもなく、気づいたら腕を前に振りあげていた。冷めたコーヒーが宙を飛んでいき、サンジャイの顎に命中し、ドレスシャツに散った。引き締まった彫刻のような顎から、筋肉質のたくましい胸元に。そのふたつにもう一度触れるチャンスをみずから投げ捨てたわけだが、かまうものか。

「いったいどうしたんだ?」サンジャイは面食らっていた。

テンペストは立ちあがり、赤いスニーカーの踵(かかと)を軸にまわれ右すると、肩越しに振り向いた。

「まだわからないの? わたしはザ・テンペスト。行く先々で爪痕を残す」

4

ふたたびジープに乗ったテンペストはハンドルを握りしめ、努めて息を吸っては吐いた。サンジャイなんかいなくてもいい。テンペストはティッシュを探して、ポケットに手を入れた。泣いてなどいない。公園の土埃(つちぼこり)が目に入ったに違いない。

ポケットに入れた手は、ティッシュではなくアブラカダブラが見つけた黒い布の切れ端をつかんで出てきた。テンペストはうめき、布切れを放り捨てた。必要以上の力をこめてイグニッションキーをまわすと、エンジンがうなりをあげて生き返った。テンペストは車をバックで駐車スペースから出そうとしたものの、すぐにブレーキを踏んだ。どこへ行くつもり? もはや正式にどん底まで落ちてしまった。これ以上、先延ばしにはできない。そろそろ破滅を受け入れなければ。

スマートフォンをタップし、父親の電話番号を呼び出した。ドウェイン・ジョンソンがスカイスクレーパーをよじのぼる例の映画の一場面をまねしているところを撮った、ふざけた写真が現れた。ダリウスはあの俳優に似ているとだれもが言う。テンペストに言わせれば、父親は父親にしか見えないが。

テンペストはちょっとためらってから通話ボタンをタップし、父親に言われたことを思い出した。おまえが手伝ってくれれば社員が助かるという彼の言葉は嘘ではないかもしれないが、不況がつづいているせいで、〈秘密の階段建築社〉に仕事を依頼してくれそうな人々も業者を雇う金銭的な余裕がなくなり、自力で自宅のリフォームをするようになっている。以前は、リフォームの順番待ちの長いリストがあった。でもそれも、テンペストの母親が失踪するまでの話だ。エマと一緒に魔法も消えてしまった。いまでは、本来の稼働力の半分も仕事があればいいほうだ。父親は三人の社員に給料を払うのが精一杯で、以前は定期的に仕事を発注していた下請け業者を雇う余裕はなくなり、テンペストはだんだん頻繁に送金するようになった。最初は金を受け取ろうとしなかった父親も、いつか返してもらうというテンペストの言葉にようやく納得した。そうやって、なんとか経営をつづけてきた――テンペストがなにもかも失うまでは。

いいや、このまま親子ともどもおめおめと破滅するなんていやだ。テンペストは携帯電話を助手席に放った。まだ負けたわけじゃない。

〈フィドル弾きの阿房宮〉に帰ってきたテンペストは、リビングルームに入り、覚えてはいられないほどたくさんの仕掛けのある暖炉の前を通り過ぎた。キッチンの手前、寝室が並ぶ廊下の端で足を止める。壁に作りつけられたドラゴンの石像の翼を持ちあげると、ドラゴンは数年ぶりに帰ってきた見慣れない娘をしげしげと眺めるように首をかしげた。ドラゴンの首がもとに戻ると、壁のパネルがするするとひらき、そのむこうに隠れていた階段が現れた。

危うく死にかけたり友人たちにそっぽを向かれたり、ここ最近はつらいことばかりだが、子どものころから自分専用だった秘密の階段を目にすると、やはり口元をほんの少しだけほころばせずにはいられなかった。幅の狭い木の階段をのぼると、自分の部屋だ。自分だけの秘密の聖域。

しっかりした階段は、どの段を踏んでもきしんだりしなかった。数段ごとに、頭上でほのかな明かりがひとつずつ点灯した。階段の下の壁が音もなく閉まると、階段の照明はだんだん暗くなり、最後に真っ暗になった。

階段をのぼりきり、スニーカーを蹴り脱いだと同時に、携帯電話が鳴った。

「ミーティングはどうだったかい?」祖父の声は聞き間違いようがない。

アッシュおじいちゃんの独特なアクセントは、九十パーセントの南インド訛り、九パーセントのスコットランド訛り、一パーセントのカリフォルニア訛りから成る。彼がインドからスコットランドに移住したのはティーンエイジャーのころ、兄が事故死したあとだった。エジンバラ大学の医学部に進学し、モラグ・ファーガソンと出会った。彼女にハートを捕らえられた時点で、スコットランドにとどまる運命も決まった。だが、娘が失踪したため、エジンバラのフラットを引き払って〈阿房宮〉の庭のツリーハウスに引っ越してきた。当初はここを終のすみかにするつもりはなかったが、人生は計画どおりにはいかないものだ。そのことはテンペストもいやというほど知っている。そして実家にいるあいだはこんなふうにプライバシーがないことに慣れなければならない。

テンペストはため息をついた。「あまりうまくいかなかった」

「おやおや。腹がすいてるんじゃないのか？」

これにはテンペストも思わずほほえんだ。「ううん、あんまり」

「ランチを食べる気はあるかね？」

「まだ十時半だよ」

「料理を手伝ってくれないか」祖父はつねに料理をしている。

「また今度ね」

二十分後にふたたび電話が鳴ったとき、テンペストはまたアッシュがランチの準備を手伝ってくれと言ってくるのだろうと思ったが、そうではなかった。知らない番号だったので、着信拒否にしようかと一瞬だけ考えた。それでも応答し、すぐさま後悔した。

「いま、あんたんちの玄関にいるんだけど」声の主は、元親友だった。アイヴィ・ヤングブラッド。

かつてアイヴィは、テンペストにとってたったひとりの一緒にいても疲れない友人であり、どんなときも味方をしてくれる存在だった。家族は愛してくれているけれど、アイヴィのような人がそばにいない毎日がしばらくつづくと、意外なほど彼女のような人が恋しかった。テンペストは物心ついてからずっと、自分がどこにでも属しているような、どこにも属していないような気持ちを抱いていた。表面上は難なくみんなとなじめるけれど、周囲と自分を隔てる薄いガラスの板があるようにも感じていた。インド系とも白人ともつかない外見をじろじろ見つめる人や、テンペストがスターマジシャンであることに納得できない人たちが発する「いったい何者?」という疑問が、いまでも記憶に残っている。テンペスト自身は、マッシュアップのアメリカ人、つまり異種要素が混じりあったアメリカ人であり、男性優位の業界における女性マジシャンであることに誇りを持っている。ステージが成功するたびに、いつかはこの世界に自分の居場所が見つかるだろうと思ったものだった。でもいまの自分はなんだろう?

玄関のドアをあけると、小柄で赤毛の元親友がテイクアウトのカップを二個持って立っていた。以前は長かったストロベリーブロンドの髪は、彼女に似合うかわいらしいアシンメトリーな肩上のボブスタイルになっているが、いまでも変わらないところもあった。ピンク色のダウンベストはハイスクール時代に着ていたものと同じで、短く切りそろえた爪も同じピンク色に塗られ、以前と同じようにだいたい先端が剝(は)げかけている。笑顔ではないが、とりあえずガンを飛ばしているわけでもない。ハイスクールのころ、アイヴィのガン飛ばしはテンペストのそれに負けていなかったが、アイヴィは身長が百五十センチちょっとしかなく、それゆえに見くびられていた。ただし、テンペストがアイヴィを差し置いてガン飛ばしの第一人者とみんなに認められたのは、ひとえに片方の眉をあげるしぐさに熟練していたからでもある。

「和平の提案」アイヴィは腕をいっぱいにのばしてカップを一個差し出した。

その朝、サンジャイの意図を見誤ったばかりだったので、テンペストは警戒し、アイヴィにはなにか思惑があるのではないかと深読みしてしまった。いや、もしかしたら、しばらく前にテンペストのほうからしていた和平の提案が実ったのかもしれない。夏にヴェガスの家を引き払うために急いで荷造りしていたら、ナンシー・ドルーの初版本のセットが出てきた。数年前、アイヴィがよろこぶだろうと思って衝動的に買ったものだ。そのときは送らなかった。自分の人生がどん底まで落ちたのを知ってから、ようやく父親にアイヴィの住所を聞いて送ったのだった。同封した手紙になにを書いたのか忘れてしまったが、どうやらそれほどひどい内容ではなかったようだ。

テンペストはカップを受け取った。さまざまなスパイスの甘い芳香に、中身がなにかわかった。「〈ヴェジー・マジック〉のスパイスチャイ?」

ふたりはかつて、自分たちが生まれる前から町の交流の中心だったカフェの隅のがたつくテーブルで、何時間もとりとめのないおしゃべりをして過ごしたものだった。

「カルダモン増し増しで注文するつもりだったんだけど」アイヴィが言った。「それがあんたの好みだって知ってるから。だけど……」

「だけど?」

アイヴィは肩をすくめた。「やめといた。あたしたち、まだぬるいお茶で和平交渉する段階で、友情復活にはほど遠いと思うから」

「理屈は通ってるね」そこまで理屈を通さなくても、とテンペストは思ったが、それでも合わせることにした。「入る?」

アイヴィはかぶりを振った。「長居できないんだ」

「わたしが帰ってきてるってどうして知ったの?」

「アッシュがあんたのお父さんに電話をかけてきたの。あんたが望みどおりの仕事にありつけなかったって、お父さんから聞いた。あたしは、ふたりがあんたのことを心配しているのにつけこんで、特別に休憩をもらったってわけ」

テンペストはうめいた。「これって同情のチャイ?」だったら、これ以上の屈辱はない。

「というよりも、なりゆき上のチャイだよ。あたしはとにかく休憩したかった。今日からうちの会社は新しい仕事に取りかかったんだけど。その家が……なんだか気味が悪いんだよね」アイヴィはダウンベストのファスナーをあげ、甲羅に首を引っこめて身を守る亀のように顔の下半分を隠した。「われながらばかみたいだとは思う」

「気味が悪い家と言えば、『殺人ゲームへの招待』の深夜鑑賞会でもやる?」

アイヴィの目がきらりと輝き、ピンクのふわふわした甲羅から顔が少し出てきた。すぐさまイエスと答えなかったということは、テンペストによほど不満を募らせているに違いない。

「午前二時までクラシックなミステリ映画を一緒に観てくれる相手を見つけるのがどんなに大変か知ってる?」

「それってつまり、イエスってこと？」

「ノー」アイヴィは髪が頬をぴしゃりと打つほど、きっぱりとかぶりを振った。

「クラシックなミステリ小説に巧妙に隠された手がかりの話を傾聴する用意もあるんだけどな」テンペストとアイヴィを最初に結びつけたのはスクービー・ドゥーへの愛だったが、そこからふたりの興味は古典的な児童書へ広がった。『少年たんていブラウン』のロイ・ブラウンに、ナンシー・ドルー（アイヴィのアイドル）、同じく少女探偵のトリクシー・ベルデン（テンペストのお気に入り）、カリフォルニア少年探偵団。十歳になるころには、ふたりは古典ミステリを読むようになった。推理小説の草分け、サー・アーサー・コナン・ドイルにエドガー・アラン・ポオ。そしてドロシー・セイヤーズやアガサ・クリスティ、エドマンド・クリスピン、アントニイ・バークリー、エラリー・クイーン、クレイトン・ロースン（テンペストの愛するマジシャン探偵、グレート・マーリニの生みの親）、ジョン・ディクスン・カー（アイヴィのヒーロー、フェル博士の創造主）といった、探偵小説の黄金時代の作家たち。

ふたたびアイヴィの目が丸くなった。「実の姉ですら聞いてくれないんだよね！　信じられる？　ダリアは現実の犯罪の話でなければ、五分以上しゃべらせてくれないの。マジで。携帯電話のタイマーをセットするんだよ」

「それは厳しいね。約束する、わたしは携帯電話のタイマーなんか使わない」テンペストは、めくるめく物語のなかに迷いこむ甘美な感覚が恋しかった。ステージマジシャンになると決意したころは、その決意を実現させるには大変な努力が必要で、ひまさえあれば自身の稽古やほかのマジシャンのステージの映像を見てばかりだったので、クラシック・ミステリを読む時間などなかった。しかるにアイヴィのほうはジョン・ディクスン・カーの作品をすべて読破し、ほかの作家にも着々と手を広げていた。

「あんたはタイマーなんかなくても頭のなかで正確に時間をはかれるでしょ。薄気味悪いことよね。でも、言いたいことはわかってる」アイヴィはテンペストにかすかな笑みを向けた。

「あんたほどのじれったがり屋はほかにいないってこともわかってる」

「粘り強さはわたしの魔力のひとつなんだけど」

「かもね」アイヴィはなにを考えているのかわからない表情でテンペストの目を見据えた。

「あたし、仕事に戻らなくちゃ。ちなみに、あんたのお父さんから誘ってみてくれって頼まれてるの。今度の現場はヒドゥン・クリークだから、そう遠くないよ」

「わたしがいなくても困らないでしょ？　資格だのなんだのを持ってるわけじゃないし」

「あんたのお父さんは、建築物管理局に登録されている図面と現場に食い違いがあることに気づいたの。あんたはショーのセットで似たような仕掛けを造るから、一見しただけじゃわからないようにものを隠すのが得意でしょ、だから書類を整理して図面とくらべるのを手伝ってくれないかなと思って」

ふむ。それなら役に立てるかもしれない。

「あとで住所をメッセージで送るから」アイヴィはつけくわえた。

「自分はできるだけ長居したくない不気味な家の住所をね」

アイヴィはあいているほうの手をあげた。「あたしがあんたをこの現場に強引に売りこんだわけじゃないからね。図面を確認すればいいだけだし、古い不気味な家は好きでしょ。キャルヴィン・ナイトは今年の夏のはじめに築百十年の屋敷を買ったの。そこに六歳の息子と住んでる。かわいい子だよ。でもさびしそう。きっと前の友達が恋しいんだろうね」

よくあることだ。

「車のキーを取ってくる」テンペストは言った。「現場で会いましょ」

十分後、テンペストはナイト邸の前に停めたジープから降りながらかぶりを振った。こんな堂々たる古いお屋敷に魅力ではなく不気味さを感じるなんて、アイヴィの悪い癖だ。

建物の正面はおとぎ話からそのまま出てきたかのようで、中世の城の小塔を思わせる不揃いな塔を左右に備えている。アメリカ版クイーン・アン様式の建物の例に漏れず、二カ所の塔は非対称だ。テンペストは子どものころからこのような建物を、スクービー・ドゥーのアニメに出てくるお化け屋敷みたいだと思っていた。

褐色の肌におしゃれな黒縁眼鏡のハンサムな四十代くらいの男性が、にこやかな笑みを浮かべて玄関に現れた。彼の後ろは天井の高いホールで、その奥に湾曲した階段とキッチン、その左右に八角形の部屋がある。

「キャルヴィン・ナイトです」彼はテンペストと握手をし、息子のジャスティンを紹介した。ジャスティンは階段脇に据えられた段ボールの砦で青いロボットと遊んでいた。キャルヴィンは完璧にアイロンをかけた水色のワイシャツ、手首にはブランパンの腕時計、そして――しわくちゃのカーゴショーツとビーチサンダルといういでたちだった。彼はテンペストがベージュのビーチサンダルに目をやったことに気づいた。「オンライン会議は胸から上しか映らないのでね」と、いたずらっぽく笑う。「ジャスティンが学校にあがるまでは、自宅で仕事をするつもりなんです」

キャルヴィンはテンペストを連れて、広々とした玄関ホールからキッチン奥の建築社の面々が作業をしている場所へ向かった。テンペストは重厚で古風な手すりの並ぶ立派な階段や装飾のほどこされたコーニスを眺めて歩きながら、天窓や大きな張り出し窓のおかげで自然光がたっぷり入ってくるのは素敵だと思った。ナイトの新居の内部は外観と同じく魅力にあふれていた――〈秘密の階段建築社〉がこれからリフォームする部分を除けば。

その空間は、現状ではキッチンに隣接するウォークイン・パントリーだった。年代物のマホガニーの棚が板張りの壁の一面に造りつけになっているが、いまはなにも収納されていない。残りの二面の壁は、凝った装飾をほどこした枠だけが残っていて、棚板は取りはずされていた。

屋敷のほかの部分には使いこまれた家具が配置され、壁には東南アジアやアフリカの美術品が飾ってあり、ナイト親子はすっかりこの屋敷に落ち着いているようだったが、この部屋は空っぽな感じがする。家具や雑貨がないせいだけではない。この部屋は……空気がよどんでいる。悪臭というほどではないが、かすかに黴臭いにおいが漂っている。アイヴィは大げさに言ったのではなかった。この部屋はどうもおかしい。部屋の形。薄暗さ。温度すら変だ。この部屋は寒い。テンペストは身震いした。迷信にとらわれるタイプではないのに。呪いだの、超自然的な現象だのは存在しない。わたしのキャリアが台無しになり、危うく命を落とすところだった原因だって、キャシディ・スパロウだ。ラージ家の呪いなんかではない。そんなものは存在しない。たぶんだけど。

5

テンペストは父親のダリウスの姿を見つけて胸騒ぎを振り払ったが、彼のようすに気づいたとたんにいやな気持ちはじわりと戻ってきた。ダリウスは木の幹ほどに太い両腕を組み、口元をきつく引き締めていた。テンペストの身長と筋肉質の体は父親譲りで、小柄だった母親より頭ひとつ分、背が高くなったが、オリーブ色の肌に豊かな黒髪、瞳の色のおかげで、父親よりも母親に似ていると言われる。父親の瞳も肌も明るい褐色で、頭はずいぶん前からきれいに剃りあげているので、テンペストは髪があったころの彼をほとんど覚えていない。

固く身構えるようなダリウスのようすに、言葉と同じくらいはっきりと不安が伝わってきた。でも、なにが不安なんだろう？　仕事がこんなに早いうちから行き詰まっているのであれば、どうにも先が思いやられる。アイヴィ、同じく〈建築社〉社員のロビー、そして新入りの男性社員の三人は、気味の悪いウォークイン・パントリーの隅でなにやら熱心に話しこんでいるが、ダリウスは黙って傍観している。

パントリーの入口で、テンペストはダリウスと目を合わせた。彼はいまにも喧嘩に発展しそうなほど白熱した議論の場から静かに離れると、テンペストを連れてキッチンを通り抜け、トイレと大階段の前を通って玄関ホールに出た。外には出ずに右へ曲がってリビングルームを突っ切り、またアーチ形の開口部をくぐって書斎に入った。一見したところなんの変哲もないこぢんまりした部屋の奥の壁に並んでいる本棚に〈秘密の階段建築社〉が製作した仕掛けがあると、テンペストはすぐにわかった。

「どの本を抜くと棚が動くの?」テンペストは尋ねた。

ダリウスはほほえんだ。いま取り組んでいる仕事に気になる部分があるにもかかわらず、自信のある仕事の話になったとたんに瞳が輝き、顔全体が明るくなった。「当ててごらん」

テンペストは並んだ本の背に指を走らせた。それらの本は、ただの飾りものではなかった。どの背にも折れ目があり、あらゆる判型のハードカバーやペーパーバックがごちゃまぜに並んでいる。ナイト親子は読書家なのだろう。テンペストは歴史書が詰まっている下のほうの段で手を止めた。すべてカリフォルニアの歴史に関連するもののようだが、なかでもゴールドラッシュ時代と建築史の本が多い。

「これね」テンペストは歴史的な住宅の修復に関する分厚い本に手をかけた。その本はすっと引き抜くことができた。なんの仕掛けもなかった。はずれだ。

「そんなに下の段じゃないぞ」ダリウスは満面に笑みを浮かべ、ひょいひょいと眉を上下させてみせた。

「なるほど。このうちには小さな子どもがいるものね」テンペストは視線をあげ、ラルフ・エリソンの『見えない人間』に目を止めた。手をのばし、その本を軽く引いた。本棚がドアのようにひらいた。「みごとなできばえね。ほとんど音がしない」

ダリウスは声をあげて笑った。「棚板の精緻な彫刻には目もくれないで、人の目を欺く技術をほめるのはおまえくらいなものだよ」本を押してもとどおりにすると、本棚は閉まりはじめた。完全に閉まる前に、座り心地のよさそうな肘掛け椅子と、その後ろの壁にワインの大瓶を横に倒した形の高窓があるのが見えた。小さな窓の中央に、コルク抜きをかたどった金属の棒がはまっている。おそらくその棒が、万一この部屋に人が閉じこめられた際に室内から本棚をあけるレバーになっているはずだ。施主がほかの部分でコストを削ろうとしても、ダリウスは安全にはこだわる。

この隠し部屋は、テンペストが夏に帰郷する前、ダリウスがキャルヴィン・ナイトにはじめて頼まれた仕事だ。ダリウスは仕事がうまくいったと言っていたが、そう言った理由がテンペストにもわかった。うまくいったから、もっと大きな仕事を受注できたのだ。

テンペストが振り向くと、ダリウスは古いデスクに広げた二枚の紙を指さした。「この家の図面を見てくれ」

そのアンティークのデスクのそばへ行くより先に、テンペストは凝った装飾のコーニスや優美な繰形を見あげた。以前の所有者は屋敷の歴史を大切にしていたようだった。テンペストは百年前のこの屋敷を想像した。「この家にはなにか秘密があるね」

「アイヴィに聞いたんだな？」

テンペストは父親と目を合わせ、にんまりと笑った。「建築でも目くらまし（ミスディレクション）にみんな引っかかるのよ」

ほかの部屋から、ドサッという音が聞こえた。ダリウスははっとした。「ようすを見てくる」

「待って、わたしはなにを――」

「まかせる」

「――探せばいいの？」言い終えたときには、ダリウスの姿はなかった。

図面はどれもパソコンで作成された現代のものではなく、古い手描きの見取り図ばかりで、この屋敷が長年のあいだに何度か改修されているのがわかった。

ほどなく、テンペストはいくつかの手描きの見取り図に奇妙な点を見つけた。一九二五年に作成された見取り図のキッチンとパントリーの寸法が、それ以前のものと合致しない。築後百十年間のうち、時期が異なる見取り図だから相違しているわけではなさそうだった。むしろ、ほんとうはマジシャンが隠れているのに空っぽのように見せかけるための偽の板をはめたマジック用キャビネットを思わせた。

住宅の建築とステージ用のセットの製作に共通するジグソーパズルのピースに注目すると、この屋敷には建築上の巧妙な仕掛けがあるとしか思えなかった。その読みが当たっているかどうか確かめるには実際にキッチンとパントリーを採寸する必要があるが、当たっているという確信はすでにあった。百年近く前にだれかが嘘の見取り図を作成したのだ。でも、なんのために？

じっくり見ようとしたそのとき、ふと引っかかるものを感じた。このキャルヴィンの書斎に、自分以外のだれかがいる。

テンペストは他人の視線に慣れている。その感覚はよく知っている。目くらましのテクニックで観客の注意をコントロールすると、一身に視線を浴びて特有のちりちりした感覚を味わう。一方、だれかが気づかれないようにこっそりこちらを見ているときは、なにかが忍び寄ってくる感覚がだんだん強くなる。街などでテンペストに気づいた人々は、たいていすぐに声をかけてきたりせず、ちらちらと盗み見を繰り返しながら、あれはほんとうにザ・テンペストだろうか、一緒に写真を撮らせてくれないかと尋ねるべきだろうかと考える。

いま、一世紀以上前に建てられたこのクイーン・アン様式の屋敷で、だれかがこちらを見つめているのは間違いない。それなのに、部屋のなかにはだれもいない。だれの姿も見えない。

テンペストは視線の主がだれなのかわかっていた。ここへ来たときに紹介された、あのジャスティンという男の子だ。ドア脇の肘掛け椅子の裏に、子どもが隠れるのにぴったりの空間がある。ここはヴェガスから何百キロも離れているし、毎晩何千人もの観客を驚かせていた生活ともすっかり遠ざかっているが、たったひとりとはいえ観客がいると、ついマジシャン根性でショーをはじめたくなってしまった。テンペストはひそかにほほえみ、デスクのむこうへまわっていきなり三点倒立した。

バランスをとって静止するのにやや時間がかかった。すっかり体がなまっている……ああ、腹筋が痛い！　一瞬、テンペストは壁で体を支えなければならないかもと思ったが、そんなことはしたくない。でも……よし。ちゃんと静止できた。

六秒後、予想どおりにくすくす笑いと小さな手が叩く拍手があがった。ことさら秒数を数えていたわけではない。タイミングを正確にはかれるかどうかで、みごとな消失のイリュージョンを演じられるか、それとも隠し扉から脱出しようとしている姿を数千人の観客にさらしてしまうかが決まる仕事をしているから、なにかに集中しながらも頭のどこかで正確に秒数を数える癖がついている。

仕事をしていたからだ、とテンペストは心のなかで訂正した。さっと脚をおろして立ちあがる。

「ハイ、ジャスティン」テンペストは声をかけた。

六歳児はこっそりテンペストを観察していた肘掛け椅子の裏から姿を現した。

恥ずかしそうに笑う。「お姉ちゃん、サーカスの人？」

「ちょっと違うかな。わたしのお父さんたちが電動工具を使ってるあいだは、あなたは二階の自分の部屋にいなくちゃいけないんじゃなかった？」

「そうだけど、モンスターとふたりきりになりたくないんだ」

テンペストの息が止まった。この屋敷には、キッチンの隣の部屋以外にも気味の悪い場所があるのだろうか？

「前のおうちにはモンスターなんかいなかったのに」ジャスティンは顔をしかめた。「お姉ちゃんも信じてくれないんでしょ。見せてあげるよ」

「モンスター?」

テンペストはジャスティンについていき、なめらかな手すりにつかまりながら大階段をのぼった。あちこちの窓から日差しが入っているものの、光の届かない隅や物陰が少なからずある。引っ越してきたばかりの幼い男の子が、モンスターがひそんでいると想像するのも無理はない。

ジャスティンは自室のドアを指さした。テンペストはジャスティンの悲しげな顔から、子どもがほしがりそうなおもちゃでいっぱいの部屋に目を転じた。二十年前の自分も遊んだ昔ながらのお城のブロックをはじめ、師のニコデマスが講釈を垂れそうな現代風のロボットまで、なんでもそろっている。それなのに、テンペストはジャスティンほど悲しそうな子どもを見た覚えがなかった。いや、見るからに疲れた子どもを。

「モンスターたちの悪い夢を見るの?」

「モンスターはいっぴきだけだよ。いつも同じやつ。ぼくたちが引っ越してきてからずっと」

「モンスターをやっつける方法を知ってる?」

「パパは、モンスターはぼくの頭のなかにいるだけだって言うんだ。そんなの当たり前でしょ。頭のなかにいるに決まってるよ。だから、頭のなかから追い出したいんだよ」

テンペストはジャスティンの生意気なものいいに口元がほころびそうになるのを我慢した。この子は本気で困っているのだから、きちんと対応しなければならない。「クローゼットに隠れてるモンスターを？　それともほかのやつを？」

　なんてばかばかしいことを訊くんだと言わんばかりに、ジャスティンはテンペストを見返した。「クローゼットのやつ」

「それはよかった、クローゼット・モンスターをやっつけるのに要るものは、全部この部屋にあるよ」テンペストはもう一度、部屋のなかに目を走らせて選択肢を比較した。毛足の長い絨毯(じゅうたん)を踏んで歩いていき、『バニキュラ』の絵本から〈マジック・ツリーハウス〉シリーズまで詰まった子ども用サイズのオークの本棚からトランプを取った。

「これはただのトランプじゃないよ」テンペストは言った。「このなかにはたくさんのお話が入っているの。いまから今日いちばん大事なお話をするよ」さっと手首をひねり、トランプを完璧な扇形に広げる。いや、完璧は言いすぎだ。以前は少人数の観客に対して至近距離で演じるクロースアップ・マジックも得意だったが、この数年はこんなささやかな驚きの瞬間作りよりも大がかりなイリュージョンの練習に時間を費やしていた。テンペストはジョーカーの札を少し引き抜いてから、扇の上にさっと手をかざした。ジョーカー以外のカードがすべて消えた。

　ジャスティンが目を丸くした。「どうやったの？」

　興奮した小さな顔を見て、テンペストの胸はふくらんだ。トリックを一分(いちぶ)の隙もなくやってのけたわけではないのに、ジャスティンはほんとうに不思議そうな顔をしている。

「魔法(マジック)よ」テンペストはカラフルなジョーカーの札をジャスティンに渡した。彼に元マジシャンだと知られていなくてよかったと思った。落ちぶれたのを知らない相手のほうが、簡単に驚いてくれる。「これがあなたの必要なカードだよ。ジャックとキングとクイーンにもそれぞれお話があるけど、この人はどんなお話だと思う？　この人はね、このデッキのなかでいちばん強いキャラなの。ジョーカーは簡単にモンスターを倒しちゃう」

ジャスティンは、にんまり笑うジョーカーの顔をしげしげと見つめた。「この人、あんまり好きじゃない。ジョーカーってピエロみたいな人じゃないの？　ぼく、ピエロは好きじゃないんだけど」

「違うよ。見て、ピエロみたいに、気持ちの悪い偽物の笑顔じゃないでしょ。ジョーカーの笑顔は本物なの」

ジャスティンはまだ疑っているらしく、鼻にしわを寄せた。

「ジョーカーは王様の道化師なのよ」テンペストは補足した。「道化師って知ってる？　昔々、王様や女王様を楽しませるのがお仕事だった人たち。道化師は無敵なんだよ。ほんとうのことだけを話すの——相手がモンスターでもね」

テンペストがジョーカーの札にフッと息を吹きかけると、札が消えた。ジャスティンは息を呑み、それからくすくす笑った。テンペストがなにも持っていない両手を広げ、それからパチンと指を鳴らすと、人差し指と中指のあいだにまた札が現れた。自分では納得のいかないできばえだったが、ジャスティンの目がまん丸になっているということは、トリックはバレなかったようだ。「このカードを枕元に置いておけば、ジョーカーがモンスターを追い払ってくれるよ」

「ほんとに？」

「ほんとよ。約束する、モンスターは絶対にクローゼットから出てこない」

自分がジャスティンに嘘をついてしまったのを、テンペストはまだ知らなかった。

6

「テンペスト？」心配そうに眉をひそめたアイヴィの顔が部屋の入口に現れた。天窓から差しこむ光を背にした青白い顔と明るい赤褐色の髪は、テンペストの祖母の肖像画に似ていた。

「下におりてきてくれる？」

「ひとりで大丈夫？」テンペストはジャスティンに尋ねた。

「あとで逆立ちを教えてくれる？」

「もうすごいわざを教えてあげたでしょ！　最高のわざよ、これであなたはクローゼット・モンスターをやっつけられるんだから」

「テンペスト」アイヴィが割りこんだ。「急いでるんだけど」

「もう行かなくちゃ、ジャスティン。お父さんに、逆立ちを教えてもいいか訊いておくね」

アイヴィは急に引き返し、ジャスティンの部屋のドアがしっかり閉まっているのを確かめ、テンペストの手をきつく握った。

テンペストはその手を握り返した。「どうしたの？」

「壁のなかからあるものが出てきたの」

それくらいで、どうしてこんなに動揺しているのだろう？　古い家の壁のなかはタイムカプセルのようなものだ。何十年も前の古新聞を丸めたものだの磁器の人形だの、ありとあらゆるがらくたが、コストのかからない絶縁材として使われている。テンペストも子どものころ、両親が古い住宅のなかから取り出したがらくたの山で宝物を探して楽しんだのを覚えている。まずは住宅の持ち主に所有権があると、両親にはいつも言われていたけれど、見つけた宝物をほしがる人はいなかった。

ところがそのとき、テンペストはまったくうれしくないものが見つかったことも思い出した。

「鼠がいたなんて言わないでよ。わたしは鼠が大嫌いなんだから」

「鼠じゃないよ。鼠なんかよりずっと大きなもの」

「アイヴィ、ほんとになにがあったの？」

「壁の一部がなんだか変だけど、なにが変なのかわかんなくて。ほかの壁みたいに木摺と漆喰でできてるはずなんだけど、普通じゃない感じがして、試しにちょっと穴をあけてみたの。あたしが最初になかを覗きこんだ。そうしたら――」アイヴィは途中で黙り、テンペストをジャスティンの部屋からさらに引き離した。

「そうしたら？」

「あたしの見間違いならいいんだけど」アイヴィは声をひそめた。「知ってのとおり、あたしは間違うのが嫌い。だけど、ほんとうに見間違いだったらいいのにって思う」

「なにが見間違いだったらいいの、アイヴィ？」

テンペストと目を合わせたアイヴィの顔は真っ青だった。「ダリウスがキャルヴィンに、壁のなかに変なものがあるようだと話したら、キャルヴィンはどうぞ壁を取り壊してくれって言ったの。どうしてそんな妙な空間があるのか確かめてくれって。でも、ダリウスはあたしが穴のなかになにを見たのか言ってなくて、もし言ってたらキャルヴィンは壁を壊せなんて言わなかったかも……」

「だから、なにを見たの？」

「なんか死体みたいなやつ」

テンペストは七秒間、旧友の顔を凝視した。口もきけずに。まばたきひとつせず。息すら止めて。アイヴィは、嵐の夜に蠟燭一本の明かりで恐ろしい小説を読めるし、女性の少ない業界にみずから飛びこんだし、原付バイクでベイ・エリアの道路をかっ飛ばす。その怖いもの知らずのアイヴィが怖がっている。テンペストは一度だけうなずき、ふたり一緒に階段を駆けおりた。階段の途中でキャルヴィンとすれ違い、階下で電動工具の音が鳴りだした。

「壁を壊そうとしてるんだよ」階段をおりきって、キッチンのほうへ曲がりながら、アイヴィが言った。「ロビーがトラックから防塵マスクと電動鋸を取ってきたの。最初はちょっと穴をあけてみるだけのつもりだったのに……」

ドサッ。

その音がしたのは、ふたりがパントリーに入ったのと同時だった。

見るからに重そうな、長さ百八十センチほどの布袋が床に転がり落ちた。

アイヴィがぎくりとした。いま聞こえた音と見てしまったもののせいでテンペストの心臓はどきどきしている。ステージ上ではつねになにがあっても動じないようにしていた。だが、このときばかりはとっさに反応した。ほかの四名のメンバーが呆然と立ちつくしている一方で、テンペストは真っ先に、壁から転がり出てきた埃まみれの布袋に駆け寄った。

テンペストと重そうな布袋のかたわらに、防塵マスクをつけて止めた電動鋸を持ったロビーが身じろぎもせず立っていた。「こんなに重たいとは思わなかった」その声はかすれ、見ひらいた目は、布袋からはみ出ているひと房の黒髪をじっと見おろしている。「それは――」

「たぶん、人間の黒髪に似たものだよ」テンペストは自分の声が震えているのを感じた。スモークがたちこめたり、塵が舞ったりするステージで呼吸することに慣れているので、喉が詰まるような気がしても咳きこみはしなかった。「見えるわけがないものを見てると思いこんでるだけ。その思いこみにはかならず理由があるの」

テンペストは手をのばしたが、同じく震えている大きな手に手をつかまれるのを感じた。ロビーにそっと引き戻された。「触れちゃだめだ」

「ああ、さわるんじゃない」ダリウスが言った。テンペストは、自分とロビーのほかに父親とアイヴィと新入り社員が室内にいることを忘れていたわけではなかったが、ほとんど意識していなかった。不思議なことに、大きなストレスがかかっている状況では、いちばん関係のないものばかり目につくものだ。テンペストは、自分たちの目の前にあるものがなにか気づいたとたん、ロビーが着ているハンティングベストのポケットに入っている無数の道具のなかに、いつものように役に立つものがあるのではないかと考えてしまった。ロビーのことは十一歳のときから知っている。その大げさなベストを着ていなかったらロビーだとわからないなんて、よく軽口を叩いたものだったが、まんざら冗談でもなかった。撥水加工をほどこしたベージュのベストのポケットは、ただのお飾りではない。ブレッドボックスより小さなものが必要な場合、たくさんのポケットのどれかにそれが入っている可能性が高い。テンペストの記憶では、三種類のテープ（ダクトテープ、マスキングテープ、防水テープが、それぞれ異なる色鉛筆に巻きつけてあった）、懐中電灯、排水口クリーナー、コンパクトミラー、そしてもちろん、スイス・アーミーナイフ（ダリウスのお気に入りのメーカーはレザーマンだ）。ロビーはつねづね、ツールボックスをいつでもどこでも持ち運ぶことはできないが、ベストは身に着けていられると言っている。

テンペストは、気持ちを落ち着かせてくれる見慣れたロビーのベストから、彼の不安そうな瞳に視線をあげた。今回ばかりはベストに入っているものがなにひとつ役に立たないと、彼にはわかっているのだ。

「あなたもあれは人間の髪だと思ってるのね」テンペストはささやいた。

埃のせいで目を潤ませたロビーは、マスクをはずし、テンペストの見慣れた顎の割れ目をあらわにした。この顎のおかげで、昔から実年齢より若くのんきな人間に見えた。でも、いまは若くものんきにも見えない。ロビーは震える声で答えた。「アイヴィの言ったとおりだ。壁のなかに死体が隠されていたんだ」

7

「みんなこの部屋から出ろ」ダリウスの低い声がとどろいた。「リビングルームで待機してくれ、おれもすぐ行く。911に通報してからな」すでに携帯電話を握っている。

テンペストは、ちょっと遅すぎると思った。この壁は何十年もふさがれたままだった。壁のなかに閉じこめられていた不運な人に、もはや医療は必要ない。

それまで足元がふらついたことなどなかったテンペストは、自分の両脚が震えていると気づいて情けなくなった。ロビーの手を借りて立ちあがったとき、父親が片手で顔をこすり、口元を引き締めたのが見えた。自分のことではなく、ほかのみんなのことを心配しているのだと、テンペストにはわかっていた。古い死体はこのキャルヴィン・ナイトの新居にどんな影響を及ぼすだろうか？　エマが失踪して以来、〈秘密の階段建築社〉の経営は苦しく、不景気のせいもあって状況は悪くなる一方だ。だから、テンペストも資金を援助してきた。援助する余裕があったころは。キャシディがぶち壊したのはテンペストのキャリアだけではなかったのかもしれない。テンペストは、父親の会社までだめになったらキャシディを一生許さないと思った。

抑えた声でオペレーターに話しているうちに、父親の顔のしわはどんどん深くなっていった。冷たい隙間風に、テンペストは身震いした。外は暖かいから、今日は半袖のTシャツを着てきた。この部屋はどうしてこんなに冷え冷えとしているのだろう?

「テンペスト?」ダリウスは、テンペストがまだそこに立っていることに気づいて驚いたようだった。テンペスト以外のだれもがダリウスの指示に従った。彼の声にはみな従う。そういう存在なのだ。「おまえも出ていったほうがいいぞ」

だが、テンペストは出ていきたくなかった。父親を支えるためにここに残りたかったし、怖いもの見たさにどうしようもなく引き寄せられてもいた。だが、もっと強い力がテンペストを引っ張った。父親がテンペストの手を握り、冷えきったパントリーから連れ出そうとしていた。

「ほら早くしろ」ダリウスは言った。「は? いや、いまのはおれの娘に言ったんだ。いまからここを出ていこうとしている娘に」テンペストをパントリーからキッチンへ引っ張り出し、御影石(みかげいし)のアイランドカウンターの前に二脚並んだスツールの片方にぶつかろうがかまわず歩きつづけ、角を曲がって玄関ホールへ出た。

テンペストはリビングルームに入りながら、真っ先に新入り社員に目をとめた。なんという名前だったか? ギディオン。それだ。ダリウスから新しい仲間が入ったと聞いただけで、まだ話したことはなかった。ギディオンはひとりで窓辺に立ち、携帯電話をいじりもせずに外を眺めていた。アイヴィとロビーはソファに並んで座り、声をひそめて話しこんでいる。ロビーの明るい茶色の髪はまだうっすらと塵(ちり)をかぶっているが、本人は気づいていないようだった。

アイヴィのピンクのベストのファスナーはいちばん上まであがっていて、口と鼻を覆い隠しているが、目は襟の上に覗いていた。

テンペストとダリウスがリビングルームに入ったと同時に、ロビーが立ちあがった。「いったいなにがどうなってるんだ？」

ダリウスはかぶりを振り、耳に当てた携帯電話を指さした。彼が電話の相手と抑えた声でさらにふたことみことかわし、携帯電話をポケットにしまうまで、だれもが黙って待っていた。

「どうして切ったの？」テンペストは尋ねた。「911のオペレーターって、普通はここに救急車が到着するまで電話を切らないいんじゃないの？」

「死体が百年前のものの場合は、その限りじゃないだろうよ。でも、だれか来るそうだ」ダリウスは顔をこすった。「キャルヴィンはどこだ？」

「息子と二階にいるよ」アイヴィが答えた。

「では、いよいよ二階へあがって、おたくの買った家は死体つきだと伝えてこなくちゃならんようだ」

テンペストはダリウスの前に出て制止した。「キャルヴィンだけに話ができるように呼んでくる。そのあいだ、わたしがジャスティンを見てるね」テンペストは、急いで大階段をのぼった。

その足音が聞こえたのか、ジャスティンは部屋の入口へ駆けてきて、満面の笑みでテンペストを迎えた。「逆立ちを教えてくれるの？」

「まずはお父さんに訊いてみるんだったよね？」

テンペストは部屋の奥へ駆け戻るジャスティンのあとを追った。「ミス・ラージが逆立ちを教えてくれるんだよ。ちょっと違うサーカスの人なの」

「ちょっと違うサーカス？」キャルヴィンはテンペストと目を合わせた。おもしろがるような表情が、テンペストの顔に不安を見て取ったとたんに変わった。「壁のなかに忘れられた宝物が見つかったわけじゃなさそうだね。下でなにがあったんだ？」

「父がお話ししたいと言ってます」

「古い屋敷だからな」キャルヴィンはつぶやいた。「じゅうぶん調べて、わかっているつもりだったが……パパはすぐに戻ってくるからね、ジャスティン。あとで逆立ちの話をしよう」

ジャスティンは顔をしかめたが、父親が出ていくと笑顔になった。「ロボットで遊ばない？」彼は先ほどテンペストが目にしたあざやかなブルーと銀色のロボットを掲げた。そのロボットの目が不気味な血の色であることに、テンペストははじめて気づいた。

「その前に、ジョーカーがなにからあなたを守ってくれるか、もう少し話すね」

ジャスティンの笑顔が消えた。「どうして？」

賢い子だ。この子が屋敷のなかに古い白骨死体があるのを知ってしまったら、どうすれば恐怖をやわらげてあげられるだろう？　テンペストは同じころの自分を思い出してみた。「海賊は好き？」

「ううん。ロボットが好き」

テンペストは部屋のなかを見まわして、全部でロボットが八体あるのを確かめた。「海賊の宝物ってほしくない?」

ジャスティンはかぶりを振った。「宝物はいらない。それよりママに帰ってきてほしい」

「わたしもよ」

「お姉ちゃんもママがいないの?」

「うん。五年前にいなくなっちゃった」

ジャスティンはロボットを放り出し、細い腕でいきなりテンペストに抱きついた。その力の強さに、テンペストはぎょっとした。驚くべきではなかったのに。ジャスティンの心の痛みがまだ癒えていないことは、テンペスト自身もよくわかる。強くしがみついてきたジャスティンの腕は、だがすぐに離れた。

「なぜ海賊が好きか訊いたの?」ジャスティンはテンペストから離れ、両膝を抱いて座った。

「いまおうちに海賊のモンスターがいるの? お姉ちゃんがモンスターをこうふくさせたと思ってたのに」

「すごい言葉を知ってるね」

ジャスティンは得意げに笑った。「パパが本を読んでくれるから。それと、本棚に入ってる本のなかでぼくの手が届くところにあるやつはなんでも勝手に読んでいいんだ——椅子にのぼるのはだめだけど」彼は真顔になった。「お姉ちゃん、モンスターのことでなにか隠してるの?」

「あなたのパパに頼まれて、わたしのパパと仲間たちがキッチンの隣のお部屋をあなたのための楽しい遊び場に造りなおしてるの、知ってる?」

「あの気持ち悪いお部屋?」

テンペストは凍りついた。「どうしてそんなことを言うの?」

「あのお部屋、いつも寒いんだもん」

「古いおうちは隙間風が入ってくるものだからね、よくあることよ」テンペストはジャスティンだけでなく自分にそう言い聞かせた。

「そんなんじゃないよ」ジャスティンは言った。「あのお部屋からクローゼット・モンスターが出てくるんだ」

8

警察の到着を待つあいだ、キャルヴィンはジャスティンと二階にとどまり、テンペストはリビングルームでほかの社員たちと一緒にいた。広い部屋には、張り出し窓と隣の玄関ホールの天窓からたっぷりと陽光が入ってくる。張り出し窓の反対側の壁には、床から天井まで届く大きな暖炉があるが、火は入っていない。みんな黙りこくっている。

リビングルームに集まる前に、ロビーは危険な工具をすべて片付け、ダリウスと残りの社員はパントリーの壁を詳しく調べた。だれもが死体の入った袋を避け、壁に触れるのは最小限にとどめた。ダリウスはみんなで壁を調べた理由を明言しなかったが、テンペストにはわかっていた。ダリウスは〈秘密の階段建築社〉に仕事の依頼をしたのは殺人犯ではないと、全員に納得させたかったのだ。その根拠は？　壁は屋敷のなかでは新しい――木摺（きずり）や漆喰（しっくい）は二十世紀なかばに石膏ボードに交換されている――が、数十年のあいだ修繕などされていない、古いものであることは間違いない。ならば、あの狭い空間に閉じこめられていた死体は、キャルヴィン・ナイトとその息子がここに引っ越してくるよりずっと前からそこにあったはずだ。

自分たちのだれともまったく関係がないとはいえ、殺人事件の被害者とおぼしき死体のある屋敷のなかにいると、なんだか怖くなってきた。そう、これは殺人だ。そうでなければ、どうして壁のなかに死体を隠すのだ？

テンペストは、ダリウスが暖炉の前を行ったり来たりしながら、張り出し窓と彼の愛する人人――つまりその場の全員――に、交互に目をやるのを見ていた。ダリウス・メンデスは、テンペストだけでなく周囲の人々みんなにとって父親のようなものだった。いかにも父親らしい面倒見のよさと、全力で大事な人を守ろうとする意志を併せ持っている。みんなの里親であるかのようだが、彼自身が里子だった。子どものころはスミスという姓だったが、やがてその姓が、育てにくいとわかったとたんに自分を捨てた最初の里親夫婦のものだと知った。幼いうちからさまざまな里親家庭を転々としたあげく、怒りっぽいティーンエイジャーに育った彼は、最終的に愛情深い女性に引き取られた。彼女はダリウスを見捨てなかった。モナ・メンデスは正式にダリウスを養子にしてまもなく息を引き取り、彼は姓をメンデスに変えた。

ダリウスは社会のはみ出し者の社員たちが娘と同様に自分の指示に従わなくても、決して見捨てない。万が一にもこの仕事を失い、社員たちに給料を払うために自身の報酬を差し出すはめになっても、絶対に見捨てない。

アイヴィは張り出し窓の前に膝を抱えて座り、ダウンベストの襟に顔を半分埋もれさせていた。子どものころは、家族の険悪な空気から逃れるために、本の世界に逃避していた。テンペストの両親は、アイヴィがつらそうにしているときは彼女をあずかった。アイヴィはダリウスの工房の道具を試しに使わせてもらっているうちにやりたいことができ、ダリウスは彼女に溶接工になるための学校を見つけてやった。じつのところ〈秘密の階段建築社〉で溶接の技術が必要になることはほとんどない。けれど、アイヴィは溶接以外の仕事でも手伝いたがった。パソコンの前にずっと座っていたり、学士号を取ったりするよりも魅力的だったからだ。

暖炉のそばの肘掛け椅子には、ロビーが落ち着かないようすで座っていた。彼は〈建築社〉のアイデアマンで、あまり従順ではないので昔気質（かたぎ）の職人たちとはうまくいかないし、テンペストの覚えている限り、じっと座っていることがない。ダリウスも初めのうち、はロビーの才能に目をかけつつも我慢することが多かったようだが、やがてロビーもすっかり〈建築社〉ファミリーの一員になった。ロビーは、地震のあとびくともしなくなったスライド本棚を、ペーパークリップと木切れだけを使ってやすやすとあけるような職人だった。まさに〈建築社〉の冒険野郎マクガイバーだ。

テンペストが幼いころ、母親とおばは祖父母の友人を「おじさん」や「おばさん」と呼んでいたので、テンペストはみんなそういうものだと思っていた。ところが十一歳のとき、二十代だったロビーを「おじさん」と呼んだら、彼は大笑いしたが、その呼び方が気に入ったからこれからもそう呼んでくれと言い、テンペストにもあだ名をつけた――〝くるりちゃん〟と。じっと立っているのが苦手で、いつもくるくるまわっていたからだ。そのときから、彼はテンペストにとってロビーおじさんだ。砂色の髪、細マッチョな体格は、テンペストの母親にも父親にも似ていない。けれど、彼は家族だ。この十五年間ずっと、〈秘密の階段建築社〉の中心メンバーだった。

窓辺に立って外を眺めている新入りのギディオンのことは、テンペストはよく知らなかったが、父親がいつもと同じパターンで彼を雇ったのはわかっていた。ギディオンは石工になる教育を受けたが、高所を怖がってはしごをのぼれず、足場にもあがれない。だからといって、ダリウスは彼を採用するのを思いとどまったりはしなかった。

ダリウス自身、総合建築請負業者のライセンスを取得したのは、エマと一緒に建築事務所をやろうと決めてからだった。エマは、建築を通して伝えるストーリーの作者、プロジェクト管理、経理の三役を担っていた。エマが行方不明になってからは、ダリウスがプロジェクト管理と経理をなんとかこなしているが、ストーリーを作ることだけはできなかった。

〈秘密の階段建築社〉は、はみ出し者の職人たちの集まりで、選び抜かれた精鋭たちではないが、うまくいっていた。溶接の技術がほとんど不要な会社の溶接工。指示に従えないなんでも屋。壁のてっぺんまでのぼれない石工。そして、会社の中心を失ったあと、そんな社員たちをまとめてきた大工の父。普通の建築会社ではない。住宅に不思議な魅力を吹きこむファミリー・ビジネスなのだ。ところが、今日は魅力ではないものをこの屋敷にもたらしてしまったようだ。

テンペストは、これ以上待っていられなくなった。

「お手洗いに行ってくる。すぐ戻るね」

玄関ホールに出て、階段の下、キッチンへつづく通路の手前にあるトイレのほうへ向かった。もちろん、トイレに行きたいのではなかった。階段のむこうの部屋へ行きたいのだ。息を止めてこっそりとキッチンを突っ切り、パントリーへ入った。

パントリーのなかはそこを出たときと変わらず、床の上に埃をかぶったしわくちゃの布袋が横たわり、閉じた口から黒髪がこぼれている。テンペストをここへ引き戻したのは、それだった。たんなる好奇心ではない。波打つ髪に、どことなく見覚えがある。いや、このかすかなにおいか……。

テンペストは黴臭い袋の口をほんの少しひらいてみた。なかのものが見えた。とたんに、やっぱり戻ってこなければよかったと後悔した。

それは白骨死体でも腐乱死体でもなかった。テンペストを見あげている血まみれの顔は、ほんの一カ月前にはぴんぴんしていた人物のものだった。テンペストのキャリアをぶち壊した張本人の。テンペストのステージ・ダブルの。ドッペルゲンガーのようにそっくりな人物の。

「キャシディ・スパロウ」テンペストは冷えきった部屋のなかでつぶやいた。

ありえない。

アイヴィと一緒に読みふけった不可能犯罪（ありえない）が現実になったばかりか、その被害者が自分と見紛うばかりに似ている人物だなんて。

テンペストはブレスレットのセルキーのチャームを握った。ラージ家の呪いなんか信じちゃだめ、と自分に言い聞かせる。呪いなんかあるわけない。

9

テンペストが幼いころ、母親に丘の上の愉快なわが家から遠く離れた国々の不思議な話をしてもらうのが、寝る前の儀式だった。なにしろエマ・ラージは妖精をはじめとした神秘の生きものたちの棲む不思議な国で育ち、父親は名門マジシャン一族の末裔（まつえい）なのだ。

両親と一緒に、蛍の光を思わせる電球で飾られたツリーハウスにはしごでのぼると、母親は星空の下にあるものをひとつ選んでごらんと言った。テンペストが選ぶと、母親はそれをもとにうっとりするような物語を即興で語り、テンペストを驚きの念で満たした。この世界には不思議なものが実在するという確信。なかでもお気に入りのモチーフが、セルキーだった。スコットランドやアイルランド、スカンジナビアに伝わる神話上の生きもので、陸上では人間になるという女性だ。セルキーは海からあがるとあざらしの皮を脱いで人間の姿になるが、人間でいられるのはほんの少しのあいだだけだ。かならず海に呼び戻される。

母親の話の締めくくりはちょっとしたマジックで、そのあとテンペストは自分専用の秘密の階段をのぼり、父親に寝かしつけてもらうのがつねだった。

ひとりっ子で大人を観察する時間がたっぷりあったテンペストは、たくさんの大人たちが、そして子どもたちが、さびしさを抱えているのを知った。けれど、テンペストと両親はたくさんの不思議に囲まれていた。貧しかったけれど、愛情と不思議に満ちた家庭があった。五歳になるころには、テンペストは自分がマジシャンになると確信していた。人々に不思議なものへの驚きを味わってもらうより素敵な仕事が、この世にあるだろうか？

しかし、夢のようにきらきらした話には思いがけない問題がつきものだ。テンペストがはじめてそれを思い知ったのは、エジンバラのおばと祖父母に会いにいったときだ。

あれは七歳の夏のこと、両親の建築事務所が軌道に乗り、南カリフォルニアの大邸宅を改修する仕事を請けた。エマとダリウスは、これから六週間、自分たちが滞在するモーテルにテンペストを連れていくより、夏のあいだ祖父母にあずけるほうがよさそうだと考えた。それまでに祖父母はヒドゥン・クリークへ来たことがあったが、テンペストはエルスペスおばさんに会ったことがなかった。アッシュおじいちゃんは医師、モーおばあちゃんは音楽家で美術家だ、ではふたりの娘エルスペスおばさんは？　なんと、ステージマジシャンとして生計を立てていた。エマはエルスペスの話をあまりしなかったし、ダリウスからは訊かないようにと言われていたので、エマがカリフォルニアへ移住する前は姉のエルスペスとともにセルキー・シスターズとしてステージに立っていたのを、テンペストはまったく知らなかった。

エマがスコットランドを離れるまで、姉妹は自分たちがスコットランドの海に棲むセルキーとインドの船乗りの娘であるというストーリーを紡いでいた。船上——陸と海の中間の領域で生まれ、絶えず海に呼び戻されてしまう姉妹。エルスペスは、幼いテンペストにセルキー・シスターズ史上最大のイリュージョン、〈ザ・テンペスト〉の話をしてくれた。劇場内の隅々まで幻灯機が薄暗い光を投げ、大嵐に荒れる海の幻を映し出す。姉妹は嵐を避けて大きなスチーマー・トランクのなかに閉じこもるが、トランクごと船外に投げ出され、海の底に沈んでしまう。だが、ほどなくステージの反対側にしつらえた断崖の上に姉妹が現れ、嵐に打ち勝ったことがわかる。もう大丈夫。姉妹の絆はふたたび結ばれる。

どうしてもうセルキー・シスターズをやらないの？　七歳のテンペストはエルスペスおばさんにそう尋ねた。

あなたの好きなおとぎ話は？　エルスペスは訊き返した。長い黒髪と大きな茶色の瞳、鼻と両頬にそばかすのある彼女は、妹にそっくりだった。

お姫さまが自分で自分を助けるお話、とテンペストは答えた。ママの想像力はすごいから、お話のどれかが魔法のツリーハウスの木の壁を越えて知られているかもしれない。

そもそも、どうしてお姫さまは助けられなくちゃいけないのかな？

テンペストは顔をしかめた。だれかがお姫さまに悪いことをしようとするからだよ。

この世界にもほんとうに悪い人がいて、わたしたちも戦わなくちゃいけないことがあるわ、とエルスペスは言った。わたしたちがみんなに見せるマジックには犠牲がともなうの。
なんのことかわからないよ。
わたしのアッパは。
アッシュおじいちゃんのこと?
そう、あなたのおじいちゃんはわたしがマジックをやるのをいやがるの。危険かもしれないと心配してる。心配するのはもっともなんだけど、生きていれば、危険を冒してもやらなければならないことがある。安全で居心地のいいおうちから外に出ていかなければならないとしてもね。

あの夏、エルスペスが教えてくれたのはそれだけだった。テンペストが〝呪い〟という言葉をはじめて耳にしたのは数年後だ。

マジックの名門ラージ家の始祖は五代前に遡る——そして、その呪いも。真偽はともかく、一族にはそう言い伝えられている。伝承の例に漏れず、語られ方は語り手によってさまざまに変わる。語り手が呪いを信じているかどうかも、日によって変わる。

だが、どんな形で語られるにせよ、呪いの骨子はつねに同じだ。一族の長子はマジックに殺される。

そして、現実にそのとおりのことが起きている。呪いのマジックのはじまりは南インドの色彩あふれる海辺の町カンニヤークマリで、犠牲になったのはデヴァジ・ラージのお兄さんだった。呪いはそれから三代にわたってインドにとどまっていたが、海を渡ってスコットランドに上陸し、エジンバラの旧市街でアショク・ラージの長姉に取り憑いた。彼女はステージ上でイリュージョンに失敗し、ギロチンに首をはねられて死んだ。呪いは代々、一家の長子を死へ導いた。ところがやがて、さらに一歩進み、テンペストの母親であり、エルスペスの妹であるエマ・ラージを追ってカリフォルニアへやってきた。姉がステージ上で事故死したので、たしかにエマは長子ではあったけれど。そんなの詐欺だと、テンペストは思う。

自分でも冷静さを失っているのは重々承知だが、こんなことがつづいたからには、呪いが迫ってきているのではと思わずにいられるわけがないではないか？　なにしろ自分にそっくりな人物の死体が、まるでマジックのように不可能な状況で見つかったのだ。

一族の長子はマジックに殺される。

壁に閉じこめられるはずだったのはキャシディではなく、この自分ではないのか。

10

一族の呪いなんかじゃない、とテンペストは自分に言い聞かせながら、キャシディの死体からあとずさった。呪いなどほんとうにあるわけがない。マジシャンとは油断すれば危険な目にあう職業だ。アッシュも長兄が水中脱出の奇術の途中で亡くなるまでは、ラージ一族の呪いを信じていなかった。だが、長兄のアルジュン・ラージが悲劇的な死を遂げると、二代前に端を発する呪いの噂が伝説として完成してしまった。一族の長子はマジックに殺される。

過去百五十年間になにがあったのか、具体的なことを知るすべはテンペストにはない。わかっているのは、自分がステージ上で危うく死にかけてから一カ月後に、ステージ・ダブルが死んだということだ——しかもその死体は、自分がやっていたような、一見不可能なイリュージョンを思わせる状況で見つかった。

夏にあの事故騒ぎ（弁護士に言わせれば〝テンペストの過失による事件〟）が起きたあと、混乱のなかでテンペストの気持ちは揺らぐようになった。おばがステージ上の事故で亡くなってから十年、母親が失踪して自死したと結論づけられてから五年がたつ。これは呪いではなく、悪い偶然だ。きっとそうだよね？

テンペストはキャシディの顔から目をそらすことができなかった。テンペストとよく似てはいるものの、そっくりではなくなっていた。髪は以前より短く、オリーブ色の肌は少し日焼けして、もともと濃かった眉は抜き、テンペストの眉より細くなっている。そのほかは、あの夏の公演初日から変わっていなかった。

テンペストは目を閉じ、二度深呼吸した。ふたたび目をあけても、目の前にあるものはまったく同じだった。横たわるキャシディ。死んでいる。

裏切り者のステージ・ダブルに同情することになるとは夢にも思わなかった。キャシディがやったことは最低だけれど、殺されて古びた黴(かび)臭い袋に入れられ、壁のなかの狭い空間に封じこめられるなんてあんまりだ。

いろいろな意味でありえないことが起きているという現実に、テンペストは圧倒されていた。ダリウスも社員たちも、壁は古く、長いあいだいじられていないと断言した。でも、壁のなかから死体が転がり出てきたのを、テンペスト自身が目撃したのだ。あの壁にはなにか仕掛けがあるに違いない。

この部屋を出なければならないのはわかっていた。それでも、テンペストは壁のなかの空間を懐中電灯で照らした。数十年のあいだに人の手が入ったことを示す形跡はなにひとつなかった。空間の上か下から侵入した？　否。埃が積もっている。

ずるいキャシディには、彼女の死を願う敵も多かっただろう。そうだとしても、死体をどうやって壁のなかに閉じこめたのか？　そもそもなぜキャシディはヒドゥン・クリークに来たのか？　テンペストの失脚によって空いた座に着くには、ヴェガスを離れるわけにはいかなかったはずだ。すんなりと後釜に収まることができなかったのは、キャシディにとって想定外だったのではないか。それならなぜヒドゥン・クリークに来たのだろう？　テンペストに会いに来たのか。

きしむ床板を踏む音がした。

壁をじっくり調べる時間はない。テンペストはステージに立っているときよりも心臓を激しく鼓動させ、小走りでキッチンを通り抜けた――が、階段の脇でだれかとぶつかりそうになった。あの新入りだ。彼はココナッツと雨季の森のにおいがした。

テンペストは引き締まった筋肉質の腕のなかから逃れ、踵に重心をかけて身を引いた。「大柄な女が走ってきたら、普通はよけるものじゃない？」

「きみが造りつけの戸棚に突っこむんじゃないかと思って。もとからあった棚だよ」

「ありがとう、新入りさん。えっと、新しく入ったんだよね」

「ちゃんと会うのははじめてだったな。ギディオンだ。ギディオン・トレス」

「テンペストよ。ちょっと新鮮な空気を吸いたくて」テンペストはギディオンの脇を通り、玄関のドアをあけて外に出た。

ギディオンも出てきた。ドアを閉め、ポーチのいちばん上の段に腰をおろした。「おれもあの部屋で見たものにびびってる。古い袋に骸骨が入ってるとはね」

ほとんど初対面の人間と鉢合わせして驚いたせいで、つかのまキャシディの姿が頭の中心から押しやられていた。それがいま、一気に戻ってきた。

「なんだか古い骨の粉にまみれているような気がしてね」ギディオンはつづけた。「ただの思い過ごしだとわかっちゃいるけど。それで、顔を洗いにいこうとしてたんだ。でも、新鮮な空気のほうがいい。ありがとう」

テンペストは、ぼうっとするなと自分に言い聞かせた。見たところ、ギディオンは自分と同じくらいの年齢で、やはり同じように多様な人種が混じりあったマッシュアップだ。濃い褐色の瞳にじっと見つめられ、テンペストは警戒すると同時にほっとしてもいた。自分だけでなく、世界全体を見つめているようなそのまなざしに。この屋敷に来てからというもの、彼はいつ見てもなにかに集中していた。森のなかの小屋で、一度も携帯電話をスクロールすることなくドストエフスキーを読みふけっている彼の姿が容易に目に浮かぶ。

だが、テンペスト自身は気晴らしを求めていた。なんらかの答えを。ギディオンの隣に座り、両膝を折って顎をのせた。「警察はなにをぐずぐずしてるのかな」

ギディオンは肩をすくめた。「ダリウスが動物の骨を人間の白骨死体と間違えたと思われたのかもな」

「どうしてそんなふうに――」

「建築現場ではよくあることだから。そのブレスレット、いいね。拝見してもいいかな?」

テンペストは手首を差し出した。「拝見」だなんて。ただ、なぜ彼が怯えていないのかはわかった。困惑しているだけだ。壁のなかから出てきたのが古い骸骨などではなくキャシディだとは、彼は知らないのだから。

ギディオンが身を乗り出すと、ココナッツの甘く香ばしいにおいがした。「おもしろいな、チャームのひとつひとつになにか由来がありそうだ。普通のものより大きいし」

「細部に由来がこめられているの」テンペストはフィドルのチャームに触れた。それは左側がインドの弦楽器サーランギーのように直線的で、右側が西洋のフィドルのように丸みがある。

テンペストは、細部まで知り尽くしているチャームの輪郭を指でなぞった。手首にあたる銀は、ひんやりと冷たい。目を閉じていても、どのチャームに触れているかははっきりとわかる。

テンペストは、瞑想はしないが――というか、昔ながらのじっと座ってやる瞑想はしないが、チャームはそれぞれ心を落ち着かせる記憶をもたらしてくれた。このブレスレットは、テンペストにとって形見だった——母親が失踪する前、最後にくれた贈りもの。

ステージに立つときも、このブレスレットをはずしたことはなかった。しばらく前から、至近距離で手元を見せるクロースアップ・マジックはしていなかった。手首の大きなアクセサリーは、仕掛けから観客の目をそらすための小道具とみなされてしまうからだ。けれど、ステージでは別の使い途(みち)があった。イリュージョンのパフォーマンスでキャシディを一瞬だけテンペストに見せかけるために、そっくり同じ模造ブレスレットをつけさせたのだ。イリュージョンを成功させるには細部が重要だから。

キャシディとは膨大な時間をかけて細部まで打ち合わせたからこそ、秒単位でタイミングを合わせることができた。いや、千分の一秒単位で。目を閉じると、パントリーに横たわっていたキャシディの死体が見えた。だれがあんなことをしたのだろう？　そして、なぜ死体を壁のなかに封じこめたのだろう？

「尻尾の曲がった人魚はなんだ？」

「それは人魚じゃなくて、セルキーよ。ぜんぜん別のもの」テンペストは目をあけ、ころんとした銀のチャームに注目しているギディオンを見た。「ほら、あざらしの皮を脱いで人間になろうとしているでしょ？　それよりあなた……わたしの気をそらして、死体が壁から転がり出てきたことを考えさせないようにしてるんでしょう」

「うまくいったか？」

屋敷の前にパトカーが到着した。

「行こう」テンペストは立ちあがりながら、ギディオンを引っ張った。どうしても屋敷のなかに戻りたくなかった。あの寒々しいパントリーを思い出しただけでぞくりとした。

「どこへ――？」

「こっち」

ふたりは屋敷の周囲に巡らせたテラスを歩いていった。テンペストの視界はほとんど木立でさえぎられていたが、よく茂ったレモンの木の隙間から、ちらちらと人の動きが見えた。車から出てきた長身の若い警官が、まぶしい日差しに手をかざして口元を引き締め、左右非対称の屋敷を見あげた。キャルヴィン・ナイトが玄関のドアをあけると、階段を足早におりて警官を出迎えた。その少しあとからテンペストの父親が出てきた。三人は小声で短く言葉をかわしてから、そろって屋敷へ入っていった。

「おれたちも戻ったほうがいい」ギディオンが言った。

「戻らなくてもいいよ。わたしは外にいたい」

「なにがあったのか知りたくないのか」

「知りたいけど」テンペストは両腕をさすった。「とにかく屋敷のなかに戻るのはいやなの」

「裏手にまわれば、話がよく聞こえそうだ」ギディオンは指さした。「屋敷のまわりにテラスがある」

テンペストは彼が言い終える前に歩きだしていた。「いいこと考えるね、新人さん」

「ギディオンだ――」そのとき、屋敷のなかで大声があがり、ギディオンは口をつぐんだ。無言で問いかけるように、テンペストを横目で見た。

テンペストは答えを知っていたが、もちろん教えるわけにはいかない。警察官がキャシディの死体を発見したのだ。これでやっと、真剣に捜査してもらえる。案の定、驚きの声が収まるや、焦って応援を呼んでいるとおぼしきくぐもった声が聞こえはじめた。

ギディオンになかへ戻ろうとまた誘われたが、テンペストは断った。頭のなかをすっきりさせようとピルエットを七回繰り返したとき、ドライヴウェイで黒いセダンがタイヤをきしませて急停止した。テンペストのルビーレッドのスニーカーも、キュッと音をたてて止まった。車からおりてきた男を目にしたとたん、テンペストはひっくり返りそうになった。

最初にやってきた警官とは違い、こちらはテンペストがよく知る人物だった。彼は急ぐあまり車のドアも閉め忘れていた。若い警官に急かされていなければ、木立に隠れているテンペストに気づいていたに違いない。

ブラックバーン刑事。エマが行方不明になったとき、捜索を担当した刑事だ。消失事件。彼はあの一件をそう呼んだ。テンペストは、スコットランドの海の波に乗るセルキーのチャームを握った。記憶のなかでは灰色だった刑事の髪は、いまではすっかり白くなっている。エマの失踪はどれくらい影響しているのだろうか？

テラスづたいに屋敷の裏へまわると、なかの会話が聞こえてきた。ことさら耳を澄ます必要はなかった。ブラックバーン刑事は大声を張りあげていたからだ。

短いひとことがはっきりと聞こえた。「テンペスト・ラージが死んでる」

11

「ブラックバーン刑事は、その気の毒な娘をおまえだと勘違いしたのか？」アッシュはテンペストを抱き寄せた。「なんてことだ（アダ・カダヴュレー）」

テンペストにはタミル語がまったくと言っていいほどわからないが、祖父の腕にこもった力は強く、心底驚いていることが伝わってきた。祖父の肩に頭をのせ、抱きしめ返した。目を閉じると、暖かく居心地のよいツリーハウスのキッチンにたちこめる香りが、その日の恐ろしいできごとを魔法（マジック）のように追い払ってくれた。

だが、祖父のキッチンのマジックも、一族の悲劇的なステージマジックの歴史を打ち消すことはできなかった。一族の呪いを。キャシディ・スパロウがテンペストのかわりに殺された可能性を。

二時間前、テンペストはひとりめの関係者として事情聴取を受けた——死体が横たわっている狭いパントリーの入口に、その死体とそっくりなテンペストが現れたとき、ブラックバーン刑事は心臓発作を起こしかけた。テンペストは、死んでいるのは間違いなくキャシディだと証言した。鑑識の捜査員たちがやってくる一方で、さらにブラックバーン刑事に訊かれたことに答えたあと、ようやく解放された。ダリウスを待って一緒に帰りたかったが、ダリウスは、先に帰ってアッシュになにがあったのか伝えてくれと言った。今日はランチを持ってきてくれなくても大丈夫だと少し前に連絡を入れたが、詳しい話はしていないとのことだった。

「詳しい話を聞こうじゃないか」アッシュはテンペストを放した。「でもその前に。食事はしたのか?」

「とてもじゃないけど、食欲が――」

「テンペスト。もうとっくに昼を過ぎている。腹ぺこのままじゃ体に悪いぞ」

テンペストはクミンと玉葱と酢とチリペッパーの香りを吸いこんだ。アッシュは評判のオリジナル料理、ラージャルーをこしらえていたようだ。南インドとポルトガルとスコットランドの味をマッシュアップしたとでもいうべき、ローストしたじゃが芋のカレーだ。アッシュは、イギリスでよく食べられているヨーロッパ風インド料理、ヴィンダルー(酢やニンニクでマリネした豚肉を煮こんだカレー)をもとに、自身の名前を冠したひと皿を編み出した。

ツリーハウスのなかで、キッチンがもっとも広い。伝統的な南インドのキッチンのように、室内と外がつながるような造りで、屋外のダイニングデッキに出るドアは日の出から黄昏時までずっとあいている。アッシュはこのキッチンで、週末を除いて毎日のように大量の料理を作る。医師として四十年間勤めあげたあと、それまでとはぜんぜん違う料理人の仕事をはじめ、〝ダッバーワーラー〟を自称している。昔から大都市ムンバイを動かしてきた、三段重ねのランチボックスを配達するシステムに携わる弁当配達人のことだ。〈秘密の階段建築社〉の社員のためにおいしくてたっぷりしたランチを作り、それを現場に運ぶことは、アッシュにとって義理の息子のビジネスに対する支援だった。ダリウスの仕事を請け負えばおいしいランチが食べられると評判になっていて、急に現場の作業員が何人増えようが、アッシュはかならず彼らの分も用意した。

また、ランチの配達はアッシュ独自の健康法でもあった。伝統に則り、ティファンキャリアと呼ばれるランチボックスを大量に自転車に積み、〈建築社〉の面々が働いているベイ・エリアの現場へ運んだ。三段重ねのステンレスの円柱形ランチボックスはインドで広く使われていて、昼食時に手作りの食事を職場に自転車で届けるのに最適だ。アッシュがムンバイでダッバーワーラーをしていたら、自転車でまわるだけでなく、電車を使うことも多かっただろう。こちらでは、もし手広く商売する気があるのならと、手作りのベジタリアン・ランチに興味を持つ人々からもらった名刺が束になった。

アッシュは愛想のよい笑顔で名刺を受け取り、無料でサンプルを渡したが（おいしそうなにおいがつねに通りすがりの人々を引き寄せるので、つねに余分のランチを持っていくようにしていた）、商売として拡大する話は丁重に断った。みんなに食事を振る舞い、愛する人々に囲まれているだけで、彼は幸せなのだ。

テンペストは、ひらいたドアのむこうのダイニングデッキを見やった。ラベンダーの鉢の上をホバリングしているハチドリのほかに、生きものの姿はなかった。「モーおばあちゃんはどこ？」

「公園へ絵を描きにいった。描いてる最中は、いつも携帯電話の電源を切ってるんだ。殺人屋敷から帰りがけに拾ってくれと、おまえのお父さんに頼んでおいた」

殺人屋敷。たしかにそうだ。

「解せないのは」アッシュは、こぢんまりとした朝食コーナーに座っているテンペストに水の入ったグラスを渡し、自分も腰をおろした。「どうしておまえの助手がキャルヴィン・ナイトとつながりがあるのかってことだ」

キャシディは、テンペストの助手と呼ばれるのをひどくいやがる。いや、いやがっていた、とテンペストは心のなかで言いなおした。かぶりを振る。「つながりはない――なかったよ。ナイト邸は関係ない。だれかがキャシディの遺体をわたしに見せたかったのよ」死体を発見したときの状況をアッシュに語った。

「まるで、おまえのために演出したようだな」アッシュはテンペストの話を聞き終えてつぶやいた。「そんなことをするのはだれだろう?」

マジシャンだ、とテンペストは思った。祖父の濃い褐色の瞳も不安そうに翳(かげ)っているので、同じことを考えているのがわかった。「これという動機も思いつかないの」

「おまえは栄養をとらなくちゃ」アッシュはさっと立ちあがり、コンロの前へ戻った。「ほら! モーとダリウスが帰ってきたぞ」

ふた組の足音が階段をのぼってきた。ひとりめが現れた瞬間、テンペストはあろうことかモーの髪が乱れていることにぎょっとした。普通の人の髪にくらべればととのっているが、おそらくモーにとっては鼠の巣並みにぐしゃぐしゃだ。モーはテンペストにまっすぐ駆け寄り、椅子から立ちあがらせた。テンペストは身長百六十五センチのモーを見おろすほど長身ではないが、筋肉質の脚とたくましい両腕のおかげで実際より背が高く見える。一方、華奢（きゃしゃ）なモーは実際より小柄に見える——が、それも口をひらくまでのこと、あるいは絵筆やフィドルを手にするまでのことだ。いま、孫娘の広い肩をつかんでいるモーは大きく見えた。

「怪我は？」モーはよほど動揺していたらしく、スコットランド訛（なま）りがひときわ強くなっていた。アッシュの古いワイシャツは、モーお気に入りのスモックだ。水色の布地のところどころにあざやかな色の絵の具が散っている——今日はほとんどが紫と青だ。胸ポケットの藍色の染みは、鴉（からす）がとまっているように見えた。

「ちょっとびっくりしただけ」テンペストは祖母を安心させるように答えた。

「あなたのお父さんたら、家に帰るまでは話せないって言うのよ。もう帰ってきたからね。さあ（アック）！　なにがあったのか話してちょうだい」

「その前に」——テンペストは父親のほうを振り向いた——「みんなは大丈夫？」

「キャルヴィン・ナイトが大丈夫そうなのを確認してから引き揚げてきた。鑑識係がまだ証拠を集めているが、刑事はキャシディのボーイフレンドが第一の容疑者で、ナイト親子は関係ないと考えているようだ。この夏に引っ越してきて以来、警察も把握しきれていない運送屋だのなんだの、いろんな業者があの家に出入りしていたからね——おれたちもそのひとつだ。おまえがボーイフレンドの話をしてくれて助かった」

テンペストは眉をひそめた。ブラックバーン刑事にキャシディのボーイフレンドであるアイザックの話をしたのは間違っていなかったと思う。けれど、アイザックにこんな犯罪をやってのけることができるだろうか？　彼はマジシャンではなく裏方で、とりわけ有能でもない。見た目のよさと魅力的な笑顔で周囲の人々を思いどおりに動かすくらいには悪賢いけれど。「たしかにアイザックは乱暴者だった。でも、こんなことができるとは思えない——」

「ふたりはラスヴェガスで暮らしていたんじゃないのか？」アッシュが尋ねた。

「どうしてそのお嬢さんはここへ連れてこられたの？」モーがつけたした。

アッシュは妻の手を取った。「ヒドゥン・クリークへ連れてこられただけじゃない。かわいそうに、壁のなかに詰めこまれたあげく、うちのテンペストの目の前に転がり出てきた。まるでマジシャンのトリックみたいにな」

モーはスコットランド＝ゲール語でひとしきり悪態をつぶやいた。「荷造りしなさい、テンペスト。しばらくリースのニッキーの家に厄介になるといいわ。ニッキーならきっと——」

「わたしにスコットランドへ行けっていうの？」テンペストは目を丸くして祖母を見つめた。

「わかんなかった（ダネイ・ユー・シー）？　もちろんおまえが行くのさ」

アッシュが顔を曇らせた。「おばあちゃんの言うとおりだ、おまえを守らなくちゃいけない」

「どうですかね」ダリウスがおもむろに言った。「移動は許可されてないと思いますが」

アッシュは木のスプーンをタイルの床に取り落とした。「おまえたち、なんで疑われているのを教えてくれなかったんだ？」

「疑われてるわけじゃないよ」テンペストは言ったが、思ったより強い口調になってしまった。「でも、事件の関係者ではあるから」

アッシュはコンロの火を消した。「空きっ腹じゃまともに頭が働かんだろう。テーブルにつきなさい。食べるものを出してやるから。それと、わたしの魔法のローロデックス（回転式の卓上名刺ホルダー）もな」

五分後、四人は屋外の大きなダイニングテーブルの片方の端を囲んで座った。木々の梢が風に揺れていた。この屋外のダイニングデッキは、雨の日でも食事をすることができる。テーブルの上の日よけが屋根がわりとなり、さらに茂った木の葉も雨風から守ってくれる。室内で食事をするのは、激しい嵐のときくらいだ。

アッシュに言わせれば三皿だけのシンプルなものだが、元気の出る食事だった。焼きたてのチャパティと、それですくって食べるラージャルー、ライタという、スパイスの辛さをやわらげるヨーグルトのサラダ。モーはテンペストとダリウスを質問攻めにしたが、ふたりにはほとんど答えられなかった。そのそばで、アッシュはダッバーワーラーの仕事で出会った人々の名刺を保管してある魔法のローロデックスをまわした。

アブラカダブラはダリウスの左腕に抱かれてうたたねしていた。ダリウスは左手から肘までをアブラカダブラに占領され、すやすや眠っている彼を起こさないよう慎重に食事するのを余儀なくされていた。アブラカダブラはテンペストの腕のなかでは眠ったためしがないが、ダリウスがその大きな体からは意外なほどの優しさを備えていることは、出会っただれもがすぐに気づく。

「あっ！」アッシュが声をあげ、ＩＴ専門家の名刺を取り出した。「たしか、マーカスは政府のコンピューターをハッキングしたことがあるくらいの天才だ。ブラックバーン刑事のパソコンをハッキングしてくれと頼めば――」

「それはやめたほうがいいよ、おじいちゃん。どうしてそんな人を知ってるの？」

アッシュはくっくっと笑った。「食事も忘れてパソコンにかじりついてる痩せっぽちの独身男というものは、うまい食事にイチコロなんだな。マーカスが言うには、政府に頼まれてハッキングしたそうだよ、セキュリティをテストするために。おっと！いやいや、おまえの言うとおりだ。アユミのほうがよかろう」アッシュは名刺の山から別の一枚を取り出した。「アユミはいろいろな国の政府に通じているんだ」

テンペストは祖父がふざけているのだろうと思ってしまいそうになったが、かつてヨーロッパの小国の皇太子がステージを観にきたことがあった。楽屋でのミート・アンド・グリートで、皇太子はテンペストをほめ、アショクにすすめられて観に来たのだと言った。

「ほかのみんなはやけに遅いが、なにをしてるんだ？」アッシュがダリウスに尋ねると、モーはローロデックスを夫の手の届かない場所へそっと動かした。

ダリウスはかぶりを振った。「なにが起きているのかわかるまでは、だれもうちに来させない」

アッシュは息を呑んだ。「まさか、社員のだれかが犯人だと――」

「そうじゃない」アブラカダブラが自分を抱いている人間の不安を感じ取ったらしく、もぞもぞしはじめたので、ダリウスは彼をデッキにおろした。「でも、犯人が逮捕されて、なにが起きているのかおれにわかるまでは、テンペストの安全が第一だ」

「だからナイト親子を誘わなかったの？」テンペストは尋ねた。「ジャスティンはただでさえ新しい家に慣れなくて不安そうなのに」

「あの子は大丈夫だ、テンペスト」ダリウスはほほえもうとした。あまりうまくいかなかったけれど。「別れ際にキャルヴィンから言われたよ、屋敷の捜査が終わるまでサクラメントの親戚の家にいくそうだ。先週も二日間ほどあっちで過ごしたらしい。そのときに、何者かがあの屋敷に侵入したのかもしれないな。その痕跡はなかったし、どうやって壁のなかに入ったのかもまだわからないが……あの壁は数十年間、一度もいじられていない」

　モーが立ちあがり、テーブルを両手の拳（こぶし）で叩いた。「現に一度もいじられていないんでしょう」

　だれひとり、身じろぎすらしなかった。アブラカダブラだけが、ダイニングデッキからキッチンへ跳ねていった。

「秘密の通路があるとは思えない」しばらくして、ダリウスが口をひらいた。「構造的に無理――」

「もう！（アック）」モーはかぶりを振った。「あなたたち、これで例のあれが成就するってわからないの？」

テンペストは、祖母の鬼気迫る表情にひるんだ。「例のあれって?」

モーの灰色がかった青い目がすっと細くなった。「マジックの呪いよ。これで最後になる。テンペストはひとりっ子だから、理屈のうえでは長子で——」

「呪いの話はやめましょう、お義母さん」ダリウスがさえぎった。

「呪いなんてない!」テンペストは叫んだ。大声で断言すれば、ほんとうにないことになるかもしれない。

「死んだのは」モーははっきりと言った。「あなたのそっくりさんでしょう。何年も一緒に仕事をして、あなたのキャリアを台無しにして——そのあげく、どういうわけか突然あなたの前に死体となって現れた」モーの静かな声は、言葉の冷たさをかえってますます強調していた。

「みんな、また手が止まってるぞ」アッシュはチャパティのおかわりをそれぞれの皿にのせたが、全員が一枚目も食べ終えていなかった。「こっちのほうがまだ温かい。食べなさい」

「なにか現実的な理由があるはずよ」テンペストは返した。声に出してそう言ったのは、家族だけでなく自分に言い聞かせるためだ。

「たぶんな」アッシュは立ちあがり、全員の皿を指さした。「残りを食べてしまいなさい。わたしはデザートを持ってくる」

アッシュはデザートにクラナハンを出した。テンペストは夏のベリーをトッピングしたこのスコットランドのプディングが大好きだが、いまは食べられる気がしなかった。どうやら父親もそうらしい。

「どこへ行くの？」モーは、デザートに手をつけずに立ちあがったダリウスに尋ねた。

「金物屋へ行かなくちゃ。うちの防犯対策を強化しないと。テンペスト、この件が片付くまでは、ひとりで出かけるんじゃないぞ。お義父さんとお義母さんもいいですね？」

「真剣に考えるのはいいことだと思うが」アッシュは言った。「どうすれば呪いを止められるのかわからんな」

テンペストはアブラカダブラを抱きあげた。「この子をケージに戻してくる。心配しないで、〈阿房宮〉の外には出ないから」

丘の上のほうに、未完成のまま放置された石の塔がある。エマが〈秘密の砦（シークレット・フォート）〉と名付けたその建物は、〈秘密の階段建築社〉による〝教訓になった試作品〟のひとつだ——エマとダリウスは、それを〝失敗した試作品〟ではなくそう呼んだ。当初の計画では、中世の城のような独立した石の建物が完成するはずだった。エマは姿を消す前の年からこの塔に入り浸り、とりわけ足首を捻挫してからは、遠出する必要のないこのプロジェクトに没頭するようになった。実利を生むプロジェクトではない一方で、ダリウスはほかの大きな仕事を監督しなければならなかったので、エマを手伝う余裕はなかった。それでもエマは不思議な城の塔の物語を構想していたらしく、じっくり時間をかけてそれを形にしようとしていた。

〈秘密の砦〉のなかで唯一完成しているのは、スケルトン・キーをかたどったステンドグラスの窓で、未完成の床に金色の光を投げかけていた。鍵の形の窓は、産業革命によって製作できるようになった現代の薄いガラスではなく、分厚いガラスでできている。オレンジ色や黄色や赤みがかった金色（きっとモーおばあちゃんなら正しい色の名前を知っているはずだと、テンペストは思っている）のガラスが、金属の枠のなかに組み合わさってはまっている。きっちりと隙間なくはまっているわけではなさそうだが、たいした欠陥ではない。この円筒形の石の建物には屋根がなく、出入口にはドアもついていないからだ。直径は四・五メートルほどで、ほぼ一階分の高さしかないので、人が住むには適さなかったが、テンペストは帰ってきて以来、アブラカダブラのケージ置き場として活用している。

急斜面をのぼり、脱走したアーティストを彼の自宅に戻した。そのとき、ケージの扉の取っ手が壊れていることに気づいた。鍵の形をした取っ手は、ヴェガスからヒドゥン・クリークへ運ばれるあいだに、なにかにぶつかって欠けてしまったらしい。だから、昨夜アブラカダブラは脱走できたのだろう。このケージを造ったのはテンペストの大工の父親で、見た目の美しさにこだわり、取っ手を鍵の形にしたり、上部に城壁のような飾りをほどこしたりした。アブラカダブラは、テンペストが持ってきてやった残りものの野菜をよろこんで受け取った。テンペストのことを心配していないのはアブラカダブラだけで、夢中で野菜をむしゃむしゃやり、飼い主には目もくれない。

そのとき、なにかがこすれる音につづいて人の声がした。

「きみは本物か？」

テンペストがさっと振り向いたので、アブラカダブラは驚いてマットを片脚で叩いた。

本来ならドアがはまっているべき石のアーチの下に、サンジャイが立っていた。タキシードに山高帽というでたちなので、ステージを終えたばかりのようだ。ただし、あちこちが乱れていた。蝶ネクタイは傾き、カマーバンドもしていないし、いつもはパリッとアイロンのかかっている純白のシャツはしわだらけだ。

テンペストの思い違いだろうか、いや、彼の声はたしかに少しかすれてはいなかったか？

「もちろん本物よ、おばかさん」

テンペストは力強い腕につぶれるほど抱きしめられた。そのまま抵抗せず、しばらく彼の心臓の鼓動と吐息の熱さを感じていたが、いつまでたっても放してもらえなかった。テンペストは彼を押しのけた。「いったいどうしたの？　アブラカダブラをけしかけるよ？」

兎が鼻をひくひくさせた。テンペストを凝視しているサンジャイは、その表情に気づかなかった。

「ネットは大騒ぎだよ」彼は言った。「きみが死んだって」

12

「よかった、きみが死んだっていうのは根も葉もない噂だったんだね」サンジャイはハンカチで目元をさっと拭ったが、あまりにもすばやい手つきだったので、テンペストには一瞬彼がなにをしたのかわからなかった。

うめき声が漏れた。「どんな噂になってるの？」

「知りたい？」

「ざっくりまとめるとこうだ。〝ザ・テンペストが二十六歳でこの世を去った。ラージ家の呪いがふたたび襲いかかり、今回はエマ・ラージの失脚した娘の命を奪った……〟このへんでやめておこうか。だいたいわかっただろ」

「どんな死に方だったか記事になってる？」

「いまのところはまだ。普通は釣りタイトルに含まれてそうだけど。扇情的な言葉で煽(あお)ってクリックさせるってやつ。え、待って。ほんとうになにかあったのか？」

「わたしじゃないけどね」

「どういう意味かな」サンジャイはゆっくりと訊き返した。「きみじゃないけどとは？」

「キャシディって覚えてる？」

「あのひどい野心家か？　きみのショーが中止になってよかったことのひとつは、彼女と仕事しなくてよくなったことだ。いまどうしてるんだ？」

「死んだのはキャシディなの」

サンジャイはパンジャビ語で悪態をついた。テンペストは思わずほんの少しだけ笑ってしまった。自分やサンジャイのように健全なライブショーの演者にとって、緊張を強(し)いられる状況でついうっかり悪態をついてしまわないようにするのはなかなかに大変なことだ。家族そろって楽しめるショーの演者が汚い言葉を使うのはよろしくない。そして私生活で悪態をついていると、いつかかならずステージで口走ってしまう。けれど、観客のほぼ全員が理解できない言語なら気づかれない。

サンジャイはパンジャビ語に堪能なわけではないが、必要な言葉はいくつか身につけていた。インドの親戚と会ったときに役に立つ日常用語、ステージで使えるマジックの専門用語、そして苛立ちを表現するのに便利な言葉もあえて覚えた。テンペストはサンジャイがいまつぶやいた言葉の意味を知らないが、彼がかつて簡単なマジックを演じている途中、〝汚れた手〟に気づかれたときに――〝汚れた手〟とは下手な手つきを意味するマジシャン用語だ――同じ言葉をつぶやいたのを覚えていた。

テンペストはアブラカダブラを抱きあげた。彼はいやがったが、テンペストが餌もすくうとおとなしくなった。「わたしの部屋で話しましょう」

「おじいちゃんとおばあちゃんに聞かれたくないから？　たしかにこの塔にはドアがないな」

「屋根もね」テンペストは天を指さした。

「アッシュはタミル語はわかるけどパンジャビ語はわからない。ぼくがいまなにを言ったのか、アッシュにはわからないよ」

「たとえわかっても、あなたのお行儀の悪い言葉遣いをとがめたりしないよ。そうじゃなくて、わたしがあなたに話すことを聞かれたくないの」

母屋に入り、テンペストはドラゴンの翼を持ちあげて秘密の階段を隠している壁をあけた。

サンジャイはここへ来たことがあるので、なにも言わず階段をのぼった。だが、テンペストが彼を連れていこうとしている部屋に入るのははじめてだった。

「すごいな」サンジャイは、テンペストがスチーマー・トランクの上にのぼって隠しパネルを動かすのを見て目をみはった。「この上に、秘密の秘密の部屋があるのか?」

大人がひとり通るのがやっとの狭い階段をのぼると、そこはテンペストの寝室の真上にある小さな塔のなかだった。テンペストだけのマジックの小部屋だ。差し渡しが二メートル半ほどしかないこの部屋は外から見ると円形だが、内部は八角形で、七面は壁、残りの一面にドアがある。

壁のひとつはほぼ全面が窓になっていて、残りの六面には額縁に入れたマジシャンのポスターが貼ってある、フーディーニ、アデレイド・ハーマン、黒魔術師(ネクロマンサー)ニコデマス、ザ・ヒンディー・フーディーニ、セルキー・シスターズ、そしてザ・テンペスト。それぞれのポスターには、そのスターマジシャンが華麗なトリックを演じるだけでなく、物語を語っていることを示すイラストが描かれている。フーディーニのイラストは、手枷足枷(てかせあしかせ)をはめられた脱出王が人類の考案したあらゆる鍵に囲まれているもので、〝フーディーニを拘束できるものなどこの世にない〟というキャプションがついている。アデレイド・ハーマンのポスターもほかの男性マジシャンたちのものにならい、彼女の上を幽霊たちが漂い、足下には頭蓋骨が置いてある。その数十年後に描かれたニコデマスのイラストも同じく古典的なスタイルで、悪魔が彼の耳元でささやいている。サンジャイのポスターも同様だ。テンペストとセルキー・シスターズのポスターは、ステージではなく海のなかの彼女たちを描いている。豊かな黒髪が水中で渦を巻き、波に溶けこんでいる。水をよく見ると、さまざまな言葉やモチーフが隠れているのがわかる。

手描きのイラストで語る物語のほかにも、すべてのポスターには共通点があったが、テンペストはそれがなにかいまようやく悟った。それぞれに超自然的な要素がある。ただし、フーディーニは例外だ――彼は心霊術信仰の撲滅に取り組んでいた。

サンジャイは自分のポスターに山高帽をあげて挨拶した。「飾ってもらえるなんて光栄だな」

「うぬぼれないで。たまたまスペースがあいていただけよ」

「おじいちゃんおばあちゃんに聞かれたくない話ってなんだ?」

テンペストはアデレイド・ハーマンのポスターに触れた。彼女も、テンペストがからくも逃れたような劇場火災から生き残った。「ほんとうはキャシディではなくわたしが狙われてるなんて考えたくないけど……そうとしか考えられないの」

テンペストは憧れのマジシャンのポスターにくるりと背を向け、ずっとふさがれていた壁のなかから自分のステージ・ダブルの死体が転がり出るのを目撃したことをサンジャイに話した。

「巧妙な犯行だよね」と締めくくる。

「マジシャンみたいだな」サンジャイは考えこむように言った。「きみは生きているとネットで訴える人も何人かいた。手品師(プレスティジテイター)プレストンもそのひとりだ」

「プレストンが?」テンペストは、自分の超大ファンかつ修業中の手品師と自称する男が関係しているとは考えてもみなかった。「わたしが生きてるってどうしてわかるの?」

「きみたちはつながってるから、きみが生きてるのを感じると言ってるよ」

テンペストは身震いした。

サンジャイは険しい目でスマートフォンを見た。「とにかくSNSではそう言ってる。嘘をついてるんだとすれば、きみと間違えてキャシディを殺して、あとで自分のミスに気づいたからとも考えられる」不意にサンジャイの手からスマートフォンが消えた。ポケットにしまったのだろうが、テンペストには彼がどうやったのかわからなかった。

「プレストンがわたしに危害をくわえようとするかな」プレストンのことは、親切な人物であるということくらいしか知らなかった。不器用だが、いい人だ。彼が起点となってスタンディングオベーションが起きたと思えたことは何度もあるし、写真を撮らせてくれと無理やり割りこんでくる人が多いなか、彼はテンペストの邪魔をしないように待ってくれる。

「キャシディがきみのキャリアをぶち壊したせいで、きみと引き離されたと思いこんだのかもしれないよ？」

「最初からキャシディを殺すつもりだったと？」テンペストはかぶりを振った。「だれが標的だったのかはいまは問題じゃない。どんなトリックを使って彼女を壁のなかに封じこめたっていうの？」

「秘密の通路があるとか」

「あったとして、プレストンは〈ザ・キャッスル〉のオーディションで大失敗して会員になれなかった人よ。秘密の通路は――そんなものがあったとして――わたしもパパも見つけられないくらい巧妙に隠してあることになる」

「犯人にはたっぷり時間があっただろ」

「いいえ、なかった」なかったはずだ。キャルヴィンとジャスティンはこの夏にヒドゥン・クリークに引っ越してきたばかりだ。〈秘密の階段建築社〉は秘密の図書室とそれを隠す本棚を造ったが、今日までだれもパントリーとその周辺には手をつけていない。

「それにしても、なぜキャシディの死体を壁のなかに隠したんだろう？」テンペストは自分のマジックショーのポスターに一歩近づいた。「物語のないトリックよ」

手をのばし、暗い海のなかにかろうじて浮かびあがる二頭目のセルキーに触れた。この絵を見る者は、荒れる海の左右にいる二頭のセルキーがどうなるのか想像を巡らせずにはいられない。ショーのためにはいつもハッピーエンドの物語を書くようにしていた。だが、実人生でなにが起きているのか筋立てを考えると、考えたくないような結末しか思いつかない。キャシディの死体はまるで警告のように、不可能な状況でテンペストの前に現れた。まるで呪いが迫ってきているかのように。

13

「あなたは呪いなんか信じていないよね？」テンペストは捕まえた聞き手に尋ねた。

時刻は午前零時に近かった。窓の外は闇夜で、悪魔に耳打ちされているマジシャンたちのポスターに囲まれているせいで、テンペストは自分がなにを信じているのかもわからなかった。サンジャイはとうに帰ってしまい、ダリウスと祖父母も数時間前にそれぞれの寝室へ引き揚げたが、テンペストはどうにも眠れそうになかった。そこで、ふたたび狭い秘密の階段をのぼって最上階の部屋へ行き、さまざまな仮説を立ててみた。

テンペストは聞き手の反応を待った。「なにも言うことはないの？」

アブラカダブラは、むしゃむしゃ食べている干し草から顔をあげた。鼻をひくひくさせてテンペストをしばらく見つめていたが、食事に戻った。テンペストはひとりでいたくなかったので、自分とアブラに夜食を振る舞っていた。父親の冷蔵庫をこっそりあけると、アッシュおじいちゃんがこしらえた料理の残りものがあった。ビリヤニとベイクトビーンズ。よくある組み合わせではないけれど、オーブンで温めた米と野菜に豆をかけた。悪くないマッシュアップだ。

「アブラカダブラ・ラビット殿下はとくに異議がないみたいだから、わたしと同じ考えみたいね。呪いなんて存在しないって」

時計が午前零時を打った。もちろん比喩だ。サイレントモードにした携帯電話が、日付が変わった瞬間に光ったに過ぎない。

「もし呪いが本物だったら」テンペストはアブラカダブラに語りかけた。「真夜中になにかが起きるよね？」

窓をコツンと叩く音がして、テンペストはぎくりとした。雹（ひょう）？

天井の照明をつけて――中世の枝つき燭台（しょくだい）の形をした照明が頭上高くに吊るされている――カーテンをあけた。黒い人影が窓に小石を投げていた。狙いが正確だ。そして山高帽をかぶっている。サンジャイだ。

テンペストは窓を押しあけた。「サンジャイ？」小声で呼びかけた。

「ぼくに決まってるだろ」

「五秒待って」テンペストはドアの上にかかった大きな時計のダイヤルをまわした。帰ってきてからはじめてこの仕掛けを使うので、ちゃんと動くかわからなかった。時計の針は抗議のうめき声をあげたが、12の上で長針と短針が重なったとき、カチッという音がした。そして……なにも起きなかった。案の定だ。秘密の脱出扉はあかなかった。テンペストはいつもどおりのやり方で部屋を出た。秘密の階段と玄関のドアを使って。

「五秒以上かかったぞ」サンジャイのもとへたどり着くと、彼はそう言った。「勘が鈍ってるんじゃないか」

「技術的な問題があったの。なにしに来たの？」

「何度も電話したのに出てくれないから」

「電源を切ったの」

「電源を切った？」サンジャイはまったく理解できないと言わんばかりに驚きの声をあげた。

「だれがそんなことを？」

テンペストは片眉をあげてみせた。「わたし」

「電話の電源を切ったりしないでくれ。心配したんだからな」

「だからって、真夜中にわたしの部屋の窓に小石を投げるわけ?」

「きみの部屋の明かりはついてるのに、下の階は真っ暗だった。きみのお父さんを起こしたくなかったんだ。あの人怖いし」

「それってわたしの知らない人かしら? わたしのパパは行き場のない若者を受け入れるような人なんだけど」

「身長百八十センチ超えで、ぼくのトラックのタイヤより太い腕の持ち主で、その人の娘とぼくは一時期つきあってた」

「そりゃ怖いね」テンペストは声をひそめた。「入って」

サンジャイは残りの小石を捨て、テンペストにつづいて家に入った。

「そんなに急いで伝えたいことってなに?」ふたつの秘密の階段をのぼり、ダリウスの寝室からもっとも遠くに位置する高い塔の部屋に入ってから、テンペストは尋ねた。

「ふたつある。まずひとつ目、アイザックが逮捕されたと、キャリサから電話がかかってきた」

「ずいぶん早いのね」

「彼の車のなかからキャシディの血液が発見されたらしい」サンジャイは窓の外に目をやり、カーテンを閉めた。

テンペストはブレスレットを握りしめた。「だれかいたの?」

「いや。でも、ぼくはずっとSNSをチェックしてる。プレストンがいまどこにいるか投稿してた。きみに知らせたいことのふたつ目はそれだ。きみの超大ファンはこの町にいる」

「べつに驚きはしないけど」

「インターネット上の噂はとめどなく広がるものだよ、だから確認したかったんだ。大事な人に連絡するのを忘れてないか——」

「ニッキーね」テンペストはうめいた。ニコデマスにこの状況を伝えるのをすっかり忘れていたなんて、自分のことばかり考えすぎではないか？

「連絡したのか？」

「いいえ。でも、わたしが死んだというニュースがスコットランドに届いたのは夜中でしょ。ニッキーは寝てると思う」

「ああ、あっちはまだ朝の八時だ。ニッキーはいまでもショーのスケジュールに合わせて生活してるのか？」

「たぶん」目を覚ました彼が弟子の死のニュースを聞かされるところなど想像したくもなかった。「でも、そろそろ電話をかけても失礼じゃない時刻よね」

「そもそもニッキーなら、少々睡眠時間を削られてもきみの声を聞きたがるんじゃないかな」

テンペストはスマートフォンの電源を入れた。

「いったいなんだってこんな朝早くに電話をかけてくるんだあ？」テンペストの祖母と同じく、ニコデマスも驚くとスコットランド訛（なま）りが強くなる。

「わたしも声が聞けてうれしいです、ニッキー」

「まだ朝の八時だぞ」ニコデマスはあくびをしたが、次の瞬間にはあわてた声で言った。「なにかあったから電話をかけてきたんだろう？　どうした、なにがあった？　モーか？　アッシュか？」

「わたしです。逆に大丈夫だって伝えたくて。わたしはほんとうのところ死んでませんって」

「死んでない？」ニコデマスは黙りこんだ。しばらくして発した声からは寝起きであわてた感じがなくなり、すっかり目を覚ましているものの困惑しているようすだった。「ふむ、わかったぞ。おまえさんが死亡したという噂が海を渡ってきたようだ。ということはなんだ、宣伝イベントをしくじったか？」

テンペストはうめいた。ニコデマスが真っ先に思いついたのがそれなら、間違いなくメディアは夏と同じくひどいことを書きたてるだろう。

「違います」テンペストはむっとした口調で返した。「死んだのはわたしのステージ・ダブルです。キャシディ・スパロウ」

「おまえさんのドッペルゲンガーか」ニッキーはぼそりと言った。「電話をかけてきてくれてよかった。目を覚ましていちばんに耳にするのが愛する弟子の死だったら、この年ではひどくこたえるだろうからな。おまえさんの顔が見たいね、お嬢さん。ビデオ通話でかけなおさせてくれ」

「わたしの声が偽物だと疑ってます？」

「最近は人工知能とやらで本物そっくりの声を合成することができるんだろう。だが、それとは関係なく、とにかく顔を見たいんだ」

それから一分もせずに電話をかけなおしてきたニコデマスは白いワイシャツ姿で、白髪交じりの金髪を野生味あふれる感じにスタイリングしていた。人前に出るときはかならず完璧にメイクするタイプの人がいるが、ニコデマスもかならずワイシャツをきちんと着て、映画監督のデイヴィッド・リンチそっくりに髪を波頭のように立てている。

ニコデマスは、彼の寝室の真下にあるスタジオの煉瓦(れんが)の壁の前に立っていた。前回テンペストが彼の家を訪れたときには、古典的なからくり人形(オートマタ)が問題なく動いていたものだ。ぜんまいを巻くと、署名したり宙返りしたりする。最初期のロボットだ。テンペストは占いをする二体のオートマタにぞっとしながらも魅せられ、百年前に作られた、トイピアノを弾く女性の人形を愛(め)でた。もっとも、人形の体はほとんどワイヤーだけになってしまっているが、だからこそ愛おしいのかもしれない。体の外側はほぼなくなっているけれど、彼女は素敵な音楽を奏(かな)でた。

テンペストはスマートフォンを掲げ、黒魔術師ニコデマスのポスターを映した。ちょっとした心遣いだが、キャリアが終わりに近づいているニコデマスはよろこんでくれるはずだ。

「そこにサンジャイもいるのか?」ニコデマスはテンペストの背後にいるサンジャイに気づいた。「おまえさんたちは――」

「違います」ふたりはそろって答えた。

「ステージで事故が起きたのか? こんなに早く復帰するとは意外だ。もっとまめに近況報告をしてもらいたいな」

「ステージ事故じゃないし、ほかの事故でもありません」

「どういうことかな?」ニコデマスはゆっくりと言った。「事故ではないとは?」

「殺されたんです」テンペストは、ビデオ通話にしなければよかったと後悔した。ニコデマスの顔に広がった恐怖と不安に胸がつぶれそうになった。

「おまえさんのドッペルゲンガーが殺された……大丈夫なのか?」ニコデマスはいまにも取り乱しそうに早口になった。「警察は警備してくれているのか?」

「わたしが危険にさらされていると考える理由はないんです。キャシディのボーイフレンドが逮捕されたので」だが、どうしても納得できなかった。考えれば考えるほど、プレストンと変わらないくらい不器用なアイザックにあんなことができるとは思えなかった。

怖がっているとは認めたくない。けれど、何年も前から人生に影を落としているフレーズが頭から消えなかった。

一族の長子はマジックに殺される。

14

「よく眠れなかったの?」テンペストは、ツリーハウスのデッキで朝食の量の少なさに驚き、祖父に尋ねた。「アイザックが逮捕されたんだから、おじいちゃんもほっとしたんじゃないかと思ってたのに」サンジャイから逮捕の知らせを聞いて、テンペストはすぐに父親と祖父母を起こしてその報を伝えていた。

アッシュは真顔で茶色いフェルトのフェドーラ帽をいじった。今日の朝食のメニューは簡素だ。スコットランドのポリッジとインドのコーヒー。

「わたしたちはしばらく前に朝食をすませたんだ」アッシュは言った。「これはおまえに取っておいた。ポリッジとコーヒーなら、コンロで温めなおせるからね。スフレはそうはいかない」

「わたし、スフレを逃しちゃったんだ?」

アッシュは少し明るい表情になり、喉を鳴らして笑った。「おまえを朝型人間にしなくちゃいけないな」

モーおばあちゃんがテンペストににんまりと笑いかけた。「あたしが朝型になったのもおじいちゃんに出会ってからよ。音楽家もマジシャンと同じで夜が遅かったから。だけど、お医者さんは——料理人も——朝が早い。そりゃもう早いもの」

「パパは?　あと何日かは現場が閉鎖されると思ってたんだけど」

「おまえがあの音に目を覚まさなかったのが不思議だよ」

「音?」

「ダリウスとロビーがさっきからうちの敷地のまわりに仮設のフェンスを巡らせているんだ」

「フェンス？」テンペストはうめいた。「取材が殺到してるの？」

「いいえ、それほどでもないわ」モーおばあちゃんがまたテンペストに冷やかすような笑みを向けた。「あなたはそこ、、、、まで有名じゃないからね」

「見にいってもいい？」

「やめといたほうがよさそう」

テンペストのスマートフォンが振動した。

サンジャイからテキストメッセージが届いていた。ごめん。収拾をつけるつもりでSNSに投稿したのが間違いだった。きみに会ったと投稿した。いまやぼくも煽(あお)り屋だ。

テンペストはうめいた。サンジャイのメッセージには、カリフォルニアの森林火災より速くインターネットで広まっている噂のスクリーンショットが添付されていた。

ヤバい事態？

ヤバい。でもこんなことになるなんて思いもしなかった！

謝罪に〝でも〟はつけないほうがいいよ。テンペストはそう返信してスマートフォンの電源を切った。

二分後、祖父のスマートフォンが、彼が置き忘れた場所で鳴りだした。アッシュは屋内の朝食コーナーにスマートフォンを取りにいき、またデッキに出てきた。「やあ、声が聞けてよかった！　うちの孫娘がゆうべきみを夕食に誘わなくて悪かったね。ああ、そう言ってくれるとありがたい。うん、ここにいるよ」祖父はテンペストに電話を差し出した。

テンペストはしぶしぶ受け取った。「あなたのせいじゃないのはわかってるよ、サンジャイ。べつに怒ってないし」

「だったら、なぜ返信しないんだ?」

「家族と朝ごはん中だから。で、なにが言いたいの?」

「悪かったって。今度は〝でも〟なしで。悪かったよ、テンペスト」

「よし許す。じゃあ、電話をアッシュに返すね」

「きみはもう食事はすんだのか?」アッシュは耳に電話を当てて尋ねた。舌を鳴らす。「流行(はや)りのコーヒーマシンで淹(い)れたカプチーノは朝食とは言わないぞ」

テンペストはポリッジを食べてコーヒーを飲み終え、アッシュの片付けを手伝ってから、ようやく状況がどれほどひどいのか確かめる覚悟を決めた。サンジャイが大げさに言いたてていたのでなければ、この一時間で状況はましになったようだ。とりあえず、大手のメディアは正しい情報を伝えていた。テンペストが死んだという噂はSNSには残っていたが、信頼できる情報源は、亡くなったのがキャシディ・スパロウで、彼女のボーイフレンドが逮捕されたと報じていた。

テンペストがヒドゥン・クリークに帰ってきてからは、マジシャンとしてのキャリアが悲惨に終わったことに関する記事は減っていた。ところがいま、また爆発的に増えている。テンペストはSNSのアカウントを削除したあと電話番号も変えたので、新しい番号を知っている者は少ない。いやがらせの電話はかかってこなくなった。もっとも、そんな思い切った手段をとったせいで、悪意がないとわかっている相手からも連絡がなくなったのだが。それでも番号を変えた甲斐はあった。善意の人より悪意ある人のほうがはるかに多いのだ。テンペストは不本意ながらマネージャーのウィンストン・カプールにも新しい電話番号を教えたものの、彼から連絡が来るのを恐れていた。ウィンストンが事故はテンペストに責任があると思いこんでいるのはたしかだ。もっともらしく同情しているそぶりをしていたが、むしろほんとうに訴訟になった場合に備えて、テンペストに法律事務所の連絡先を書いたリストを渡すことのほうが、彼にとっては重要らしかった。

テンペストは、敷地の道路側の境界線に沿って金網フェンスが大雑把(おおざっぱ)に設置されているのを知った。フェンスは〈秘密の階段建築社〉が造るものすべてに宿る工芸美を損なうものだが、もっと大事な目的にはしっかりと合致していた——みんなを守るという目的に。

テンペストは斜面をおりたが、フェンス越しにだれかが話しかけてきたら困るので、あまり近づきすぎないようにした。それでも、木々のむこうにいる六人のなかによく知っている顔が見えた。厳密に言えば、これといった個性のない彼の顔に気づいたわけではない。体に合っていない服のほうが先に目についた。彼は以前、このだぶだぶのタキシード・ジャケットは幸運のお守りなんだ、なぜならはじめてきみに会ったときに着ていたものだから、と言っていた。テンペストの超大ファンを自称するプレストンは、この町に来ていたどころではなかった。〈フィドル弾きの阿房宮〉にまで来ていたのだ。テンペストは彼に気づかれないようにそろそろとあとずさった。

〈秘密の階段建築社〉の工房として使われているシーダー材を張った納屋にダリウスがいた。

「フェンスを立ててくれてありがとう。でもあそこまでする必要は――」

「あるに決まってる。間に合わせだが、最低限の役には立つだろう」

「くたびれたでしょう。ポリッジの残りは食べちゃったけど、アッシュおじいちゃんがよろこんでなにか作ってくれるよ」

「朝たっぷり食べたけど、時間がたったからなあ。これでおまえも危ない目にあうことはないだろうから、なにか食べて作業をつづけるとしよう」

「ナイトさんのお宅の仕事は延期じゃないの？」

「おれが休みを取ったことがあるか？」

ない。

「一日ひまができたからな」ダリウスはつづけた。「みんなはいろいろ点検してるし、おれは返さなければならない借りがある」

「いつもみんなのことを考えてるんだね、パパ」テンペストは子どものころからダリウスをダッドではなくパパと呼んでいる。タミル語では父親を〝アッパ〟というので、母親とおばはアッシュをアッパと呼んでいた。テンペストはタミル語を話せないので、幼いころは母親が祖父を〝パパ〟と呼んでいるものと思っていた。ほかの子どもたちが父親を〝ダディ〟と呼び、少し大きくなって〝ダッド〟に変わっても、テンペストはずっと〝パパ〟を使っている。

「そろそろギディオンが来るはずだが――」遠くで小さなブザーの音がした。「よかった、フエンスに取りつけた新しいブザーはちゃんと鳴るようだ。でも、もっと音を大きくしなけりゃ……おっと、昨日言うのを忘れていたが、おまえが帰ったあと、ギディオンがおまえに話があると言っていたんだ」

「話ってなに？」

「さあな。ちょっと迎えに行ってくる。フェンスに自動の開閉装置をつけるひまがなかったから、昔ながらのやり方で入れてやらないと」

だが、ダリウスが連れてきたのはギディオンではなく、ブラックバーン刑事だった。

「まるで砦ですな」刑事は新しいフェンスが敷地全体を囲んでいるのを知ってそう言った。

「おもてで手品をやってる男性は知り合いですか？　あまり上手じゃないようですが。あの人が侵入してくることはなさそうだ」

「娘を守るためならおれはなんでもやりますよ」

テンペストは、刑事がちらりとダリウスを見やった瞬間に息を止めた。まさか、パパがキャシディの死に関係していると思っていないよね？　パパも余計なことを言わないでいてくれればよかったのに。

「署員がナイト邸の壁を調べました」ブラックバーン刑事はダリウスからテンペストに目を転じた。「天井も、床も。遺体をあの壁のなかに入れることは不可能だったはずです」

「でも入っていたんです」テンペストは、刑事が言葉を慎重に選んだことに気づいていた。

「そうなんですよね。みなさんのおっしゃるとおり、あなたの目の前に転がり出てきた。不可能を可能にする一族に生まれ育ったあなたの前に」

「待ってくれ」ダリウスはテンペストをかばうように前に立った。「おれたちを疑ってるって言うのか？　犯人は逮捕したんだろう」

刑事はおもてのゲートのほうに目をやった。ついてきた者はいなかった。「逮捕したのはわたしじゃありません。ラスヴェガス市警です。アイザック・シャープに不利な決定的証拠があります」

テンペストは目を丸くして刑事を見た。「アイザックがどうやってあの壁のなかにキャシディを閉じこめたのかわかったんですか？」

「動機はまだわかっていませんが――」

「ですから、方法は？　アイザックのことは知ってます。彼には人殺しなんかできないと言いたいんじゃないんです。こんなことをやってのけるのは無理だと――」

「証拠があるんです」

「どんな？」

「もちろん教えるわけにはいきません」

「わたしは協力したいと言ってるんです」

「こちらはもう忘れなさいと言ってるんです。あなたも知っているでしょう、かならずしも求めている答えが見つかるとは限らないと。人生はわれわれが望むようなきれいな回答を与えてはくれません」

そのとおりだが、考えれば考えるほど、なにかが間違っているという確信が強まるばかりだった。「絶対に違います」

テンペストはキャシディのボーイフレンドをよく知っていた。彼はキャシディとつきあう前はテンペストのボーイフレンドだったのだから。

15

アイザックがテンペストのボーイフレンドだったというのは少しばかり正確さを欠くかもしれない。テンペストがラスヴェガスで暮らしはじめたころに、ほんの短いあいだつきあっただけなのだから。

あの大都市でなんとか勝ちあがろうともがいている才能あるパフォーマーたちの例に漏れず、アイザックは会う人みんなを魅了した。自分の存在がちっぽけに感じるような都会に来たばかりで人とのつながりに飢えていたテンペストは、アイザックの見せかけの魅力に引き寄せられた。そう、まさにそれ。見せかけだ。公平を期すためにつけくわえれば、アイザックに悪意はなかった。人をだまそうとしていたわけではない。愛されたかったのだ。自信のない彼は、攻撃されていると感じた相手に突っかかった。テンペストとの関係は何度かデートをしただけで終わり、その直後に彼はキャシディと出会った。テンペストとしてはアイザックと別れられてほっとしていたので、キャシディが彼は自分のためにテンペストを捨てたのだと言いふらしても訂正する気にもならなかった。

テンペストは、アイザックがキャシディに少なくとも二回は暴力をふるったのを知っていた。リハーサルに現れたキャシディはメイクで痣を隠していて、〝うっかり〟転んだのだと言った。ステージ上では大急ぎでセットをチェンジするときですらつまずいたことがないのに。さまざまな点でキャシディにはいらいらさせられたが、バランス感覚は申し分なかった。

アイザックは暴力をふるう。だから、車のなかに血痕が残っていてもおかしくはない。だが、彼にはあんなふうにキャシディの死体が見つかるように準備することはできない。それは断言できる。警察が間違っているという意見を肯定してくれそうなあの人に相談する必要がある。一見したところ不可能な犯罪を、自分と同じ見方で検討してくれるあの人に。

「大丈夫か？」テンペストは父親に声をかけられて、はっとわれに返った。

「今日はみんなにいろいろ点検してもらうって言ってたよね。アイヴィはもう現場にいるの？」

ダリウスはスマートフォンのカレンダーを見てかぶりを振った。「集合は一時間後だ」

テンペストはくるりと振り向いた。「刑事さん、ほかに話はありますか？」

「どこへ行くんだ？」ダリウスが尋ねたと同時に、ブラックバーンがかぶりを振った。

「旧友に会いに」

アイヴィの家はヒドゥン・クリークの大通りから近い二世帯住宅だった。アイヴィは寝室がひとつの二階部分に住んでいて、一階は姉のダリアとダリアの妻ヴァネッサ、そして幼い娘のナタリーの住居だ。もとは一家族用の家で、ヒドゥン・クリークに多い築百年の住宅の一軒だが、一九六〇年代に近くの大学の規模拡大にともなって二世帯住宅に改築された。大学教授や学生は歴史の古い建物に住みたがるが、三百平方メートルを超える面積は一世帯では持て余してしまう。

テンペストは、この家に来るのははじめてだったが、間違いなくアイヴィの家だとひと目でわかった。蔦の這うアーチの上部に門の神ヤヌスが彫りこまれている。ただし、ローマ神話どおりの前後に顔を持つ男神ではなく、赤毛の姉妹の姿をしている。石の顔は着色されていないが、石の巻き毛はつややかな赤銅色で、夏の日差しに輝いていた。

アーチの先の小道沿いにも色つきの磁器の人形が並んでいるが、こちらは少し変わっている。三人のこびとの像だ――拡大鏡を持った赤毛のこびと（犯罪ドキュメンタリー・ライターのダリア）、議長槌を持った黒髪のこびと（法律家のヴァネッサ）、そして赤ちゃんのこびと（ナタリー）。

アイヴィの住まいには、家の左側にある螺旋階段から入る。階段の入口に、いかにも〈秘密の階段建築社〉の作品らしい仕掛けがほどこしてあった。人間の手がすっぽり入るほどばかでかい鍵穴のついた錠前があり、門扉をあけるには鍵穴に手を突っこむ必要がありそうだ。鍵穴のなかには木彫りの鍵があった。テンペストは鍵の軸をつかんで、そっと引っ張った。びくともしない。だが、右にひねると、かすかな音とともに門扉がさっとひらいた。だから郵便箱が門扉の外にあるのだ。

「仲直りのプレゼントがもうひとつあるの」テンペストは玄関のドアをあけて言った。「今度はすごいやつよ」

「ナンシー・ドルーの初版本よりすごいの？」

「何倍もすごいよ。現実の謎を持ってきたんだから」

アイヴィのピンク色の唇が分かれ、視線がテンペストの腰に当てた両手からアーチ形に持ちあがった眉へ動いた。「キャシディはボーイフレンドに殺されたんじゃないと考えてるんでしょ」

テンペストはにわかに希望が湧きあがるのを感じながら、かつては親友だった女性を見つめた。いまでも親友だと思える女性を。長いあいだ離れていたのに、アイヴィはだれよりもテンペストをわかっている。「そう、彼じゃない」

「つまり警察は間違ってるってことだよね」

「そもそも狙われたのはキャシディじゃない」テンペストは深呼吸した。「ほんとうの狙いはわたしだと思う」

アイヴィは唇を噛んだ。「まさか本気で一族の呪いが迫ってきたと思ってないよね」

「なぜキャシディの遺体がここへ運ばれたのか？　わたしは遺体が超自然的な力によってあの壁のなかに封じこめられて〈建築社〉の社員に発見されたとは思ってない。だれかがわたしとわたしの家族を標的にしてると思ってるの」

アイヴィは片方の眉をあげた。「五世代にわたって?」

「違う違う。そうじゃなくて、これはなんらかの策略(トリック)だってこと。その謎を解くのを手伝ってくれるの、くれないの?」

「もちろん手伝うよ」アイヴィは大きく一度うなずいた。「手始めにどうする?」

「すでにあなたの頭には参考になりそうなクラシック・ミステリの映画が一ダースほど浮かんでるはずだよ。わたしたち、子どものころにあんなにミステリの本を読んだり映画を観たりしたでしょ」

「コッホン」

「待って、いまなんて言った? コッホン?」

アイヴィはピンク色の指先をこめかみに当てた。「いまフェル博士が降りてきてるの。ジョン・ディクスン・カーが創造した有名な探偵役。あんたもこんなに長いこと離れていなければ覚えてるだろうに——」

「覚えてるよ。ただ、あなたが大人になったいまもフェル博士になりたがってるとは知らなかったから」

「フェル博士以上になりたいものなんかある? 彼は不可能犯罪の謎を解くスーパーヒーローだよ。いまあたしたちに必要なのは、フェル博士の推理メソッド。なぜなら、あたしもあんたが正しいと思うから。昨日見たあれは、どこか変な感じがしたんだよね」

「創造的な思考力にエンジンをかけるために、クラシック・ミステリ映画ナイトを開催しない？」

「じゃあ、アガサ・クリスティの『そして誰もいなくなった』なんてどう？　まったく予期せぬどんでん返しミステリだよね。それから人違いものの映画として、ヒッチコックの『北北西に進路を取れ』は？」アイヴィはスマートフォンを見やり、悪態をついた。「これからマリン郡の現場でロビーと仕事で、夕方までかかりそうなんだ。今夜八時にうちに来て」

16

テンペストはオーシャン・ビーチの波打ち際に立ち、裸足を海水に洗われながら、寄せては返す太平洋の波の動きを眺め、音を聞いていた。しびれるほど冷たい水に思わずつま先を丸めたが、しっかりと砂を踏みしめてその感覚を味わった。この夏、いまのところ水にも炎にも殺されずにすんでいる。でも……ジーンズを膝までまくりあげていても、両足は凍りついたように動かず、沖のほうへただの一歩も踏み出そうとしなかった。

海に来たのは、自分と闘うためではない。頭を働かせるには体を動かす必要があるからだ。普段は毎日、何時間もぶっつづけで稽古をするが、故郷に帰ってきてからすっかり怠けてしまっている。それでハイキングに行こうかと考えたのだが、それよりも海に呼ばれた。テンペストは両足を砂に沈ませて踏ん張ると、大きくのびをして後屈し、ブリッジの体勢からくるりと回転した。もう一度。ブリッジ回転を繰り返しているうちに、いつのまにか見物していた人々に拍手され、テンペストは動きを止めた。遠くまで来てしまい、靴がどこにあるのかわからなくなった。観衆にお辞儀をし、ぽつりと見えるふたつの赤い点を目指して走っていくと、思ったとおり自分のスニーカーだった。

ランズ・エンドでしばらくハイキングをし、日が沈むころに〈フィドル弾きの阿房宮〉へ戻ってきた。丘の斜面の木立に差しこんでくる光の色が変わりはじめていた。テンペストはアブラカダブラに餌をやった。アブラカダブラが彼の小さな自宅を自由に出入りできるよう、ダリウスに頼んでケージの入口にスロープをつけ、囲いを造ってもらわなければならない。アブラカダブラはトイレがわかるので、一時期は完全に室内で飼っていたが、ほんとうはアウトドアが好きなのだ。

一方、テンペストのアウトドア活動は無駄に終わった。キャルヴィン・ナイトの屋敷で見たものはイリュージョンとしか思えなかった。イリュージョンなら見ればわかる。自分自身がステージでイリュージョンを起こしてきたのだから。それなのに、ステージをおりると思いつくのは答えより疑問ばかりだ。夜にアイヴィと話し合うのが待ちきれない。そういえば、あとでダリウスかアイヴィにギディオンの電話番号を教えてもらわなければと思ったのに、忘れていた。ギディオンも話があると言っていたそうだけれど、大事な話ならむこうから電話かメッセージをくれるだろう。

自室で汗と砂にまみれた服を着替えていると、突然、なつかしい音が響いた。窓の外の秘密の呼び鈴の音を思い出したのは何年ぶりだろうか。軽く十年は忘れていた。子どものころにつけてもらった呼び鈴はよくある呼び鈴の音ではなく、ウィンドチャイムのような音がした。秘密の呼び鈴を知っているのはアイヴィだけだ。こっそり家を抜け出して、アイヴィと大冒険に出かけていたころ——というか、家の裏手の小さな〝森〟に基地を造り、古い映画を観て、またこっそり部屋に戻っていたころ。アイヴィは自宅で待たずにこっちへ来てくれたのだろうか？　おもてのゲートはだれかがあけたのだろう。テンペストは旧友がいるものと思い、窓の外を見おろした。

だが、そこにアイヴィの姿はなかった。だれもいない。

どこかからウィンドチャイムの音が風に乗って流れてきたのかもしれない。テンペストは窓に背を向けようとしたが——そのとき、またよく知っている音が聞こえた。フィドルの音だ。悲しみとよろこびが入り混じった音の波に包まれ、テンペストはその曲を知っていることに気づいた。母親がいつも弾いていたバラッドだ。祖母もフィドルを弾くが、この曲を弾いているのを聴いたことはない。

「モーおばあちゃん？」

テンペストは息を止めた。正確にタイミングを計る仕事をしている者として、時間が止まるという表現は以前から嫌いだった。だが、ちらりと人影が見えた瞬間、まさに時間が止まった。あの人影はモーではない。

子どものころによくのぼった瘤だらけのオークの古木の根元に、フィドルを構えた女性が立っていた。

透き通った女性が。

それも、ただの女性ではなく、テンペストの人生でだれよりも大切な人だ。五年前に失踪して以来、一度も会っていない人。

「ママ?」

17

背後のオークの木が見えるほど透き通った幽霊のような姿の女性は、ふわりと浮きあがって宙を漂い――やがて、ふっと消えた。

エルスペスがステージ事故で亡くなってから十年、そして母親が失踪してから五年がたったいま、テンペストは立ちすくみ、母親そっくりの幽霊のようなものが漂っていた空間を見つめていた。

ずいぶん時間がたって、ようやくテンペストは冷静さを取り戻した。想像力の暴走にわれを忘れて怯えた自分をののしりながら階段を駆けおり、幻影のようなものがいた木の根元を調べた。

なにもない。

テンペストはじっと立って耳を澄ました。なにか聞こえたか？　聞こえた。アブラカダブラがぱたぱたと足を踏み鳴らしている。テンペストは体がこわばるのを感じた。アブラカダブラはどうしてぴりついているのだろう？

太陽が西の地平線に沈んでいき、テンペストが立っている木々に覆われた急斜面は薄暗くなった。テンペストは足音を忍ばせて〈秘密の砦〉に向かった。どきどきして足を速めた。未完成の塔の前へまわろうとしたとき、だれかがなかに隠れていたらどうするのか、なにも考えていなかったことに気づいた。そのだれかは人間に決まっている。血の通った、生きた人間に。テンペストは自分が強靭(きょうじん)な両脚の持ち主だと知っていたし、敵を気絶させる――最低でもひっくり返すことができるキックのやり方は身につけていた。幽霊なんかじゃない。心のなかでそう繰り返しながら、そろそろと進んだ。

ドアのない入口からなかに飛びこんだ。塔のなかにいる生きものは、不機嫌そうな兎だけだった。彼はテンペストに向かって鼻をひくひくさせてから、そっぽを向いた。

さっきの透き通ったフィドル弾きは想像なんかではなかった、よね？

それから五分間、人がいた形跡を探しまわったが、もちろん庭は人の足跡だらけだった。なにしろここには四人の人間が住んでいて、ひとりは人を楽しませるのが好きで、もうひとりは敷地内に会社の工房を持っている。どれが探している足跡なのか知るのは不可能ではないかと思いはじめたとき――見慣れた足跡を見つけた。

テンペストの寝室の窓の真下に、薔薇(ばら)の形のへこみがある足跡があった。キャシディ・スパロウがいつも履いていた靴のソールに刻まれていたのと、まったく同じ薔薇の花が。

七分後、テンペストはアイヴィの家のドアを強くノックした。手が震えていた。ここまでの短いドライヴのあいだにジープをどこにもぶつけなかったのが不思議なくらいだ。

返事はなかった。約束の時間まであと三十分もある。

そのとき、家の横手からアイヴィがひょいと顔を出した。「テンペスト、あたしにも生活ってものがあるんだよね。いまお姉ちゃんたちと食事中なの。あんたも町に帰ってきたからといって、あたしに――」

「たったいま見たの――」テンペストは口をつぐんだ。なんて言えばいいのだ？　たったいま、死んだ母親の幽霊を見たと？

「なにを見たの、テンペスト？」アイヴィはのろのろと螺旋(らせん)階段をのぼってきて、テンペストと向かい合った。「ほら、話すの、話さないの？　ぐずぐずしてたら、ナタリーにバクラヴァ（ナッツを挟んで焼いたパイ生地にシロップをかけた菓子）の最後の一個を食べられちゃう」

「わたし、見てしまった……幽霊を。わたしの部屋の窓から」

アイヴィは階段の手すりを握りしめた。「ここで待ってて。二秒で戻ってくるから」

アイヴィが姉の家の食卓から戻ってくるまでに二分かかった。階段の上で、アイヴィはテンペストにバクラヴァが二個のった皿を渡し、ドアの鍵をあけた。

「あんたのファンがフェンスを乗り越えたのかもよ?」アイヴィは正面の窓から外のようすを確認し、白いカーテンを閉めた。

「わたしもそれは考えた。わたしのステージをほとんど欠かさず観にきてた人がいるんだけど、ショーが打ち切りになって、わたしがSNSのアカウントを全部削除したら、なんだかおかしくなっちゃって。プレストンっていう人。アマチュアのマジシャンだから、人の形をしたものを消すことはできるかもね」テンペストはかぶりを振った。「でも、わたしに対してこういうことをする人じゃない。それに、彼にあんなことができるわけがない――」

「あんなこと?」

アイヴィに幽霊が母親そっくりだったとアイヴィに言えないのはどうしてだろう?「透き通ってたの。わたしも半透明の映像を映し出す方法は十通りくらい知ってるよ、たとえば昔ながらのマジックで使われるペッパーズ・ゴースト(劇場などで使われる視覚トリック技法の一種で考案者のジョン・ペッパーにちなんでこう呼ばれる)っていう手法があるし、現代的なテクノロジーを使う方法もある。だけど……ほんとうに本物っぽく見えたの」

「だれかのいたずらに決まってるよ」

「変な足跡があったんだよね」

「ほらやっぱり」

「キャシディの足跡なんだけど」

アイヴィの目がまん丸になった。「キャシディの幽霊だって思ってるの?」

思いがけない指摘だった。笑い飛ばしてあきれてみせたいのはやまやまだけれど、考えこんでしまった。キャシディの幽霊だからエマに似ていたのだろうか？「ううん、そうは思わない。キャシディはソールに薔薇の花がついてるブランドの靴が気に入ってたの。寝室の窓の真下にあった足跡にも薔薇の花がついてた。いたずらだとしても、かなりの労力がかかってるよね、わざわざキャシディの靴を盗むなんて……」話せば話すほど、論理的に話しているつもりが、なんというか、論理性が薄れていく。

「バクラヴァ食べなよ」アイヴィは皿をテンペストの鼻先に突き出した。「糖分は効くよ。正直言って、ほんとに幽霊を見たみたいな顔してる」

テンペストは皿を押しやった。

「なにを考えてるの？　あんたがお菓子を断るくらいだからよくないことでしょ」

「マジシャンが観客を欺く手法があるの。巧妙な早技ではなくて。心理的な技術。観客の注意をそらすの。観客の想像力に余白を埋めてもらうわけ」テンペストは、なんらかのトリックがあると頭では理解していた。だが、心が疑念を差し挟もうとする。自分がなにを見たのかはわかっているはずだと。それにどう感じたのかも。

「思ってるより単純なことかもしれないよ。キャシディが自分の死を偽装した可能性は？」

「ありえない」目をきつくつぶると、すっかり生気の抜けたキャシディの顔が浮かんだ。

「うん、だけどあたしたちのだれも死体をちゃんと見ていないでしょ。ほんとうはキャシディじゃないかもよ」

「ブラックバーン刑事に頼まれて、わたしが確認したの。間違いなくキャシディだった」

アイヴィの頬がピンク色に染まった。「知らなかった」

テンペストはアイヴィの心配を手で振り払った。「たいしたことじゃないよ」ほんとうは、たいしたことだった。キャシディの死に顔が頭から離れない。「キャシディの髪がね」

「どうしたの？」

「最近、髪を切ったみたいだった。どうして切ったんだろう？　ずっと長くのばしてたのは、わたしに似せるためだけじゃなかった。長い髪が気に入ってたからよ。変なことばかりなんだよね。やっぱり呪いは本物だとしか思えない」

「今夜ばかりはそう言っても許されるよ。ステージで危うく死にそうになって、今度は自分のそっくりさんが殺されて、どう考えてもありえない場所で見つかったんだから」

「ショーをぶち壊したのはキャシディだという確信はある。だけどもし――」

「待って」アイヴィは言った。「最後のショーでなにがあったのか、あたしは知らないんだよね。ニュースになったこと以外は知らない。こうしてあんたと話すのも数年ぶりだし」

「あなたはわたしの父親と仕事をしてるでしょ。わたしのことは聞いてると思ってた――」

「あんたがなにをやってるか、あたしがいちいち尋ねると思ってるの？　自意識過剰だよ、テンペスト！　そっちはあたしがどうしてたか尋ねもしなかったくせに」

テンペストはきょとんとアイヴィを見つめた。「再会して一時間後にわたしのステージ・ダブルが壁のなかから転がり出てきたんだよ。そんなときに最近どうしてるなんて訊けないでしょ」

アイヴィは立ちあがり、テンペストをにらんだ。「世の中には早起きしなくちゃいけない人もいるの」

「仕事は延期になったんじゃないの？」

「ほかにもやるべきことがあるの。最近どうしてるのか訊いてくれていたら教えたのに」

「ほかにも？　やけにもったいぶるのね」

「あんたは十六歳のときに急にいなくなっちゃったから、あたしは自分の話もできなかった――反論される前に言っとくけど、こんなのいちゃもんだってわかってるよ、あんたはエルスペスおばさんが亡くなって悲しんでたんだから。あんたが黙っていなくなったことに怒ってるんじゃないし、あんたがエジンバラに行ってしまったことも怒ってない。あたしがいらいらしてるのは、あんたはハイスクールを卒業するまでずっとあっちにいたのに、連絡をくれなかったから。一度たりともね」

「そっちこそ」

「あたしは置いていかれたほうだよ」

「あなたにはわたしの親がそばについてたでしょ！　ツリーハウスに引っ越してきたんじゃないの。あなたはわたしの親と暮らしてた――」

「自分の家がめちゃくちゃだったから。そのことはあんたも知ってたのに、それでも連絡をくれなかった」

「だから、うちの親が一緒にいて——」

「ぜんぜん違うんだよ。あたしは親友を必要としてた、電話で話すだけでもよかった。あんたもあたしを必要としてたはずなのに、逃げるほうを選んだよね。あんたはあたしたち両方から逃げた——あたしからも、あんた自身からも。そして、お母さんがいなくなったときもそうした。なにもかも全部から逃げて、お母さんを取り戻そうとしてるふりをして、ひたすらステージの台本を書いてた。自分の人生を生きるのをやめちゃった。ずっとここにいたあたしたちのことも忘れちゃった」アイヴィは言葉を切り、声を低くしてつづけた。「あんたを信じられないんだよ、テンペスト。受け入れても、また逃げられるかもしれない。今度はあたしのほうから切るね。さよなら、テンペスト」

18

テンペストは信じられないほど孤独な気持ちで自宅へ車を走らせた。母親がいなくなったあとは悲嘆に暮れ、意気消沈していた。それでも、こんなことになったのは必然だという感覚もあった。頭では否定しているつもりでも、心のどこかでは呪いはいつか襲いかかってくるのだとあきらめていた。けれど、もう少しで手が届きそうだったアイヴィの友情をあっさり取りあげられてしまったいま、孤独は耐えがたかった。

十年前、いくらエルスペスおばの死に悲しんでいたとしても、アイヴィを突き放してはいけなかった。アイヴィの家族が壊れかけている兆候に気づかないふりをしてはならなかった。アイヴィは、両親がたがいをののしりあい、酒瓶が飛び交う家を抜け出して、まだ完成していなかった〈フィドル弾きの阿房宮〉のツリーハウスに忍びこんで眠るようになっていた。夜明けにアイヴィがいることに気づいたダリウスは、エマと話し合ってアイヴィを客用寝室に泊め、ツリーハウスの仕上げ方を教えた。いま祖父母が住んでいる小さなツリーハウスを完成させたのはアイヴィだと、当時のテンペストは知らなかった。はじめて知ったとき、本来なら友人が無事に暮らしていることに安堵するべきだった。だが、テンペストは嫉妬に呑みこまれた。そんな自分が情けなかった。嫉妬するなんてお門違いだ。でも、あのころの自分はこの世界に居場所を見つけようとしていた——それはいまも変わらない。

子どものころから、自分がどこにでもはまるような、どこにもはまらないような、ややこしい位置にいると思っていた。自分の外見を気にするようになったのは、自分ではない別のだれかの皮をかぶっているかのように、あれこれ訊かれるようになってからだ。自分はマッシュアップのアメリカ人であり、いまだに男性優位のマジック業界に属する女性マジシャンだ。スコットランド人でもインド人でもなく、父方の知らない先祖たちのマッシュアップでもなく、そのすべてでもある。マジシャンの助手ではなく花形マジシャン。テンペストというひとりの人間でありながらも、最高のパフォーマーかつ侮りがたい力の持ち主でもあると自負し、けれど途方に暮れている。

テンペストを動揺させているのは、その途方に暮れる感覚だった。まるで荒れ狂う暗い嵐の海のなかを歩いているようだ。アイヴィが灯台になってくれるかもしれないとつかのま期待したのに、みずからその期待をぶち壊してしまった。たくさんいた友人マジシャンも、テンペストのやり方は反則だの、マジックにおける手先の技術の価値をさげただのと言いつのり、離れていった。SNSのアカウントを削除したので、ちょっとした友人たちとも縁が切れた。もっとも、それ以前からだれかと知り合いになるたびに、最初から誤解されていた。相手はメディアの記事からテンペストの印象を作りあげているか、実際のテンペストとはまったく異なる人物像を思い描いていた——テンペストの外見から勝手に想像していたのだ。だから、テンペストは仲間はいらないと公言するようになった。ひとりでも大丈夫だと。

アイヴィには逃げたと言われたけれど、彼女は正しいのだろうか？　でも、今度は逃げたくなかった。呪いなどないと証明するために、アイヴィの助けがあってもなくてもキャシディ殺しの謎を解かなければならない。それから、ラスヴェガスのステージに復帰する策を練ればいい。

新しいゲートの前でタイヤをきしませて急停止した。ゲートがあるのを忘れていた。だれもいないようだったので、テンペストは車をおりてゲートをあけた。フェンスは仮設とはいえ、ダリウスにとって痛い出費だったはずだ。本人は認めないだろうけれど。無理をしたのではないだろうかと、テンペストは思った。

〈フィドル弾きの阿房宮〉は、ダリウスとエマが小さなバンガローだけだったのを風変わりな建造物の集まりに変えたあとも、しばらく別の人物のものだった。もとの所有者はゾラ・ジョージという変わり者の裕福な女性で、南カリフォルニアで若かりしころのダリウスに目をつけた。ダリウスの三倍は年上で、エマが遠まわしにからかっていたのとは違って、恋愛の対象というよりも息子のように思っていたようだ。当時、ダリウスはロサンゼルスで大工をしていたが、雇い主の指示に従わないので、クビになっては転職するのを繰り返していた。さらによいものを造るために時間をかけたかったのだが、ほかの従業員の仕事を圧迫するので、うまくいかなかった。ダリウスがいくつ目かの会社でクビを言い渡されたとき、施主のゾラが一部始終を見ていた。彼女はダリウスを買っていたので、みずから彼を雇ってライティングデスクを作るという特別な仕事をまかせた。

そのころ、ダリウスとエマはハイウェイの出口に近いコールドウォーター・キャニオンを臨む小さなワンルームのアパートメントに住んでいたのだが、ゾラから請け負った仕事は渡りに船だった。秘密の抽斗(ひきだし)をいくつも備えた大きなライティングデスクが完成したあと、ゾラは自宅の広い裏庭にふたりが建てたいものを自由に建ててもらいたいと依頼した。ゾラは建築基準法など気にしていなかったが、ダリウス本人は気にしていた。総合建設請負業者の免許を取ったばかりだったのだ。エマがゾラにとって大切なストーリーを聞き出し、ゾラの蔵書のなかから魔神と出会う孤児のおとぎ話をもとに、不思議な物語を書きあげた。中心となった作品は、宙に浮かぶカーペットだ。ゾラはとてもよろこんだ。

それからさらにたくさんの作品をゾラのために造り、ロサンゼルスでもいくつかの仕事を完成させたころ、エマがテンペストを妊娠した。ゾラは夫婦にとって完璧なアイデアを思いついた。ヒドゥン・クリークの広大な土地にこぢんまりしたバンガローを所有していたのだが、いずれは放蕩(ほうとう)息子のアーロに譲るつもりだった。岩や木に覆われた急斜面にある敷地は、いろいろな点で厄介ではあった――なにしろ保護林なので、勝手に木を切り倒すことができないのだ。それでも、ベイ・エリアなので地価は高かった。

ゾラはその敷地をダリウスとエマに格安で貸した。心ゆくまで試作品を造るにも、子どもを育てるにもうってつけの場所だと言ったが、ひとつだけ条件を出した――毎年、感謝祭のディナーにゾラを招待することだ。そうすれば、馬の合わない息子夫婦と過ごさずにすむから、と。クリスマスは女友達と過ごしていたが、年月とともに友達はひとりまたひとりと亡くなり、最後にはゾラ本人も亡くなった。テンペストは年に一度ゾラおばさんと会うのを楽しみにしていた。ゾラはいつもおもしろい本でいっぱいの箱を持ってきてくれて、それらの本はテンペストの秘密の本棚に収まった。〈フィドル弾きの阿房宮〉は、ダリウスとエマに遺贈された。

テンペストはゲートに鍵をかけ、いつものように秘密の階段をのぼり、服のままベッドにもぐりこんだ。

そのとき、それが聞こえた。

フィドルの音が。

ただの音ではなく、母親がよく弾いていたバラッドだ。この音色は、間違いなくエマが弾いている。

しかも、四方八方から聞こえてくる。

「ママはわたしの頭のなかにいる」テンペストはつぶやきながらチャームつきブレスレットを握った。銀色のフィドルを指先でつまみ、きつく目を閉じた。音楽はやまなかった。メロディがテンペストを包んだ。フィドル弾きはもう外にはいない——家のなかにいる。

19

音楽が鳴り響いている室内は空気が吸い出されてしまったかのようで、テンペストは胸が押しつぶされそうになり、必死にあえいだ。これはパニック発作だろうか？　悲しい体験はそれなりにしているが、パニック発作に近いものに襲われたのは、ステージで死にかけたあの夜の一度きりだ。

テンペストは階段を駆けおり、父親を起こした。

「悪い夢を見たんじゃないのか？」ダリウスはテンペストのひたいに手を当てた。

「パパには聞こえなかったの？」テンペストはいやな汗をかき、走ったせいではなく恐怖で息を切らしていた。

ダリウスは筋肉を盛りあがらせ、ベッドの下から野球のバットを取り出した。テンペストは、自分が子どものころに使っていたバットだと気づいた。生まれつき腕っぷしが強かったのでリトルリーグでは活躍したが、テンペストには野球は退屈だった。

「なにが聞こえたんだ?」

「わたし——」テンペストは途中で黙り、耳を澄ました。秘密の階段をおりたとたんに、フィドルのバラッドはやんでいた。「家のなかにだれかがいる音がしたと思ったんだけど」

「フェンスを乗り越えて入ってきたんだな。もっとちゃんとしたものを造ればよかった。おれが外に出たらドアに鍵をかけろ。周囲をチェックしてくる」

「わたしも一緒に行く」

ダリウスはだめだと言いそうな顔で口をひらいたが、娘のことはよく知っている。うなずいて、バットを握る手に力をこめた。ふたりは一緒にひと部屋ずつ調べていった。

なにも見つからなかった。

父親が隣にいると、フィドルの音を聞いたのが遠い昔のような気がしてきた。「どうやら気のせいだったみたい」テンペストは二周目をまわりながら言った。父親がその言葉に納得したときには、テンペスト自身もほぼ納得していた。ほぼ、だけど。

横たわったもののよく眠れないまま夜が明け、テンペストは起きあがり、窓のカーテンをさっとあけた。朝日がばかみたいにまぶしくて目を細くした。

十秒後、スマートフォンが鳴った。

「朝食は?」祖父の声が尋ねた。

ほんとうに、さっさと実家を出なくちゃ。「いま起きたばかりなの。わたしの分は取っておいてくれなくていいよ」

「朝はちゃんと食べないと」

テンペストはブレスレットのフィドルのチャームを指先でなでた。いま話している相手は間違いなく祖父だが、それをいえばゆうべあそこにいたのも間違いなく母親だった。母親は迎えにきたのだろうか？

体がぞくりと震えた。こんな状態ではだれにも会えない。「パパのキッチンで、コーヒーとシリアルですませるよ」

電話のむこうから不満そうに舌を鳴らすのが聞こえたので、あきらめてくれたようだと思いきや、祖父はつづけた。「本日のゴシップを聞きたくないかね？」

フィドルのチャームのネックの上で、指がぴたりと止まった。「ゴシップ？」

「タヴァ（インドのフライパン）でパンケーキを焼こうかね」

テンペストは急いでシャワーを浴び、十五分後、ツリーハウスの階段を駆けのぼる前に、〈秘密の砦〉に寄ってケージからアブラカダブラを出してやった。「あなたを自由にしたことを後悔させないでね」と兎に言うと、彼はテンペストに向かって鼻をひくひくさせてみせ、どこかへぴょんぴょん跳ねていった。

ダリウスが母屋のキッチンカウンターに残していったメモによれば、フェンスを借りた代わりに請け負った仕事に出かけるとのことだった。やはり、フェンスを買い取ることはできなかったようだ。労働で借りを返すつもりらしい。

「ゴシップってなに？」テンペストはアッシュに尋ねた。

「食べなさい」

テンペストはコーンミール・パンケーキの端をちぎった。アッシュおじいちゃんの言うとおりだ。パンケーキのおかげでたちまちいい朝になった。メープルシロップをかけると、友人たちが――おっと、元友人たちが食べているもののような味がするが、アッシュは直径三十センチより小さいものは焼かない。南インドのドーサ並みに大きい。そしてドーサのように、アッシュのパンケーキは薄くてカリッとして、とてもおいしかった。

アッシュはテンペストの前に数枚の紙を置いた。それはラスヴェガスの新聞記事のプリントアウトで、キャシディの死とそのボーイフレンドのアイザックの逮捕を報じるものだった。

「呪いなんかじゃないよ」アッシュはほほえみ、テーブルについた。

「呪いを信じてなかったんじゃないの？」

「確証があると安心するものだ。シロップをもっとかけるかね？」

「うん、完璧。ねえ、おじいちゃんはゆうべ変な音を聞かなかった？」

「変な音とは？」

「いや、なんでもない」

「侵入者のことを気にしてるのか？」アッシュは眉をひそめた。「ダリウスは大丈夫だと言っていたぞ。うちは安全だと。おまえが悪い夢を見たと思っていたようだが」

「うん、たぶんそう」

「防犯カメラをつけたほうがいいな。どうして工房のほうをちらちら見てるんだ？　まだ心配なのか？　それとも、パンケーキが妙な味でもするのか？」

「なにか聞こえたような気がして」

「少し前にギディオンが来たんだ。それで思い出したが、ロビーの弟のリーアムのためにレッスンの準備をしなくちゃいけない」

「レッスン？　おじいちゃん、建築を勉強して四つめの仕事にするの？」

アッシュはくっくっと笑った。「リーアムは料理人になりたいんだ」

「ヒドゥン・クリークに帰ってきてからすぐのころに〈ヴェジー・マジック〉でリーアムに会ったよ。料理人じゃなかった。ウェイターをしてた」テンペストは、以前ロビーに連れられてショーを観にきてくれたリーアムが、そのときとはずいぶん変わってしまったことにがっかりしたのだが、それについては触れないことにした。リーアムはテンペストの注文を取りながらこう尋ねた。あの大失敗で刑務所に入れられる前に、最後の晩餐に来たのか？　そう思った人はほかにもまだいただろうが、テンペストに向かってはっきりそう言うのはひどい礼儀知らずだけだ。

「いまのところはウェイターだがね。二カ月ほど前に学校を卒業して、ロビーと一緒に暮らしはじめたんだ。二、三日前に、ロビーからリーアムの面倒を見てくれないかと頼まれてね。手始めになにをしたらいい？　そう、ドーサの仕込みだ、発酵させる時間が必要だからな。三種類の生地が必要だ——黒緑豆と米、ひよこ豆、オーツ麦——それから、スパイスを調合する」

アッシュはひとりでうなずき、戸棚の前で食材のチェックをはじめた。

二年前、リーアムが二十一歳になったとき、ロビーは誕生日祝いに彼をラスヴェガス旅行へ連れていった。ロビーがハイスクール生のころ思いがけず生まれた弟とはそれまであまり親しい関係ではなかったが、兄弟の絆を強めたいと思ったそうだ。それに、ラスヴェガスに連れていけば、はめをはずしすぎないことを教えてやれる。そんなわけで、家族向けのエンターテインメントを楽しむことにした。テンペストのショー、『ザ・テンペストと海』だ。ロビーからショーを観に行くと前もって連絡をもらっていたテンペストは、兄弟を楽屋に招き、キャストやスタッフを紹介した。あのときのリーアムは感じがよかったので、この夏に再会した彼の言葉には幻滅したのだった。もしかすると、リーアムにとってたまたまひどい一日だったのかもしれない。テンペストにも覚えがある。

朝食をすませ、テンペストは二杯のコーヒーを工房へ持っていった。

テンペストが工房に入っていっても、ギディオンは脇目も振らずに作業していた。入口から見たところ、ヘッドフォンもしていないのに。彼は木の台にのせた高さ三十センチほどの石のライオンの前に口をあけて屈みこみ、同じようにあいているライオンの口を凝視している。ライオンがあまりに生き生きとしているので、テンペストはそれが動きだすのが見えたような気がした。目をこする。よく眠れなかったせいだ。

さらに近づいて見ていると、ギディオンは石のライオンのとがった大きな牙を引っ張った。

テンペストの知っているだれよりも集中力がある。それに、思ったより痩せている。頬はこけているといってもいいほどだ。最後にライオンの口の奥の一点を引っ張り、満足そうにほほえんで立ちあがった。

ギディオンは、テンペストがテーブルに置いたマグカップを指さした。「おれに持ってきてくれたのか？」

テンペストはかぶりを振った。「いいえ。ライオンに。話があるなんて謎めいたことを言っておきながら、その後なんの連絡もよこさないのはよくないって、だれかに教わらなかった？」

「お父さんから聞いたのか？」

「もちろん。わたしに話があるんでしょう、それなのにメッセージもなにも――」

「すぐ会えると思ってたんだ。それに、おれは固定電話しか使ってない」

「携帯電話を持ってないの？」

「必要ないから。たいていの人間に携帯電話は必要ない。ほんとうはね。今回は……」ギディオンはかぶりを振った。「ナイト邸を出たあとに気づいたんだ、話そうと思っていたことはどうも……いや、忘れてくれ。自分がなにを話そうとしていたのかもわからないんだ。あんなことがあって、動揺してたんだろうな。気のせいだったんだ」

「いろんなことが起きてるものねえ」テンペストはライオンを眺めながらつぶやいた。

「おれは――」

「あなたが見たと思ってるものはなんなのか教えて。気のせいでもなんでもいいから」

「気のせいだ。この目で見たとも言えない。ただ感じただけだ」

「わかった。その話をしたくないのなら、このライオンはなんなのか教えて」彫刻は細部までとても凝っていた。

ギディオンはマグカップを取り、コーヒーをひと口飲んだ。「秘密のエスプレッソ・バーができたら、みんながコーヒー豆を持っていくだろうな。おれはこれを持っていこう」

「秘密のコーヒー・バー？」

「施主はそう言ってる。ほんとうは普通のお酒用のバーなんだろうけど、シンクとミニ冷蔵庫と戸棚と大理石のカウンターを設置したアルコーブになにを置こうが自由だもんな」

「禁酒法時代じゃあるまいし」

「秘密の事情を抱えてる人は意外なほど多いよ。おれたちは職人でもあり人助けもするっていう、奇妙な立場にいる。事情をすべて打ち明けてくれるお客さんもいて、そういうお客さんこそほんとうの希望を反映した最高の職人仕事を手に入れることができる。聞いたところでは、きみのお母さんは聞き上手だったらしいな」ギディオンは、エマの話を持ち出しても大丈夫か確かめるように言葉を切った。

「ええ。このライオンにはどんな仕掛けがあるの？」

「見てごらん」ギディオンはマグカップをテーブルに置いたが、勢いがよすぎてコーヒーを手にこぼした。「一見したところ、いかにも怪奇趣味だろ。もっと大きくすればよかったけど」

「あなたが彫ったの？」

彼はうなずいた。「造りつけのマントルピースの上に座らせるんだ。人の視線より少し高い位置だから、仕掛けは見えない。左側の歯をさわってみてくれ――おれたちから向かって右だ」

「手に嚙みついたりしないよね？」

「それはないと約束する」

テンペストはギディオンの隣にひざまずき、ひんやりとした石の歯に触れた。なめらかなような、ざらざらしているような、奇妙な手触りだった。マジックの仕掛けだったら困っただろう。感覚が混乱するからだ。指先で触れただけでは困惑するばかりだった。並んだ歯に指をすべらせると、ほかと手触りが違う場所があった。

ギディオンの顔を見た。「歯が一本欠けてる」

「そこにトリガーを仕掛けるんだ。ボタンを押すと壁のパネルがひらいて、バーが現れる」

「石にはどこにも穴があいてない。ワイヤレスで動くの？　ガレージのドアのリモコンみたいに」

「うちの秘密の扉のレバーをガレージのリモコン扱いされたなんてきみのお父さんが知ったら、もうロビーにこういうものを造らせるのをやめてしまうかもしれないな。ダリウスは単純なリモコン方式より複雑な機械仕掛けが好きだ。たぶん、きみのお母さんがそうだったんじゃないか。ダリウスはいまでも昔ながらのやり方にこだわってる。だからおれを雇ったんだと思うよ。

チームプレイができないのを承知のうえでね。おれははしごや足場にのぼれないから」彼はおずおずと言った。

「ほんとうは、わたしに話したかったことを話したくてうずうずしてるでしょ」

「迷ってるんだ。いまきみがおれの正気を疑ってないのがありがたいくらいだよ」

テンペストは息を呑んだ。「なにか見たの?」

「たぶん」ギディオンはマグカップを置き、両手で髪を梳いた。「あの女性が壁のなかに入りこむのは絶対に不可能だった」

「不可能に見えるイリュージョンなのよ。わたしはその作り手だもの。あなたはおかしくない」

「あの刑事には、きみの考えを伝えたのか?」

「ブラックバーン刑事は捜査の担当をはずれたの。ラスヴェガスの警察が捜査を引き継いで犯人を逮捕した。テレビドラマと違って、警察って管轄権を巡って争ったりしないみたいね」

「そうだろうな。それでも、やっぱり伝えておいたほうがいい。イリュージョンに関しては、きみはプロだ。ザ・テンペストだからな」

「ザ・テンペストだった。過去形よ。いまのわたしはただのテンペスト」テンペストは石のライオンの頭をぽんと叩いて立ちあがった。「わたしの父とはどこで知り合ったの?」

「きみのおばあさんの展覧会を観に行ったら、お父さんがいた。モーに絵の複製を売ってもらえないか尋ねてみたんだ。当時は無職で、ほしい絵のオリジナルを買うお金がなかったから。

お父さんもまじえて三人で話していたら、その場で仕事をもらえた。おれは親父にならって建築家になるのを期待されていたんだ。ところが、両親をがっかりさせたことに、建築学科に進学せずに石工の弟子になって仕事をはじめた。そしていまは〈秘密の階段建築社〉の仕事をなんでもやってる。順当な職業選択とは言えないな」

「親をがっかりさせた子どもたちのクラブへようこそ」

ギディオンは首をかしげた。テンペストの顔をまじまじと見つめ、しばらくして答えた。

「きみのお父さんは、きみをすごく自慢に思ってるよ」

「わたしがラスヴェガスに行くのはいやがったけどね」

「きみがマジシャンになったからだ。心配していたんだよ」

「わかってる。呪いが本物だと思ってる父のことをいかれてると思ってるでしょ。でも、実際はそこまでいかれた話じゃないの。なにしろ五世代前からつづいてるんだから。いつもは冷静な人が不安になるのももっともよ」テンペストは、母親のフィドルの音と母親そっくりの透き通った女性の姿を思い浮かべた。マジシャンがあの現象を起こす方法なら、少なくとも五通りはある。ただ、母親そっくりに見せることだけは不可能だ。

「きみも不安なんだ」ギディオンはそっと言った。時計を見やる。時計の機能がついたスマートフォンではなく、スマートフォンに接続したスマートウォッチでもなく、ときどき巻いてやらなければならないネジのついた、百年前に作られたような腕時計だ。「これから行かなくちゃいけないところがあるんだが、ほかにも気になっていたことがあるんだ。一時間後に会えるかな?」

「いいよ。どうして?」

「ここで待ち合わせよう」ギディオンは方眼紙に几帳面な小さな文字で住所を書いた。それを差し出し、テンペストの手を取った。その奇妙な二秒間、テンペストは手の甲にキスをされるのだろうかと思った。ところが、彼はテンペストの手を顔の前へ持ちあげ、ヤヌスの顔のチャームをしげしげと眺めた。「これがいちばん好きだな」

「どうして?」

「ほんとうの自分を偽ろうとしていないから。ふたつの顔があるのに、どちらも隠さない。おれたち人間もそんなふうにできたらいいのにな」

20

ギディオンに指定された場所に近づくにつれて、テンペストのジープは道路のでこぼこに何度もぶつかった。目的地はもうすぐだ。車道は穴だらけで歩道はひび割れ、家賃のばか高い事務所兼住居のロフト・アパートメントに改築されたビルの陰に荒廃した家が並んでいる。ギディオンにもらった住所に到着すると、そこは通りの突き当たりで、黄色いスタッコ塗りの一軒家が建っていた。木製のドアの右手にグレートデーンの石像が立っている。番犬のような姿勢だが、顔は笑いをたたえた愉快な表情で、訪問者を威嚇するためのものには見えなかった。

　ギディオンのメモには、玄関ではなく脇の門から入るようにと書いてある。木戸には、黒鉛筆で〝楽しんで〟と書いた紙が挟まっていた。石畳の小道は手入れが行き届いているが、幅が狭い。

「秘密の庭だ」小道の終点でテンペストはつぶやいた。いや、〝庭〟はふさわしい言葉ではない。これは動物園だ。動物の石像がテンペストを囲んでいた。どの動物もそれぞれに個性を吹きこまれ、魔法の力で動きだしそうに見えた。

　テンペストはフクロウの前を通り過ぎたが、その目はずっと追いかけてくるようで、羽は手で触れてみなければ石とは信じられないほどリアルだった。いたずらっぽい目をして堂々たる翼を広げ、そよ風に乗って舞いあがろうとしているようなドラゴン。いまにも話しだしそうな、問いかけるような表情のガーゴイル。そのとき、ほんとうに声が聞こえてきて、テンペストはガーゴイルがしゃべりだしたのではと本気で思った。

「ケーキがあるよ」声は言った。「紫色で、すごくおいしい」イチジクの木の陰の鉄のテーブルを前に、アイヴィが座っていた。テーブルを挟んで、もう一脚椅子があった。「ギディオンは来ないよ。あたしたちに仲直りさせたくて、素敵な再会をお膳立てしてくれたみたい」

　そばの道路を走る車のクラクションの音にはほとんど気づかず、テンペストはアイヴィからギディオンの作品に目を戻した。ギディオンが両親をがっかりさせたと考えている理由がすぐにわかった。これらの作品はただの趣味ではない。人生がかかっている。彼はアーティストになりたいのだ。「これ全部、ギディオンの作品？」

アイヴィはうなずいた、「新しい作品の材料にする石を探しに行くから、そのあいだふたりでゆっくり話せって」

テンペストは、いまにもしゃべりだしそうなガーゴイルのそばへ行った。その顔は細部まで驚くほどよくできている。「ギディオンはこれを一生の仕事にしたいんだね」

「もうしてるよ」アイヴィはテンペストの分のケーキを切りわけた。「やりたいことに取り組んでないのはあたしだけ」

テンペストはガーゴイルから友達かもしれない人物へ目を戻した。「あなたは最高の溶接工だよ」

「その溶接工は、たまたま溶接を勉強して、溶接の技術を必要とされない仕事について、ハイスクール時代から気に入ってるピンクのベストを五回以上繕って、いまでも安心毛布にしてるようなやつだよ」アイヴィは両手をポケットに突っこんだ。「ついてきて。見せたいものがあるんだ」

アイヴィはテンペストをコテージの窓のほうへ手招きした。ギディオンについてこっそり探るのをためらっていたテンペストも、窓のむこうの小さなリビングルームを覗きこんだとたんに気が変わった。暖炉を囲むマントルピースが、口をあけたドラゴンの顔になっている。素材は石のようだが、遠目ではよくわからなかった。ドラゴンの長い歯は炉床の奥までつづき、顔の残りは暖炉の両側や上部など、普通は煉瓦（れんが）の壁になっている部分を覆っている。テンペストがもっとよく見ようと窓の反対端へ移動すると、ドラゴンの石の目が追いかけてきた。ダリウスがギディオンを〈秘密の階段建築社〉に迎え入れた理由がよくわかるような気がした。この一年、ダリウスが取り組んできた一流どころの仕事に必要な技術だ。

「ゆうべ、喧嘩を吹っかけてごめん」アイヴィの声に、テンペストはびっくりした。

テンペストはドラゴンから目を離した。「こっちこそ、あなたを見捨ててごめん」

「見捨てたんじゃないよ。あんたは悲しみの真っ最中だったし、おばさんに近づけるように思える場所には愛情深いおじいちゃんおばあちゃんがいた。あたしは関係なかったんだよ。それはあたしもわかってなきゃいけなかった」アイヴィは黙ってテンペストに恥ずかしそうな笑みを向けた。「ぜっとしびしかった」

テンペストはその言葉にほほえんだ。ふたりで決めた、いちばん簡単な秘密の通信法だ。

「をたしもしびしかった。この通信法、久しぶりに思い出したよ」

「厳密に言えば暗号だよ」アイヴィは言った。「簡単すぎて秘密の会話向きじゃないよね。でも、できるだけ単純なほうが、解くための鍵がいらないと思ったんだ。これだけのことを伝えるのが、十六歳のときはどうしてあんなに難しかったんだろうね？　でもいまもっと大事なのは、どうして――」アイヴィは声をひそめた。「ギディオンにキャシディの死について調べてることをしゃべったの？」

「しゃべってないよ」

「さっきここに来たとき、ギディオンに言われたよ、あんたから聞いたって――」

「あれが不可能な状況で起きたと考えるのはなにもおかしくないって言っただけ。それに、ギディオンはわたしともキャシディとも関係のない第三者だから、今回のことにも無関係でしょ」

「じつはシリアルキラーだって可能性もあるよ」

「なんだかあなたのお姉さんみたいなことを言うのね。ちなみに、ここはギディオンの庭なんだけど」

アイヴィは肩をすくめた。「たぶんシリアルキラーだ、とは言ってない。でもアガサ・クリスティの小説なら、ギディオンが犯人だね」

「あいにくそうじゃない」テンペストはアイヴィがいま言ったことについて考えた。「もしアガサ・クリスティの小説なら、犯人らしくない人が犯人よ。あの若い巡査とか」

ふたりは顔を見合わせた。

「まさか……」アイヴィは言った。「まさか本気で彼が――」

「どうやってやったのかは見当もつかない。いまのところ辻褄(つじつま)の合う答えはひとつも思いつかない。彼を容疑者リストにくわえよう」

「リストができるくらい容疑者がいる?」

「そろそろひとり目を決めてもいいかも」テンペストは紫のケーキをかじった。「ウベのケーキだね」テンペストはこのおいしいフィリピンの芋が入ったケーキをアジアツアーの最中に食べまくった。あのころは体を使っていたから、好きなだけケーキを食べられた。

もうひと口ケーキを食べたのは、次に言いたいことをごまかすためだった。なぜアイヴィにフィドルの音が聞こえたことを話せないのだろう？　答えはわかっていた。父親に話せなかった理由と同じだ。憐れまれたくないからだ。最近の自分は同情されすぎだ。とうとうおかしくなったと思われたら耐えられない。

「これからどうする？」アイヴィが尋ねた。

「わたしは、あなたが大好きな本を参考になにか考えてくれると思ってたんだけど。昨日はコッホンって咳払いしたじゃない。今日は、フェル博士は降りてきてくれないの？」

アイヴィはなにか言いたそうな顔になったが、考えなおしたらしい。「あんたは昔からザ・テンペストだったたね、まわりのみんなをあんたの軌道に取りこんじゃってさ。小さいころからそうだった。ステージマジシャンになったから、ザ・テンペストになったんじゃないよ。あんたをずっと待ってたスポットライトのなかに足を踏み入れただけ。今回の事件が解決したときに文字どおりスポットライトのなかに戻りたいと思ったら、そうすればいい。なにかに向かって走るんだよ、逃げるんじゃなくて」

「わたしがいないあいだにアイヴィ・ヤングブラッドは大人になったなんて言わないでよ」

「心は変わってない」アイヴィは黙り、またなにか言いかけたが、よく見ていなければわからないほど小さくかぶりを振った。「ナンシー・ドルーの初版本のお礼をちゃんと言ってなかったたね」

「あなたのために買わずにいられなかった。無意識のうちに買っちゃったって感じだったから、おれなんていいよ」

「だったら、あんたの無意識にお礼を言わなくちゃね」アイヴィはベストの襟に鼻まで顔を埋め、二秒後にすっきりとした表情で出てきた。「おかしなことが山ほどあるから、ひとつひとつ整理していかないと」

「そうだね」

「でも、じつはあんたが標的だった可能性、これは排除できない。あたしたちのだれかが標的だった可能性も。あたしは〝ひとつひとつ整理する〟って苦手なんだよね。人生は短い。生涯の友情を取り戻さなくちゃ」

それから二時間、太陽が移動するにつれて石像の影も動くなか、ふたりは以前と同じように打ち解けた雰囲気で話をした。話題はとりとめなく、テンペストが発見したエジンバラ旧市街の秘密から溶接機械の仕組みにまで及んだ。ところが、たがいの近況報告もキャシディ・スパロウの不可解な死の話もまだしていないのに、アイヴィのスマートフォンが鳴った。メッセージを読んだアイヴィの頬がピンク色になった。「もうこんな時間。あたし、今日の午後は姪っ子の子守をするって約束してたの」

「明日は会える？」

「今夜遅めの時間は？　午後八時には会えるよ」

「今夜は先約があるの」

アイヴィはにんまりと笑った。「ギディオン？」

「は？　違うよ。どうしてそう思ったの？」

「べつに。今夜の予定ってなに？」

「じつは……言えない」

「ねえ、テンペスト！」

「ほんとに聞かないほうが身のためよ」

「気に入らないね」

「明日会ったら話すよ」

21

テンペストは、鍵のピッキングができない。

ステージマジシャンはマジックでよく使われると思われているような手技をすべて身につけているというのは、ありふれた誤解だ。世界的なマジシャンの多くは、一種類のトリックしか知らない。だが、その一種類のトリックのバリエーションは無数に知っているうえに、だれよりもうまく使える。

テンペスト・ラージは、ステージで嵐を起こして何トンもの重量のあるセットを消すことができ、宙返りや空中浮揚の途中で姿を消し、ありえないほど遠い地点に現れることができ、上質なストーリーと完璧にタイミングをはかるセンスと目くらましの技術によって、美しく不可思議なステージを創りあげることができる。

だが、鍵をピッキングすることはできない。

テンペストはサンジャイの家で御影石(みかげいし)の作業台にナイト邸の設計図を広げた。ここに来る前、午後いっぱいを費やしてクロースアップ・マジックの練習をしていた。何度も同じ動きを繰り返すことで、頭のなかになにかひらめくかもしれないと思ったのだ。たとえば、目の前にある答えに気づかせてくれるようなイリュージョンの方法とか。だが、うまくいかなかった。

テンペストは、サンジャイの膨大な蔵書から分厚い本を四冊取り出して、図面の丸まった四隅を押さえた。サンジャイが初版本の棚にはさわらせてくれなかったので、ジム・スタインメイヤー、ピーター・ラモント、ジョン・ズブルジッキ、新しく再版されたジャン-ウジェーヌ・ロベール-ウーダンの回想録の四冊を、隙あらば丸まろうとする図面の四隅に置いた。

「図面には秘密の通路なんてない」テンペストは、キッチンの高級エスプレッソメーカーで淹(い)れた二杯のカフェラテを持ってきたサンジャイに言った。

サンジャイは、すぐには黒い磁器のマグカップを差し出そうとしなかった。「またぼくにコーヒーをぶっかけたりしないよね?」

「またわたしを侮辱したりしないよね?」

サンジャイは顔を赤くしてマグカップを差し出した。どうやら、アシスタントにならないかという誘いがなぜ侮辱に当たるのか、友人のジャヤに教わったようだ。

「秘密の通路があるはずなんだよね？　図面にはなくて、いままでだれも気づかなかった出入口が」

「そのはずなの。この屋敷には間違いなく秘密がある」

テンペストは、天井まである大きな窓の前に造りつけになったベンチに飛び乗った。この事務所兼住居用アパートメントは、ＳＯＭＡと呼ばれているサンフランシスコのサウス・オブ・マーケット地区にある。一帯はここ数年で高級化が進み、かつてサンフランシスコの象徴だった摩天楼（まてんろう）や湾の広大な景色は、いまや家賃の高い高層ビル群に阻まれて見えなくなってしまった。

この部屋は、規模が中くらいのマジックを展開するサンジャイにはちょうどよかった。クロースアップ・マジックは彼の専門ではないが、カードやコインやカップ・アンド・ボールの腕前はテンペストよりはるかに上だ。得意とするのはそれほど大きくないフォーマルな劇場でやる中規模のステージマジックだから、スタッフはひとりかふたりで足りる。テンペストのように大勢のスタッフは必要ない。テンペストは、スタッフのみんなはまだ自分に幻滅しているかもしれないと感じていた。落ち度のない自分を不当に糾弾（きゅうだん）したのだとしても、彼らにも落ち度はない。ショーが中止になって仕事がなくなり、いまだに行き先が決まっていない者は何人いるのだろうか。

サンジャイのマジックの小道具は、ほとんどがスチーマー・トランクに収まるもので、大きくてもせいぜい洒落（しゃれ）たピックアップトラックの荷台に積める程度だった。

「キャシディのボーイフレンドがナイツ邸と秘密の通路のことを知っていたのはどうしてだろう?」サンジャイは尋ねた。

「知らなかったと思うよ」

「もちろん――」サンジャイは途中で言葉を切り、うめき声をあげた。「これって、ただ屋敷の不可解な構造を解決しようとしてるだけじゃないよな。殺人事件を解決しようとしてる、そうだと言ってくれ」

「そのふたつは同じ。だから、ナイツ邸のなかに入る必要があるの」

「ぼくはいいことのためでなければ、ピッキングの技術は使わない――つまり、エンターテインメントのためでなければだめだ。本物の違法行為には加担しない」

「犯罪を解決して罪のない人を解放するのはいいことでしょ」アイザックに罪はないとは言いがたいが、キャシディを殺してはいない。

「それなら、ブラックバーン刑事に犯罪現場をもう一度見せてくれないか頼んでみればいいじゃないか」そう言いながらも唇をひくつかせていたので、どうやらサンジャイはしぶしぶ納得したようだ。

彼はラスヴェガスに拠点を移そうと考えたことがない。ナパ・ヴァレーのワイナリーの劇場で成功していたが、そこはカリフォルニアの山火事で全焼してしまった。

サンジャイは、憧れの存在であり芸名の由来でもあるフーディーニのような脱出アーティストを自任している。鍵のかかったトランクや戸棚、袋などから脱出するパフォーマンスが十八番だが、ガンジス川に沈めた棺からの脱出といった派手なマジックも語り草になっている。

テンペストの母親は、フーディーニについてそれとは異なる見解を持っていた。フーディーニのパフォーマンスの目的は脱出ではないというのが、エマの持論だった。彼は自身を解放していたのだという。言葉遊びかもしれないが、そのふたつはまったく別物だ。フーディーニを拘束することなどできない。彼みずから拘束されることを選んだのは、自分の見たい世界へ自身を解放するためだ。つまり、喝采する観衆のなかへ。フーディーニは根っからのショーマンだった。サンジャイもそうだ。ただ、彼を動かすにはもうひと押し必要だ……。

「最初から禁止されるよりも、あとで許しを請うほうがいいでしょ」

「その手は食わないよ」サンジャイはにっこり笑った。

もうひと押し。「どうせあなたには無理ね」

サンジャイの笑みが揺らいだ。「どうしてそんなことを言うんだ？」

もうこっちのものだ。「ナイト邸にはすごく素敵な古い錠前があったの。たぶんオリジナル。百年以上前の真鍮製」

「ぼくを操ろうとしてるのはお見通しだよ。せっかく手伝う気になってるんだから、気が変わる前にやめといたほうがいい」

「やってくれるの？」

「さっきからやる気だよ。まだぼくのことがわからないのか？」

「わかってるつもりだった。おとといのピクニック事件まではね」

「わかったよ」サンジャイは山高帽をかぶった。「さあ、その話は金輪際しないでくれよ」

22

サンジャイはピックアップトラックをナイト邸から二ブロック離れた場所に止めた。時刻は午後九時。闇に紛れることができるが、屋敷に向かっているのをだれかに見られたら怪しまれそうな時間帯だ。

屋敷が見えたと同時に、テンペストは足を止めた。夜の暗さとクイーン・アン様式の尖塔のせいで、いつにもましてお化け屋敷のように見えた。尖塔の上をコウモリが飛んでいても驚きはしない。サンジャイは、そんなテンペストのようすに気づかずに歩きつづけた。テンペストは彼の上着をつかんで引き戻した。

「おい、この上着、ブランドものなんだけど」

テンペストは指さした。「屋敷のなかに明かりがついてる」

「殺人犯?」

「ドライヴウェイを見て」

「ドライヴウェイに車を止める殺人犯って間抜けじゃないか?」

「あれは間違いなくキャルヴィン・ナイトの車よ。予定より早く帰ってきたのね」

「なにをするんだ？」サンジャイは声をひそめ、屋敷へ歩いていくテンペストを止めようとした。

「キャルヴィンに挨拶して、パントリーを見せてってお願いするの。あなたも一緒に来て。こういうの得意でしょ」

「こういうのってなんだよ？　IT長者に取り入ることか？　それとも秘密の通路を見つけること？」

「その両方」

玄関ドアにたどり着き、テンペストはノックした。ドアをあけたキャルヴィン・ナイトは、湯気の立つコーヒーカップを持っていた。今日もかっちりしたシャツとカジュアルなボトムスというミスマッチな服装だったが、黒いフレームの眼鏡はコバルトブルーのものに替わっていた。

「今回のこと、お見舞い申しあげます」テンペストは口をひらいた。「こちらは友人のサンジャイです。たまたま通りかかったら、お屋敷に明かりがついてるのが見えて、サンジャイに車を止めてもらったんです」

キャルヴィンとサンジャイは握手をした。テンペストは、サンジャイがピッキング用具を隠すために不自然な手つきでジャケットを直すのを見て、目をむきたくなるのを我慢した。

「入って、コーヒーかココアでもどう？」キャルヴィンが尋ねた。「ちょうどジャスティンにココアを飲ませて寝かしつけたところだから、コンロにたっぷり残ってるんだ。いま目が輝いたね、サンジャイ。ココアをどうぞ」

サンジャイは小さな子ども並みに甘いものが大好きだ。アッシュはそんな彼を好ましく思っていた。

「ジャスティンは大丈夫ですか？」テンペストは尋ねた。「わたしたちがお屋敷に今回の件を持ちこんでしまったみたいで、申し訳ないです」

「どんなマジックを使ったのか知らないけど、トランプのジョーカーがちゃんと仕事をしてくれて、クローゼットのモンスターは出てこなくなったようだよ」

「よかった。ジャスティンが寝る前に会えればよかったんだけど」

「そうだね。この一年はいろいろあったから、あの子には笑顔で接してくれる人がもっと必要だ。まだ学校がはじまっていないから、同じ年頃の子どもと会ってないしね。アイヴィが今度、姪御さんを連れてきてくれるそうだ。前に進む方法がわかるのを願ってる。それにしても、こんなに早く帰ってこられるとは思ってなかったよ。あの気の毒な女性のボーイフレンドが逮捕されたとはね」キャルヴィンはカウンターにもたれ、眼鏡の位置を直した。テンペストは、ただの思いこみだとわかってはいたが、彼が自分とサンジャイに顕微鏡の焦点を合わせたかのように感じた。「たまたま通りかかったんじゃないんだろう。この住宅街はドライヴするような場所じゃない」

サンジャイはココアをがぶりと飲んで咳きこんだ。テンペストは、サンジャイは有能なマジシャンだが犯罪となるとからきしだめだと、頭のなかにメモした。

「正直に言います」テンペストが言うと、サンジャイはまたそわそわとジャケットを引っ張った。「じつはサンジャイにまわり道してもらって、ここに来たんです。あなたが帰ってきてるかもしれなかったので。ブラックバーン刑事からアイザックが逮捕されたことを聞いて、もう帰ってきてるかもしれないと思ったんです。ほんとうに謝りたかったし、それに……ほんとうはなにがあったのか、やっぱり知りたくて。うちの社員が遺体を見つけたとき、わたしもあの部屋にいたんです」

「あそこの壁には秘密があるということかな？」

テンペストはうなずいた。「このお屋敷そのものに、なんだか違和感があるんです」

「詳しく聞こうじゃないか」キャルヴィンは舌を鳴らしてかぶりを振った。

「あなたもおかしいと思うんですか？」サンジャイが尋ねた。

「この屋敷の歴史を話そう」キャルヴィンはマグカップを置いて足早にキッチンを出ていった。しばらくして、二冊の本を抱えて戻ってきた。

「カリフォルニアのゴールドラッシュの歴史？」サンジャイが読みあげた。

テンペストはほほえんだ。「父が造ったスライドする書棚を見たときに、歴史がお好きなんだなと思いました」

「学校で教わるずっと前から、黒人の歴史に誇りを持つように教えてくれたのは祖母だった。ジャスティンはわたしとは違う経験をするだろうけれど、これはまだ現在進行の歴史の話だ。この家は……」キャルヴィンは立ち止まり、高い天井とはがれた壁を愛おしそうに見まわした。

「この家は百年以上前に、ゴールドラッシュで金鉱を発見した元奴隷の夫婦の子どもたちによって建てられた。夫婦が危険な状況に置かれていたことはわかるね」

「逃亡奴隷法のことですか?」

「厳密にはカリフォルニアでは施行されなかったが、ほかにもいろいろな法律があるせいで──あるいは、法律がないせいで、黒人や先住民は法廷で証言できなかったから、彼らの財産を盗むのは簡単だった」

「だから、設計図には描かれていないなにかがあるんだ」テンペストはつぶやいた。「脱出口?」

キャルヴィンは苦笑した。「そんな大げさなものではないと思うよ。この家にはそういうものはない。建てたのは、夫婦の子どもたちだからね。この建築様式がアメリカで復活したのは一八九〇年代のことで、この家は一九〇〇年代はじめに建てられた。金鉱を発見した夫婦はそのころには年老いていたから、裕福な息子が、両親が生きているうちに家族全員で住もうと考えて建てたんだよ。息子と娘はこの近隣で商売をしていた。よそでは服を誂えてもらえない人たちを相手に、息子は紳士服を仕立てて、娘は婦人服を縫っていたんだ。わたしはこの家の歴史に興味を持った。逆境に打ち勝つ物語はジャスティンにも聞かせたいし、歴史的建造物を自分のものにしつつ保存するのはいいことだと思ってね。まさか壁のなかになにかが隠してあるとは思いもしなかったが、あの部屋だけはたしかに寒かった」

「寒かった?」サンジャイが訊き返した。

キャルヴィンの眉が眼鏡の上にひょいとあがった。「話していないのか?」

「この人、ちょっと迷信深いので」

「そんなことないよ」サンジャイは口をとがらせた。

「あそこの壁のなかには断熱材ではないものが隠してあったんです」テンペストは言った。

「だから寒かったんですよ。あの部屋がどこか変で気味が悪かったのは、変なものに取り憑かれてるからではなくて、普通は隙間風なんか入ってこない場所に隙間風が入ってきてたからです」

「変なものに取り憑かれてると思ってたのかい?」キャルヴィンは尋ねた。

テンペストは顔を赤らめた。「そういうわけじゃないんですけど。でも、ご存じのとおり、うちの一族は……」

「〈秘密の階段建築社〉のウェブサイトの〝わたしたちについて〟のページに、なにか書いてあったかな?」キャルヴィンはわけがわからないようだった。

「彼女がだれだかご存じない?」サンジャイが尋ねた。

「テンペスト・ラージだろう」キャルヴィンは答えたが、そうじゃないのかと言いたげだった。

「ダリウスのお嬢さんの」

「そのとおりです」テンペストは言った。「今夜はもう遅いので……」

「まだ九時半だよ」とサンジャイ。

「礼儀として言っただけ」テンペストはぴしゃりと返し、キャルヴィンを笑わせた。「ジャスティンを起こしたくないし」

「あの子はいったん眠ったらなかなか目を覚まさない」キャルヴィンは言った。「あるべき秘密の通路があるのかないのか見にいこうじゃないか」

三人はパントリーのドアを押しあけた。死体の入っていた空間を調べるためにいろいろな人が作業したせいで、埃（ほこり）が舞っていたが、寒さはもう感じなかった。

「寒いと感じたのは気のせいだったんじゃないか」サンジャイが言った。「それより、〈秘密の階段建築社〉はここになにを造ろうとしていたんですか？」

「ジャスティンのための魔法のプレイルームだ」キャルヴィンが答えた。「キッチンから目が届くようにね。わたしは料理が好きなんだ。仕事は忙しいが、空き時間はできるだけジャスティンと一緒に過ごしたいんだよ」

テンペストは、きっと素敵な部屋になるだろうと思った。「父の会社をどうして見つけたんです？」

「インディゴ・ビショップ。彼女がこの家の歴史を投稿していたんだ」

テンペストはインディゴを思い出して顔をほころばせた。彼女とはもう何年も会っていない。インディゴはカリフォルニア大学バークレー校を卒業したあと、短いあいだだが〈秘密の階段建築社〉の建築士を務めていた。そのときテンペストはまだ子どもだったものの、インディゴが長くはとどまってくれないのはわかっていた。ダリウスやエマと合わなかったからではなく、やりたいことがあったからだ。サンフランシスコで育った黒人女性である彼女は、黒人居住区の建築史が消されるのを目の当たりにしていた。住みたい地域からどんどん押し出されていく人々のために、できるだけ古い住宅を修復し、保存したいと考えていたのだ。

サンジャイは壁にぽっかりとあいた穴に足を踏み入れた。「壁のなかにこんな小部屋があったのか」埃まみれの布の山をまたぎ、もっと埃をかぶったインゲン豆入りのガラス瓶を手に取った。瓶詰めの野菜や果物がずらりと並んでいる。

「もともと造りつけの棚があったのが壁でふさがれたのね」テンペストは言った。

サンジャイは桃の入った瓶を持って外に出てきた。「なんだかつまらなそうな顔してるな。これ、まだ食べられると思う？」

テンペストはサンジャイが蓋をあけて傷んだものを口にする前に瓶をひったくった。「つまらないに決まってるでしょ。人が隠れるための空間でなければ、秘密の通路がある可能性は低いもの」

「ここ最近の所有者は、この小さな空間のことを知らなかったんでしょうか？」サンジャイはキャルヴィンに尋ねた。

「それは警察も調べてくれた。わたしの前の所有者はお年寄りの夫婦で、もう亡くなったそうだ。わたしはもう中年になっている息子さんからこの家を買ったんだが、息子さん自身はここに住んだことがなくて、なにも知らないとのことだった。役立たずの見取り図以外に、なんの手がかりもないわけだ」

それから五十七分とココア二杯分後、三人は埃をかぶってくたびれていたが、苦労の甲斐なく、謎を解く鍵は見つからなかった。出入口はない。秘密の通路もない。偽の壁板もない。床や天井にも、通り抜けできる穴はあいていない。やはり長いあいだ忘れ去られていた棚に過ぎないのだ。

「秘密の隠れ場所じゃなくてよかったよ」キャルヴィンは言った。

サンジャイは袖についた漆喰を払った。「どうしてですか?」

「なぜなら」テンペストはキャルヴィンの目を見て静かに言った。「ここに住んでいた人たちは命の危険を感じてはいなかったということだからですよね」

過去の所有者たちについては安心できたが、現在のほうがずっと気がかりだった。どう考えても、キャシディの遺体をあの壁のなかに入れるのは不可能だったはずだ。

玄関のコートラックからサンジャイが山高帽を取っているあいだ、テンペストは立ち止まり、最後にもう一度、屋敷の奥のほうを見た。ふたりはキャルヴィンに礼を言い、不可能犯罪の現場となった屋敷から暗い外へ足を踏み出した。

「なにを考えてるんだ?」サンジャイは空の両手を掲げてみせながらドライヴウェイを歩いていき、左手の指をパチンとならした。とたんに、右手の親指と人差し指のあいだにペニー銅貨に似たデザインの大きなコインが現れた。

「それ、フーディーニの顔?」

「そうだよ」サンジャイはコインをテンペストに放った。「ノベルティのコインを作るならおもしろいものがいいだろ?」

テンペストは重みのあるコインを受け止め、指のあいだでくるりとまわした。街灯の下を通り過ぎた瞬間、指のあいだからコインが消えた。

「おや」サンジャイが言った。「なにを考えてるのか教えてくれなければ、そいつはあげられないよ」

トラックを駐めた場所にたどり着くと、テンペストは足を止めてサンジャイと向き合った。

「わたしね、キャシディの遺体をどうやってあの壁のなかに入れたのか解明できると本気で思ってたんだ。それがわかれば、遺体をあそこに入れた犯人もわかるはずだって。イリュージョンに関することならわたしが役に立てると思ってた」

「イリュージョンを構成するのは場所だけじゃないよ」

街灯の下で、テンペストの五感が疼いた。「あなた、冴えてるね」

「そうだろ」サンジャイは真顔だった。まったく、自信があるのはいいことだ。彼は身を乗り出し、テンペストの頬に触れた。「漆喰の粉がついてる」それを払った手が、もうしばらくテンペストの頬に残った。一瞬、テンペストはキスをされるのかと思った。が、サンジャイはテンペストの耳の後ろからまたフーディーニのコインを取り出してみせ、子どものころはいたずらっ子だったのだろうと思わせるような笑みを浮かべた。

テンペストはため息をついた。「いったい何枚持ってるの？」

「さあね。大量注文なら安くすると言われたんだ。それより、まだ夜は浅い。きみの家に行ってもいい？」

キスをされてもかまわないような気がしたので、やめておいたほうがよさそうだ。

サンジャイがおもむろに一歩前に出た。

突然、スマートフォンがうるさく鳴り響き、彼はまた一歩さがった。

「ニッキー?」テンペストは耳にスマートフォンを当てた。「どうかしたんですか?」

「なんだ。忘れてたのか?」ニコデマスはそう尋ねただけで黙った。

テンペストは目を閉じた。連絡すると約束したのに。あれから何日たっただろう? 丸二日だ。

「年寄りを怖がらせたいのか?」ニコデマスはつづけた。「朝起きてもメッセージが届いてねかったから、心配したんだぞ」

「ごめんなさい」

電話がスピーカー設定になっていなかったので、サンジャイはおろおろとアスファルトの上を行ったり来たりしていた。「ニコデマスは大丈夫?」

「サンジャイか?」テンペストが電話をスピーカーに切り替えると、ニコデマスが尋ねた。

「どうも、ニッキー」サンジャイは、テンペストにしか見えていないのに、山高帽をちょっと持ちあげて挨拶した。

「またこんな夜中に一緒にいるのか? ほんとうにおまえさんたちは――?」

「違います」ふたりはそろって答えた。

23

テンペストが〈フィドル弾きの阿房宮〉でサンジャイの車を降りたときには、家族はとうに寝静まっていた。西のほうに雷雲が集まっている。嵐はヒドゥン・クリークにも来るだろうかと、テンペストは思った。

フェンスの内側で遠くの雷鳴を聞きながら、テンペストはサンジャイの車が走り去るのを見送った。丘の斜面の敷地内は真っ暗で、炎が揺らめくランタンに似たポーチの電灯だけがともっていた。その明かりを見て、テンペストはここへ戻ってきてから夜に秘密の庭へ行ったことがないのを思い出した。帰郷してからあの居心地のよい庭で何度も過ごしたが、〈阿房宮〉のほかの建物と同じく、秘密の庭も魔法がかかっているような場所だった。昼と夜とではまったく違う場所に見えるのだ。視点を変えれば、なにかアイデアが浮かぶかもしれない。

テンペストは家に入り、足音を忍ばせてキッチンへ向かった。シンクの上の窓をあけると、正面には緑の急斜面があり、森のような景色が広がっている。左側には蔦の絡んだ素朴な木製の柵があり、吊るしてあるハンギングポットにはアッシュが料理に使うハーブが植わっている。にぎやかなその柵のむこうになにがあるのか——秘密の入口を知らない者には決してわからない。外からは庭に入れないようになっている。たったひとつの入口は、キッチンの柱時計だ。

シンクと窓の左側に、高さ二メートル半ほどある桜材の柱時計が、まるでこの時計のために造られたかのようなくぼみにぴったりと収まっている。じつのところ、この時計に合わせたのだ。時計として使うのにまったく問題はないが、これはただの柱時計ではなかった。文字盤は本物のアンティークで、ゾラがテンペストの両親に遺したものだが、振り子が入っている高さ一メートル半のケースに秘密の仕掛けがある。銅の振り子はたしかに左右に揺れているが、ただの飾りだ。目の錯覚を利用したトリックによって、振り子は奥行き三十センチのケースをいっぱいに満たしているように立体的に見えるが、実際には前面の十センチ足らずを占めているだけだ。偽の振り子のむこうに、秘密の庭がある。

テンペストは、振り子ケースの脇をのぼっている木のグリフィンをちょっと押しあげ、秘密の扉を解錠した。グリフィンが三センチ上に移動すると、振り子ケースの扉がさっとひらいた。テンペストは振り子を脇に押しやり、屈んで秘密の庭の入口に足を踏み入れた。上空は雲に覆われて暗かったので、テンペストはあちこちのランタンに明かりをともした。とたんに、息を呑んだ。周囲では、夜の花が生き生きと咲き誇っていた。テンペストを取り囲んでいるのは、夜咲きサボテン〝夜の女王〟の美しい純白の花だ。白い花びらのまわりのオレンジ色の外花被が風に揺れている。夜の女王の上へ蔓をのばしているのは、紫色の葉脈を持つはかなげな月見草で、閉ざされた庭をレモンのような芳香で満たしていた。

ダリウスは夜型の人間ではないから、夜に開花する花々を管理していたのは母親だった。では、この五年間はだれが管理していたのだろう？　そのとき、ランタンのひとつが投げる光に目が止まり、答えがわかった。小さな庭の片隅に置かれた錬鉄の椅子に、深紅の絵の具が二滴散っていた。祖母がここに絵を描きに来ていたに違いない。
〈阿房宮〉にあるものの例に漏れず、揺らめく光を放っているランタンにもそれぞれに物語があった。これらのランタンは、ロビーが仕事に使うためにがらくた置き場から拾ってきたのだが、エマがひと目惚れしてこの秘密の花園に持ち帰った。そのときの施主はヴィクトリア朝の街灯を裏庭に置きたいと希望していたのだが、本物にこだわっているわけではなく、それらしい雰囲気があればよいという考えだった。さらに、ガス灯の揺らめく明かりに似せるのではなく、ぼんやりした白い明かりを煌々と輝く赤い光に変えたいと望んだ。エマがその理由をそれとなく尋ねると、施主はブラム・ストーカーの『ドラキュラ』が大好きなのだと打ち明けた。そこで、赤い光がともるようヴィクトリア朝風のランプを製作し、コウモリの影が落ちるように細工もほどこした。施主は大喜びした。そんなことがあったので、その施主が秘密のパティオにピザ窯を造りたいと依頼してきたときも、デザインがすぐに決まった。よくある石を積みあげたピザ窯ではなく、石造りの霊廟を模した窯が完成した。

仕事を請け負った家に子どもがいれば、エマはその子たちを主人公にした物語をその子たちのためだけに書いた。大人のためには、『ドラキュラ』ファンに造った墓地がテーマのピザ窯のように、その人の好きな本や物語をもとに仕掛けを考えた。ポオが好きなら、大鴉の嘴で抽斗をあけるからくりを仕込んだり、鉤爪をオルゴールの鍵にしたりした。

エマが失踪したあと、〈秘密の階段建築社〉の経営が苦しくなった理由のひとつがそれだった。ダリウスは職人としては優秀で、有能な社員もいるし、大きな仕事の手伝いを頼める人脈もある。でも、マジックのない〈秘密の階段建築社〉なんて、〈秘密の階段建築社〉じゃない。

テンペストは、ねじれた尻尾を持つセルキーのチャームに触れ、なじみ深い感触を味わった。このチャームは五年前からずっとつけている。銀が古くなって劣化しないように願っていた。このブレスレットに触れると母親がそばにいるような気がして心が慰められるのに、もしもなくなったらどうすればいいのかわからない。

エマ・ラージが姿を消す少し前、テンペストは実家に帰ってきたことがあった。エマがそれより五年前に亡くなった姉エルスペスを追悼するショーを〈ウィスパリング・クリーク劇場〉で開催することになり、その舞台を観るためだ。テンペストの二十一歳の誕生日の数日前だった。テンペストは母親から、金の鍵の模様がプリントされた銀色の包装紙に包まれた箱をもらった。マグカップ大のその箱には太い赤いリボンがかけられ、蝶々結びの部分にフーディーニの首振り人形が結びつけられていた。手錠をかけられたプラスチックの人形の手首にリボンを通してあった。エマは、二十一歳の誕生日プレゼントだから、誕生日当日にあけなさいと言った。テンペストは言われたとおりに誕生日まで箱をあけずに待ったので、結局は母親にプレゼントの意味を訊くことはできなかった。箱のなかに入っていたチャームブレスレットの上に折りたたんで置いてあったメモ用紙には「二十一歳おめでとう！　マジカルな娘に、マジカルなブレスレットを。たくさんの愛をこめて――ｘｘｘ　ママより」と書かれていた。

そのお守りのブレスレットのおかげで、テンペストはエマが失踪したあとのつらい数週間を乗り切ることができた。捜査によって、しばらく前からエマが不可解な行動を取るようになっていたことが明らかになった。エマを現実から引き離すようなことが彼女の頭のなかで起きていたのかもしれないが、だからこそエマはテンペストにとってなによりも美しい贈りものを作ることができたのだ。テンペストがずっと大切にしてきたこのブレスレットを。

テンペストは自分の部屋にあがる前に、アブラカダブラのようすを見にいった。ほかの家族と同じくすやすやと眠っていた。鍵をかたどったステンドグラスから未完成の塔のなかに明るい月の光が差しこみ、空間を温かく満たしている。

それなのに……だれかがいるような気がするのはなぜだろう?

人の気配を感じたのは気のせいに違いない。前夜のできごとのせいだ。あれはほんとうにあったことだよね? テンペストはブレスレットの稲妻のチャームに触れ、頭からゆうべのことを追い出した。

母屋に戻り、壁から突き出ている石のドラゴンの翼を持ちあげた。薄暗がりでドラゴンが首を傾けると、顔の半分が影になった。歯車の低い音が静寂を破った。壁のパネルがひらくときのシューッという音は昼間より大きく聞こえたものの、よく手入れされているので耳を澄まさなければ気づかない程度だ。

パネルが止まると、常夜灯がともって階段を照らした。テンペストは子どものころ、この常夜灯が好きではなかった。否応なしに明かりがつくと、謎めいた感じが損なわれると思っていたからだ。よく見えるようになった階段をのぼっていく。木の階段についた傷は見慣れたものばかりだ。

寝室のドアをあけた。鍵の形の床板を靴下に包まれたつま先でなぞり、天井の星座のなかの鍵の形に並んだ星を見あげた。母親からいつも、あなたはどんな扉でもあけることのできる鍵よ、なんでもなりたいものになれるのよ、と言われていた。それは嘘じゃないのかもしれない。けれど、その扉にたどり着く方法を教えてくれる手がかりがいまだに見つからない。

不意に、カーテンの引かれていない窓に光が反射し、テンペストは窓辺に駆け寄った。光は消えていた。だが、遠くで雷がとどろいた。稲妻。さっきの光はそれだったのか。もうなにも光らない。

テンペストは掛け金をはずして窓をあけた。外の空気は冷たかった。目を閉じて松と水の香りを吸いこむ。あたりは静まりかえり、地下の小川のせせらぎが聞こえた。

そのとき、なにかの音が聞こえてテンペストの肌は粟立った。どうか雷でありますように、と願いながら稲妻のチャームを握りしめた。

雷ではなかった。闇のむこうから別の音が聞こえる。間違いない。遠くの嵐なんかより、ずっと近い音。風のいたずらでも気のせいでもない。

悲しげなフィドルの音が空気を切り裂いた。またしてもエマがよく弾いていたメロディだ。スコットランドのバラッドだが、サーランギーの音楽のようなリズムも感じる。

音楽は上のほうから聞こえているのではないだろうか。天井の星座がまたたいたが、鍵の形が光っただけだ。

音楽に呑みこまれそうになり、テンペストは後ろへよろめき、スチーマー・トランクに尻餅をついた。秘密の抽斗がぽんとひらいた。テンペストは熱いものに触れてしまったかのようにあわてて身を引いたが、秘密の抽斗のなかにはジーンズが入っているだけだった。

自分を笑いたくても笑えなかった。なぜなら、フィドルの音がどんどん近づいてくるからだ。幽霊のようななにかが部屋のなかにいる。

24

テンペストが母エマとその姉エルスペスのあとを追ってマジシャンとしてブレイクしたのは、姉妹がセルキー・シスターズとして活躍した時代から二十年以上あとのことだった。テンペストはおばに次いで母を失った悲しみを癒やすために物語を書いた。ひりつくような悲しみから生まれた不思議な寓話は『ザ・テンペストと海』というショーになり、テンペストはそのショーによってスターになった。

いったんステージにあがれば、観客の期待を裏切らないように正確にタイミングをはかることに集中し、外の世界のことは忘れていた。ステージ上のテンペストは母を失って悲嘆に暮れる娘ではなかった。それぞれ喪失の悲しみや絶望を抱えている人々に、不思議に満ちた二時間を贈る魔法使いだった。

何種類もの派手なイリュージョンにくわえ、大荒れの嵐のなかを飛び、消え失せるという見せ場がショーを成功させたのはたしかだが、テンペストはショーの核心が――そして成功の秘密が――物語にあるのを知っていた。

音楽、イリュージョン、体の動きという普遍の言語で語られる海の物語。言葉ではないもので語られる物語。そこにある音は音楽だけだ。

フィドルが奏でる音楽。

厳密に言えば、二台のフィドルだ。

もともとはエジンバラのショーで母親とおばがフィドルを使っていたのだが、テンペストは脇役に過ぎなかったフィドルの音楽をショーのテーマ音楽にした。ニコデマスが作曲家を見つけた。ひとりはインヴァネス在住で、もうひとりはバンガロールからエジンバラへやってきた。

決闘するバイオリンというアイデア自体は目新しいものではなかった。ただ、テンペストのショーでは、スコットランドのフィドルとインドの弦楽器サーランギーが対決した。東洋対西洋だ。ステージの上手にサーランギー奏者、下手にフィドル弾きが立った。

テンペストとキャシディは姉妹を演じた。テンペストは嵐の海で姉と引き離されてしまう妹の役だった。キャシディはちょい役だ。最初と最後に姉役として登場し、中盤では必要なときにステージ・ダブルとしてテンペストの代わりを務めた。

この二時間のショーは、水と海をテーマにした一連のイリュージョンを通して、愛する姉を探す女性の物語を描いていた。冒頭のシークエンスの最後で姉と引き離されたあと、テンペスト演じる名無しの妹はスコットランドの島でひとり目を覚まし、姉のもとへ戻る道を探してさまざまな冒険のイリュージョンを繰り広げる。

そのあいだずっと、ステージの両側から二台の弦楽器が奏でる音楽が妹を翻弄(ほんろう)する。そしてとうとう、彼女はどちらかを選ばなくてもいいのだと悟る。ほんとうの自分を受け入れた彼女は、くるくると旋回して大嵐に取り巻かれ、ステージ中央の海に飛びこむが、ふたたび波間に姿を現し、海の上を――そして観客の上を飛んでいくイリュージョンが展開される。上半身は人間の姿のままだが、両脚はあざらしの尾に変わっている。セルキーだ。やがて彼女は海のなかで、セルキーとなった姉と再会する。

物語はハッピーエンドだ――現実の世界では、テンペストにもエルスペスにもエマにも訪れなかった結末。物語のなかでは新しい人生がはじまり、自由になれたのに。

25

目を覚ましたテンペストは、服の山に顔を埋めていた。フィドルの音楽が部屋のなかから聞こえたあと、テンペストは部屋中をひっくり返して音のもとを探した。どこにもなにも仕掛けられていなかった。消えた母親の奏(かな)でる音楽と、一族の者たちの命を奪い、テンペストにそっくりな女性を誤って殺してしまった呪いの残響が聞こえる気がするばかりだった。

一族の長子はマジックに殺される。

日光がナイフの刃のように室内に差しこんでいた。ゆうべ聞こえたのはなんだったんだろう？　サンフランシスコ湾のむこうで発生した嵐はヒドゥン・クリークまでは来なかったが、ほとんど一晩中、遠くから雷鳴が聞こえていた。風のいたずらを想像力がふくらましたのだろうか？

一族の呪いに殺された人たちは、命を奪われる前に故人の姿を見たり声やなにかを聞いたりしたのだろうか？　フーディーニが亡くなったときの話が思い出された。霊媒がいかさま師に過ぎないことを証明し、心霊現象の嘘を暴いていた彼でさえ、妻のベスにふたりだけの秘密の合い言葉であの世から話しかけると言い残して亡くなった。もしも霊媒が降霊会でベス以外は知らないその言葉を口にすれば、ほんとうにあの世がある証拠になるというわけだ。ハリー・フーディーニはハロウィンの夜に謎めいた死を遂げた。彼は死後、ベスにコンタクトしたのだろうか？　それについて、ベスはなにも語っていない。

それ以前にも、フーディーニは彼自身のなかの矛盾をさらしていた。彼の信念には裏表があった。母親が亡くなったとき、それまで心霊現象などペテンだと訴えていた彼が、本物の霊媒を必死に探したのだ。愛していた母親に会わせてくれる霊媒を。

コーヒーが必要だ。テンペストは手早くシャワーを浴びると、五分後には服を着て秘密の階段をおりた。あわてる必要はない。〝観客〟はいないのだから。テンペストは、家族がそばにいるというのはこんなにも安心なことなのだと、久しぶりに思い出した。こんなにも気持ちが落ち着くのだと。

　ツリーハウスのデッキで、アッシュおじいちゃんはテンペストが世界の飢餓を解決したかのように温かな笑顔で出迎えた。今朝かぶっている麦藁(むぎわら)のパナマ帽は、モーおばあちゃんのカシミアのセーターと同じクリーム色だ。祖母はテンペストを見て満足そうにうなずいた。「一日の半分が終わる前にあなたがベッドから出てこられるようになってよかったわ」

　テンペストは、ラスヴェガスの心地よい生活から追い出されてよかったと思った。とはいえ、いろいろな点で大変ではある。実家にいると……まあなんというか、実家にいるという感じだ。

　一時間後、三人が新聞のクロスワードパズルを全部解き終えるころ、どこかで呼び鈴の音がした。

「ツリーハウスに呼び鈴があるなんて知らなかった」テンペストは言った。

「ないわよ」モーは新聞紙の上にコーヒーカップを置いて耳を澄ました。「ダリウスがおもてのゲートに呼び鈴を取りつけたのかしら？」

　呼び鈴がまた鳴った。

「見てくるね」テンペストは、クロスワードの最後から二問目の答えについてああでもないこうでもないとやりあっている祖父母を残して外に出た。仮設ゲートのむこうにロビーとリーアムが立っているのが見えた。リーアムはテンペストの記憶にあるよりロビーに似ていた。くしゃくしゃの明るい褐色の髪を兄より長くのばしているが、薄茶色の瞳と顎の割れ目は兄そっくりで、兄弟ともにテンペストより背が高く、ダリウスのように百八十センチを超えている。二十歳近く年が離れていなければ双子と間違われたかもしれない。

　ゲートの鍵をあけながら、テンペストはふたりにほほえみかけたが、笑顔を返してきたのはロビーだけだった。

「ありがとう、くるりちゃん。鍵束のなかにこのゲートの新しい鍵があるはずなんだが、どれだったかどうしても思い出せなくてね。リーアムのことは覚えてる？」

〈ヴェジー・マジック〉で会ったときはたまたま彼にとっていやな一日だったのだろうと思っていたが、そうではなかったらしい。目の前に仏頂面(ぶっちょうづら)で立っている若者はテンペストの視線を受け止めたが、薄茶色の瞳はなにも見ていないかのようにうつろだった。はじめてラスヴェガスで会ったときの生き生きした表情はすっかり消えていた。多くの人にとってこの二、三年は大変だったけれど、リーアムが変わってしまったのはほかに事情があるようだ。まだ彼がひとことも口をきいていないのに、テンペストは敵意にたじろいだ。

　なんとか笑顔を保って声をかけた。「また会えてうれしいよ、リーアム」

　リーアムは返事代わりにちょっと顎をあげてみせ、兄に向きなおった。「さっさと終わらせよう」

　ロビーは気まずそうに首を掻き、テンペストに弱々しくほほえんだ。「こいつに工房を見せてやろうと思って。アッシュの料理教室の前に、早めに来たんだ。大工仕事にも興味があるって言うもんだから」

「料理人に興味があるそうね」

リーアムはテンペストではなく兄を見た。「アッシュがまだ準備できていなければ、ちょっと工房を見るだけってつもりだったんだけど」

テンペストはリーアム・ローナンを〝反抗期〟にあると思うことにした。残念ながら彼は十三歳ではなく二十三歳だけれど。

「時間はある」ロビーは分かれ道を歩いていき、工房の通用口をあけた。「外で拗ねて突っ立っててもいいし、なかに入って兄貴と同じ仕事をするか考えてもいいぞ」

リーアムはなにか言いたそうな顔をしたが、おとなしくロビーのあとを追った。「あの角っこにあるやつはなに？」彼はアイヴィの溶接道具を指さした。

「さわらないでね」テンペストはふたりに追いついて声をかけた。

「よかったらこいつに工房を案内してやってくれないか？」ロビーが尋ねた。「おれはアッシュのところに行ってくる。キッチンで手伝いが必要かもしれないし」

最悪。この幼稚なやつとふたりきりなんて。理不尽だ。また今日もいやな目にあったのかもしれないし。こっちこそ近頃はいやなことばかりだ。

「わたしはロビーやほかの人たちほどこの工房に詳しくないけど――」テンペストは振り向いて口をつぐんだ。リーアムが目の前に立っていた。

いつも好奇心で瞳を輝かせているロビーと違い、リーアムの目は怒りで濁っていた。「さっさと終わらせてくれ」

テンペストはなんとか体の力を抜いた。「工房を見たいの、見たくないの？」

「見たくない。言わなくてもわかってるんじゃないのか。あんた、思ったよりばかなんだな」

「クソ生意気だね」

「まあね。おい、あそこにでかい鼠がいるぞ」

「あれはアブラカダブラ」兎は自分の名前を聞いて、さっと顔をあげた。

「マジシャンとペットの兎？　ありがちじゃないか？」

「この子はガードマン兎なの、そのうちわかるだろうけど。それと、人を見る目がある」テンペストはアブラカダブラの隣にしゃがんだ。「ほら、おいで。リーアム・ローナンに挨拶して」

リーアムはテンペストの隣に膝をつき、アブラカダブラに手を差し出してにおいを嗅がせた。

「よう、ちびすけ」アブラカダブラに鼻をこすりつけられ、リーアムは笑い声をあげた。

「裏切り者」テンペストは兎に向かってぼやいた。

リーアムは満足そうなアブラカダブラの耳の後ろをもう一度掻いてやり、立ちあがって玄関ドアの横に飾ってある写真と木彫りの札のほうへ向かった。社員たちが荷物や上着を置くベンチの上に、ダリウスとエマの結婚式の写真がいまだにかかっていた。

大工とステージマジシャンが恋に落ちた結果、と木の札に彫りこまれている。その下に、鍵を抱えたセルキーがいた。ダリウスは芸術家肌ではないから、文字は美しく精密で迷いのない線で彫りこんでいるが、セルキーと鍵の絵はお粗末だった。

「だから〈秘密の階段建築社〉は特別なのか？」リーアムはへこんだ文字を指でなぞった。

その言葉そのものに害はない。別の口調だったら、〈建築社〉に注ぎこまれた愛と魔法と熟練の技術に対するほめ言葉に聞こえただろう。だが、リーアムの口はあざ笑うようにゆがんでいた。

テンペストは片方の眉をあげ、ガン飛ばしを発動させた。

リーアムは振り向き、テンペストの表情に気づいた。「それがかの有名なガン飛ばし？　ネットにアップするならもっと凶暴そうに加工しなよ」

ロビーが工房に戻ってきた。「やあ、仲よくやってるみたいだな。アッシュが味見してもらいたいそうだから行っておいで、リーアム。玄関のドアは少しあけておいた――ガーゴイルのノッカーを何度も壊しちゃって、モーをうんざりさせたから。おれはここで片付けなきゃいけない仕事があるから、あとで行く」

「いいやつなんだよ」リーアムが出ていったあと、ロビーは言った。

「そう言わずにいられないのは、わたしだけじゃなくて自分にも言い聞かせようとしてるからでしょ」

ロビーは顎の割れ目を掻いたが、黙っていた。

「二年ちょっと前にはじめて会ったときから変わったよね」テンペストは言った。「あのときは、わたしもいい子だと思ってた。でもいまは？　別人みたいだよ」

「まだ思春期なんだよ。いや、わかってる、あいつはもう二十三だ。でも、おれが家を出たとき、あいつはまだほんのちびすけだったし、お袋と妹に育てられて父親ってものを知らない。大学を卒業しても不景気で――」

「言い訳が多くない？」

ロビーは無理やり笑った。「だから、きみのおじいさんがあいつに世の中の常識を教えてやってくれないかなと思ってるんだ。きみは大丈夫か、くるりちゃん？」

「それって、あれが見つかったあとのこと——」

「あの袋が壁から転がり出てきたときのことが忘れられないんだ。ブラックバーン刑事からなにが入っていたのか聞いたとき、おれ……」ロビーはベストについている無数のポケットのうちひとつをいじった。「ナイトさんの植木鉢に吐いちまった」

「もう大丈夫？」

「それはこっちの台詞だ。きみが大丈夫かどうか確認しなきゃと思ってたんだ。大丈夫に決まってるよな。きみは昔からたくましかった。なにがあってもへこたれない」

そうかもしれない。だが、ロビーを前にしていると、子どものころ彼をロビーおじさんと呼び、おじさんはなんでも知っていると信じていたころを思い出した。なんでも知っているのはいいことなのだろうか。キャシディになにがあったのか、謎を解きたくないような気もしていた。母親になにがあったのかわかってしまうかもしれないからだ。母親になにがあったのか、自分はほんとうに知りたいのだろうか？

26

その日の午後、テンペストはジャスティンに、アイヴィの姪ナタリーと遊ばないかと提案した。ふたりとも同い年で、ジャスティンは秋からナタリーと同じ小学校に入学するからだ。

「大事な仕事をしてくれる、ジャスティン?」アイヴィの家に到着し、テンペストは不思議な鍵がついた門扉の前で言った。

「なにをするの?」

「謎解きよ?」

ジャスティンは『不思議の国のアリス』に出てきそうなばかでかい鍵穴に手を突っこみ、木のスケルトン・キーをつかんだ。テンペストが手順を踏んで鍵のあけ方を考えたのとは違い、ジャスティンはいきなりあちこち押したり引いたりして、最後に鍵を時計まわりにひねった。

門扉があいた瞬間、ジャスティンは言った。「簡単すぎるよ」くすくす笑いながら、意気揚揚と螺旋(らせん)階段をのぼっていく。

「こんにちは、ヤングブラッドさん」ジャスティンはドアをあけて言った。

「いらっしゃい、ジャスティン。姪っ子は下の階にいるんだけど、まずはうちの鍵の謎を解いてもらおうと思ったんだ」

「あんなの謎解きにもならないよ」

「どうして？」

「簡単すぎるもん。本物の謎解きはもっと難しいんだよ。でも、わかったときはうれしかった」

「賢いね」テンペストは言った。「うちのおばあちゃんは謎が大好きなのよ。スコットランドから来たから、あなたの知らないなぞなぞを知ってるかも。今度、聞いておくね」

「ヤングブラッドさん、どうしてもっと難しい謎にしなかったの？」

アイヴィは笑った。「お客さまをみーんなしょんぼりさせちゃうのはいやだったから。鍵に手を突っこめばいいんだって思いつかない人だけ困らせるの。みんな思いつくとは限らない。あたしたちは運がいいんだよ」

一階におり、アイヴィはテンペストとジャスティンに姉の家族を紹介した。テンペストがダリアに会うのは十年ぶりだった。妹より色が明るく癖も強い赤褐色の髪は十代のころと変わらないが、コンタクトレンズからあざやかな黄色の猫目形の眼鏡に替わっていた。ふっくらした体形を隠すために着ていただぼだぼのTシャツも、体の線を美しく引き立てる形の紫色のチュニックに替わり、赤いニーハイブーツが存在感を放っている。アイヴィと同じく、ダリアも身長は百五十センチより少し高い程度だ。

「ほんとに久しぶりね」ダリアの力強く温かいハグから、彼女が以前は嫌っていた自分の体を受け入れたことと、テンペストと再会して本心からよろこんでいることが伝わってきた。

ダリアの妻ヴァネッサと、六歳の娘ナタリーに会うのははじめてだった。もっと長居してふたりのことを知りたかったが、すぐにナタリーは大人の会話に飽きたようすで、ジャスティンを引っ張っておもちゃのコレクションを見せに行ってしまった。ヴァネッサは、近いうちに夕食に来てねとテンペストに言い残し、子どもたちを追いかけていった。

「あなたたち、出かける前にお茶でも飲んでいく？」ダリアが尋ねた。

「忘れるところだった」テンペストは、アッシュおじいちゃん特製カルダモン風味のショートブレッドが入ったステンレスのティファンキャリアをキッチンのカウンターに置いた。「これ、クッキーなの」

「あなたたち、ほんとにわたしの手伝いはいらない？」ダリアはコンロにやかんをかけ、バースツールに腰掛けた。

アイヴィはピンクのベストのファスナーをあげて顔を隠した。

「ダリアに話したの？」

「だってお姉ちゃんだし」アイヴィのくぐもった声が答えた。

「わたしもそろそろリアルな謎解きを手伝いたいと思ってたのよね」ダリアは指の骨をポキポキと鳴らした。

「お姉ちゃん、犯罪ドキュメンタリーのポッドキャストに情報提供したことがあったよね」アイヴィはベストから顔を出した。

「もうしないわよ」

ダリア・ヤングブラッドはアイヴィの五歳上で、六年生のときにトゥルークライムにはまった。一九四〇年代のロサンゼルスで起きた有名な未解決殺人事件のブラック・ダリア事件を知ったのもそのころだ。ダリアは事件の美しい被害者にちなんで名付けられたわけではない――ダリアもアイヴィも、ガーデニング好きの母親が植物から名前をとった――が、〝美しく謎めいた〟女性と同じ名前だったからこそ、ダリアはその事件に関する本を読みあさった。当時はトゥルークライムはさほど人気のあるジャンルではなかったので、ダリアが図書館で本を借りてきても、両親は刺激が強い内容とは知らずに放置していた。ダリアをジャーナリストの道へ導いたのは、このトゥルークライムへの情熱だった。ナタリーが生まれてからは、トゥルークライムの本を執筆しはじめた。スケジュールに縛られない仕事だから子育てと両立しやすい。

「わたしたち、興味本位でやってるわけじゃないんだけど」テンペストはアイヴィに片眉をあげてみせた。

「ほんとに?」ダリアはティファンキャリアの蓋をあけた。すぐさまキッチンは甘くスパイシーな香りで満たされた。「アイヴィに聞いたけど、シリアルキラーかもしれないんでしょ」

「そうと決まったわけじゃ――」

「ダリア」アイヴィは姉をにらんだ。「ナタリーもそろそろシリアルキラーは人んちに忍びこんでシリアルの箱を壊す人のことじゃないって気づく年頃だよ。それにテンペストとは久しぶりでしょ。せめて再会初日くらいは普通の人間のふりをしてくれないかな。満面の笑みでシリアルキラーの話をするんじゃなくてさ」

「〝黒魔術師ニコデマス〟なんて自称する人を師匠に持つ人が普通なわけないじゃない。それに、あらゆる可能性を考慮しないのなら探偵失格だよ」

「わたしは探偵じゃない！」テンペストは声を張りあげた。

「いいえ、探偵よ。被害者のボーイフレンドが犯人じゃないことを証明しようとしてるんでしょ」

「そういうわけじゃなくて。目の前でありえないことが起きたから、どういうことなのか解明して、うちの一族の呪いを解きたいの」

「呪いなんて信じてないんでしょ」

テンペストはためらった。もはや自分がなにを信じているのかわからない。

ダリアはスツールからぴょんと飛び降り、ミントティーを三人分淹れた。「あなたの一族に恨みがある人は？」

テンペストは熱いマグカップを受け取った。「SNSには数え切れないほどいる」

「ライバルのマジシャン一族は？」アイヴィが言った。「まさか、サンジャイってマジシャンの家系だっけ？」

「あの人は弁護士一家の変わり種。それに結構、天然なんだから」テンペストは、彼に助手にならないかと誘われた話をした。

「うっそ」アイヴィは息を呑んだ。

「そりゃ最悪だね」ダリアはうなずいた。アッシュ特製カルダモンのショートブレッドをかじる。「このクッキーは最高」

アッシュのレシピはスコットランドの伝統的なショートブレッドと北インドのナンカタイというショートブレッドをマッシュアップしたものだ。ナンカタイのようにバターではなくギー（バターから脂肪分だけ抽出したもの）やココナッツオイルを使い、ひよこ豆の粉にカルダモンをくわえるが、全体としてはアメリカやイギリスでよく知られているスコットランドのショートブレッドによく似ている。

ダリアはつづけた。「このクッキーが食べられるっていうのは、あなたたちが仲直りしてくれてよかった理由の第一位かも。で、キャシディってどんな人だったの？」

ダリアが当たり前のように尋ねたので、テンペストはつい答えてしまった。「わたしに嫉妬してた。死んだ人を悪く言いたくないけど――」

「死んだからってだけでいい人だったなんて嘘をついてもしかたないよ」

テンペストはマグカップからふわふわと立ちのぼり、消えていく湯気を見つめた。「キャシディは、わたしにそっくりだから簡単に入れ替われると思ってたのね。もっと大きな役をくれって何度も言われたけど、それだけの技術はなかった――自分に甘いせいで進歩しなかった。正確にタイミングをはかることもできなかったから、スタッフがキューを出してあげなければならなかった。そんなふうに、うまくいくような仕組みは作ったけど、彼女にもっと大きな役をあげることはできなかった。だってマジシャンじゃなかったから。たしかにカリスマ性はあったんで、ショービジネスの世界ではそこそこ仕事をもらえてた。それで、わたしのマジシャン仲間が彼女が歌うのを見て、仕事を紹介したってわけ。キャシディの外見的な魅力だけ見て、技術を過大評価したのね」

「そのマジシャンの名前は?」ダリアはペンを止めて顔をあげた。

「ユリウスは絶対に関係ない」

ダリアはペンを置いた。「探偵失格よ、テンペスト」

「だから、わたしは探偵じゃないんだってば」

「だったら、どうしてアイヴィに手伝わせるの?」ダリアは眼鏡をくいと持ちあげて口を引き結んだ。ダリアのほうが頭ひとつ分背が低いのに、完全に見おろされているような気がして、テンペストはたじろいだ。

「アイヴィの蔵書」

「あたしの蔵書?」アイヴィが繰り返した。

「フェル博士の密室講義を読みなおしたいの。密室トリックについて勉強すれば、ナイト邸でなにがあったのかわかるだろうから、まずあの本を読みなおすべきよ。持ってるよね?」

「『三つの棺』? そんなの訊くほうが失礼だよ」

「二階に借りに行ってもいい?」

アイヴィはピンク色の指先を小刻みに打ち合わせた。「もっといいところがあるんだ」

27

「ここはなんなの？」テンペストは尋ねた。

湾の反対側のサンフランシスコ市内にあるヴィクトリア朝のその建物は、こぢんまりとしているが、一階は本であふれていた。さらに目を惹くのは、改装されたとおぼしきこの屋敷の細部だ。二頭のガーゴイルが玄関ドアから入ってくる訪問者を見おろしていた。受付デスクの脇に鈍く輝く騎士の甲冑（かっちゅう）が立っていて、そのむこうに実物大の客車が見えた。壁という壁の上部には古いペーパーバックの表紙の複製がずらりと並んでいる。

一階は三つの大きな部屋に分かれていた。受付デスクの先にあるメインの部屋は、図書館のように本棚と読書灯のついた机が並んでいる。さらにその先には〝博物館〟と書かれた札のかかったドアがあった。客車の窓のむこうにも部屋があるのがわかる。まさに魔法がかかったような空間だった。

アイヴィは言った。「ここは〈密室図書館〉。クラシックな探偵小説を愛読する人たちのための図書館なの」アイヴィは『三つの棺』――イギリス版では『うつろな男』というタイトルで出版された本を自分の本棚から出してくるのではなく、この図書館こそが自分たちの目的にかなっていると断言した。

「こんなところがあるなんて知らなかった」

「まだできたばかりなの。最高でしょ？」

「信じられないよ、どうしていままで教えてくれなかったの！」

「そのチャームブレスレット、素敵ね」本を抱えた司書がふたりの脇をせかせかと通り過ぎた。彼女はチェックのフレアスカートにパフスリーブの白いブラウス、髪にはエメラルドグリーンのスカーフを巻き、一九四〇年代から抜け出てきたようだった。

アイヴィは図書館の一角を占めているクラシックな黒塗りの客車へテンペストを連れていった。近くでよく見ると、それは本物の客車ではなく、床上六十センチほどのところから壁が張り出していた。壁の下には巨大な黒い車輪やギアが配置され、ガラス窓のついた扉の前にタラップがあった。ガラス窓に貼った吸盤に〝予約済〟の札がぶらさがっている。

「予約しておいたの」アイヴィはピンクのウエストポーチからカードキーを取り出し、ドアノブにかざした。

「現代式のカードキーなんて興ざめね」

アイヴィはうなった。「だよね。最初は本物の鍵だったんだよ、ここは貸切できる集会室だから鍵をかけたいんだけど、利用するブッククラブの人たちがしょっちゅう鍵をなくすから、カードキーに替えたの。鍵をなくすなんて信じられないよ——ちなみに、うちのブッククラブはなくしたりしてないからね。すごく素敵な鉄のスケルトン・キーだったんだよ、実用性より装飾性重視でね。あんまり素敵だから、自分のものにしたくなっちゃうくらい」

ひょいと頭をさげて小さな入口からなかに入ったテンペストは、客車の端にあるバーカウンターにポワロがいるのではないかと半分本気で期待していたが、さすがにいなかったので若干がっかりした。この部屋はまるでBBCの歴史ものドラマに出てくる食堂車のセットみたいだ。テンペストは身を乗り出し、偽の窓を指先でなぞった。「これを造ったのは〈秘密の階段建築社〉ね。サンフランシスコの歴史的建造物のために列車の車両を造ったってパパから聞いたんだ。大工仕事はパパがやって、客席とバーの部品はロビーががらくた置き場で探してきたんだよね?」テンペストは、すばらしい仕事だとダリウスに手早くメッセージを送った。

アイヴィは満面に笑みを浮かべた。壁に飾られたスケルトン・キーを取り、鍵穴に差しこんでひねった。列車が動きだしたかのように、窓の外の風景が蒸気機関の音とともに流れはじめた。満足そうにため息をつき、テンペストのほうを振り向いた。「あたしはこの仕事のために板を熱して曲げる方法を覚えたし、ギディオンは図書室のなかに煉瓦(れんが)の扉を造ったの」

「入口のまわりの煉瓦の壁のこと?」

「違うよ。煉瓦でふさいだ、文字どおりの無への扉。ジョン・ディクスン・カーの『火刑法廷』の一場面をあらわしてるの。よかったら、バーでコーヒーでも飲んでて。すぐ戻るから」

その言葉のとおりにアイヴィは四分後に本をどっさり抱えて戻ってきた。本そのものは古くないが、タイトルはテンペストも知っているクラシック・ミステリばかりだった。ジョン・ディクスン・カーの『三つの棺』に『曲がった蝶番(ちょうつがい)』、アガサ・クリスティの『オリエント急行の殺人』、クレイトン・ロースンの『帽子から飛び出した死』、それからテンペストの知らない作品も数冊あった。アントニイ・バークリーの『毒入りチョコレート事件』、エドマンド・クリスピンの『消えた玩具屋』。島田荘司の『占星術殺人事件』やポール・アルテの『第四の扉』などの、比較的新しい不可能犯罪ものもある。

アイヴィが棚から運んできた本の重みで、狭いテーブルが揺れた。

「これだけ本があれば、どれかに答えが書いてあるね」テンペストは言った。「それか、なにかしらのヒントが」

「『三つの棺』のフェル博士の密室講義が読みたいんでしょ。博士はそのなかで不可能犯罪の方法をすべて解説してるんだよね」

「わたしは十五歳のときに読んだきりだからな。でも、もしも密室トリックを使ってキャシディの遺体を壁のなかに入れたのなら、答えが載ってるはず」

「〝もしも〟ってどういう意味よ?」アイヴィは、テンペストにもうひとつ頭が生えたかのように、眉間にしわを寄せて眺めた——そのイリュージョンはテンペストも試したことがあるが、いまいちだった。「トリックに決まってるでしょ」

「いまのは失言だった」テンペストは頬が赤くなるのを感じた。この目で見て、この耳で聞いたと確信していることを、どうしてアイヴィに正直に話せないのだろう? 心の大部分では、ほんとうに呪いではないのかと疑っているのだと、どうして口に出せないのだろう? 「とにかくさ、フェル博士が答えを教えてくれないのなら、彼を創造したジョン・ディクスン・カーに問題があった——」

「罰当たりな！　トリックには無限のバリエーションがあるんだから。フェル博士の密室講義は大まかにカテゴリー分けしたのであって、すべてのトリックを残らず解説してるわけじゃない。そんなのおもしろくないでしょ？　だけど、フェル博士の講義とあんたの目の前にある本のなかには、人間が考えたなかでも抜きん出て独創的なトリックが載っていて——」

「人間じゃないでしょ。フィクションのキャラクターなんだけど」

「フィクションが人生の真実に迫ることができるのは、まさに現実の人間が体験する大事な要素を追体験できるからだよ。それはわかるよね。あんたは家族の真の物語を語るために、一晩に何千人もの観客の前でフィクションを演じてたんでしょ」アイヴィはちょっと黙って唇を噛んだ。「それってどんな感じだった？　ギディオンの庭で話したときは脱線しすぎて聞けなかった」

テンペストは持っていたペーパーバックを置き、立ちあがって偽の窓の外を眺めた。ガラスのむこうの壁には、過ぎ去っていく黄色い花畑の風景が描いてあった。ガラスに手のひらを当て、偽の風景を見渡した。

「この偽の風景みたいなものだったかも」テンペストは答えた。「想像力で補って見てるうちは楽しめるけど、近づいて実態を見るのはやめといたほうがいい」窓の上半分をおろし、外に首を突き出した。下を見ると、風景を描いたキャンバスは壁の下で床板と接していた。イリュージョンの裏側にある実態だ。

「ダリウスからちょこちょこ聞いてただけだから、もっとじっくり聞きたいな」アイヴィはかぶりを振った。「でも、いまはそんなこと言ってる場合じゃないか。目の前の問題に集中しなくちゃね」

「本に戻ろう」テンペストは椅子に座ったが、アイヴィはまだ偽の窓の外を見ていた。

「では」アイヴィは言った。「まずはフェル博士の密室講義からね」

テンペストはかぶりを振った。「あなたと過ごしてると、やっぱり必要なのはアイヴィ・ヤングブラッドの密室講義だと思えてきた」

「ハッ」

「本気だってば。わたしがマジックの道に進んだあとも、あなたはこういう本を読みあさってた。わたしは目くらましを意図した動きだったらピンとくる。だから、なにかが変だと気づくの。でもあなたはその背後にあるものをわかってる」

アイヴィは両手を握り合わせた。「あたしはずっとこの瞬間を待ってたんだ」その笑顔はオスカーを受賞したかのようだった。

「思い切りやっちゃって」

「コッホン」アイヴィははじめた。髪をなでつける。「まずは復習からね。これから不可能犯罪について話すよ。あるいは〝密室ミステリ〟と呼ばれるもの。〝クローズド・サークル〟と混同しないように。それは孤島とか雪嵐のなか邸宅に閉じこめられるやつ。両者は重なることも多いけど、基本的には別物なの」

「キャシディの件は明らかに不可能犯罪、もしくは密室ミステリだよね」

「ジョン・ディクスン・カーは、彼の創造したおデブ探偵に不可能犯罪を八種類に分類させたの。ざっくり言えば、だけど。実際には七つのカテゴリーと、五種類の鍵に関するトリック。どうして鍵のトリックだけ五つに分けたのか、あたしはちょっとわからない。とりあえず、わかりやすくするために八種類と考えるよ」

「ねえ、いつもこの図書館で講義してるの？」

「えっ！　あたしが講義してもいいと思う？」

「思うよ。でも、脱線しないようにしなきゃ。アイヴィ・ヤングブラッドの密室講義をつづけて」

「あたしがフェル博士と若干見解を異にするのがここなの。フェル博士の分類は幅広い解釈の余地があると言われているけど、じつはかなりきっちりしてる。一方、アイヴィ・ヤングブラッド版の分類法では、不可能犯罪は八種類ではなく五種類に分けられる。まずひとつ目は、時刻の偽装。被害者が殺されたとされる時刻が実際とは違うというものね。推定される時刻より前に殺されていた、もしくはその時刻にはまだ生きていて、そのあとに殺された」

テンペストは言った。「たとえば、目撃者が特定の時刻に被害者の姿を見たとか声を聞いたとか思いこんでいる。だけどほんとうは、被害者はすでに殺されていて、犯人が被害者になりすましていた、とかね」

「そういうこと。ふたつ目は、実際には殺人ではなかったというもの。事故の場合もあれば、自殺の場合もある。どちらにしても、部屋の内側から鍵をかけたのは死者本人なの」

「どちらもキャシディには当てはまらない」

「そうだね。三つ目、部屋のなかに死因となりうるもの、たとえば毒蛇とかペン先に毒を仕込んだペンがあらかじめ置いてあった」

「キャシディがそういう方法で殺されたんだったら、壁のなかに入ってたのはおかしいよね。四つ目は?」

「四つ目、犯人は殺人現場の部屋に入らなくても被害者を殺すことができたけれど、あたかも入らなければ殺せなかったかのような状況だった。そして五つ目、犯行現場の部屋は、絶対に入ることができないように見えるけれど、じつは出入口があった」

「最後のやつだ」テンペストは言った。「キャシディの件はそれだよね。ただ、方法がわからない……キャシディを壁のなかに入れた出入口があるはずなんだけど、わたしたちには見えていない。そうでないのなら……」

「なに?」

「わたしがおかしくなりかけてるのか、それとも一族の呪いがキャシディを殺したのか、そのどちらかよ」

「あなたはおかしくない。だれかがあなたを挑発してるんだよ」

そうなのだろうか? テンペストは、窓の外を流れていく偽の風景を眺めた。一族の先祖たちと同じように、自分の人生はまるでイリュージョンそのものだ。

一時間後にテンペストのスマートフォンが鳴ったとき、テンペストはクレイトン・ロースンのマーリニものの長編四作のうち第二作『天井の足跡』に夢中になっていた。奇術師探偵マーリニが奇術トリックの痕跡から事件を解決するという筋立てだ。アイヴィはアントニイ・バークリーの『毒入りチョコレート事件』の最後の部分を熟読し、どっちが真相か永久にわからないよねとつぶやいていた。

「テンペスト」電話をかけてきたのはギディオンだった。「話したいことがあるんだ。会えるかな?」

「ギディオン?」アイヴィが小声で尋ねた。「彼の声が聞こえたわ」

テンペストは客車の奥のバーカウンターへスマートフォンを持っていき、アイヴィが本棚から抜いていたポール・アルテの『狂人の部屋』を指で小刻みに叩いた。「あなたが電話嫌いなのは知ってるけど、安心して、携帯電話で話しても頭が爆発するわけじゃない。いますぐ話しても大丈夫よ」

「直接会って話したほうが――」

「わたしはいまサンフランシスコにいるの。ちょっと手が離せないんだよね」テンペストは危なっかしげに積みあがった本の山を見やった。

「夕食の時間までに戻ってこられるか?」

「夕食?」テンペストは片眉をあげてスマートフォンを見た。「たぶん大丈夫」

一分後、テンペストが電話を切ったとき、アイヴィが目を丸くして見ていた。「ギディオンとデート？」

「デートじゃないよ。どうやらわたしたちのワトスン役が見つかったみたい」

28

夕方、テンペストがルビーレッドのスニーカーで〈ヴェジー・マジック〉の狭い階段をのぼると、ギディオンはすでに来ていた。テンペストは、大好きな赤い口紅は塗りなおしてきたものの、昼間と同じ服装のままだった。ギディオンは、一八八〇年代のヒドゥン・クリークの大通りを描いたイラストを背景に、隅の丸テーブルに着席していた。カフェの一階はほぼ満席だったが、カリフォルニアのゴールドラッシュ直後に町ができたころの写真やイラストが壁に並んでいる二階は、半分ほどしか埋まっていなかった。

経営者のラヴィニアがカフェの内装を変えないようにしているおかげで、ここへ来ると安らげた。長年のあいだにメニューは変わった——料理の内容もメニュー表やカウンターの上にかかっている黒板のデザインも変わった——が、がたつく木のテーブルも、不揃いな木の椅子も、そこに置かれた色とりどりのクッションも、ヒドゥン・クリークの歴史にまつわる絵や写真も、昔のままだった。

「急ぎで話したいことってなに？」テンペストはギディオンのむかい側、紫色のタッセルがついたローズピンクのクッションをのせた堅い木の椅子に腰をおろした。

ギディオンは小さなファスナーつきビニール袋をテーブルに置いた。なかには、どこかで見た覚えのある黒い布の切れ端が入っていた。

「どうして見覚えがあるんだろう?」テンペストは独り言をつぶやいた。

「なぜなら」ギディオンがそっと言った。「キャシディが死んだときに着ていた服の生地だからだと思うんだ」

「アブラカダブラだ」キャシディの死体が見つかった日に、アブラカダブラの前歯に挟まっていたのと同じ生地だった。「どこで見つけたの?」

「工房にいたら、アブラカダブラがそのへんを嗅ぎまわっていてね。いつのまにか逃げ出してたみたいだったから、とりあえずケージに連れて帰った。そのとき見つけた」

「どうしてキャシディが着ていた服の生地だとわかったの?」テンペストの頭のなかに、じわじわと恐怖が湧いてきた。アブラカダブラの口のなかから見つけた布の切れ端がキャシディの服の一部だと、どうしてもっと早く気づかなかったのだろうか。いや、気づかなかった理由はわかっている。キャシディの服ではなく、顔と髪に注目していたから気づかなかったのだ。目くらましだ。うかつだった。もっと注意深く観察すべきだったのに。あのときはあとで記憶が重要になるとは思ってもいなかったとはいえ、トリックに引っかかってしまった。

「あの日、おれはテラスに戻って警察に呼ばれるのを待ってたんだ」ギディオンは言った。

「なにがどうなってるのか知りたくて、テラス沿いに屋敷の裏へまわって、キッチンのそばまで行ってみた。そうしたら窓越しに、きみが警察に遺体はキャシディだと証言しているのが見えた。距離があったからよくわからなかったけど、この黒いシルクは光が当たるとつやつやする。アブラカダブラのケージにこれを見つけたとき、キャシディの服と似ていると思ったんだ」

　テンペストは生地を手に取った。「大当たりよ」

「きみの兎はどうして生地をケージに持って帰ったんだろう？」

　テンペストの胸は高鳴った。「キャシディはわたしに会いに来たのよ。間違いない。わたしの部屋の外にキャシディの足跡を見つけて、そのときは――」

「足跡がだれのものかわかるのか？」ギディオンは目をみはった。

「わたしはシャーロック・ホームズじゃないけどね。キャシディはよくソールに薔薇の模様がついてる靴を履いてたの。わたしはそれが気になってしょうがなかった、ステージに埃とか粉が残ってると、リハーサルのときに足跡に気を取られてしまうのよね」ありがたいことに、ギディオンは口を挟んだ。口を挟んでくれていなければ、幽霊を見たと口走ってしまいそうだった。

「でも、キャシディ本人の姿を見てはいないんだろう？」

「ええ、見てない。でも、死ぬ前の晩にわたしの家へこっそり来ていたことは確実ね」キャシディが会いに来ていた。なんのために？

「キャシディがボーイフレンドに殺されたんじゃないことと、きみを罠にはめるために遺体がヒドゥン・クリークに運ばれてきたのでもないということは確実だな」

「わたしを罠にはめる？」

ギディオンは肩をすくめた。「この夏にも、だれかがきみを罠にはめたんじゃないのか？」

「わたしが注目を浴びたくて危険な演出をしたんじゃないかとは思わないの？」

「きみは有名人だから、もちろん陥れようとするやつはいるだろう。でも、おれがきみを信じる理由はそれだけじゃない。お父さんがきみのことをどんなふうに話すか知ってたら、信じないわけがない」

「でも残念ながら、だれの仕業かはわからない」

「この布切れのことを警察に話したほうがいい――」

「そうする。でもまずはなにか食べない？」警察に話すのはかまわない。だが、話したところで解決するのだろうか？　いまなにが起きているにせよ、それは警察の仕事の範疇を超えている。テンペストの人生と同じく、海をまたいだ謎なのだから。キャシディが殺され、遺体が北カリフォルニアの古い屋敷で衝撃的なかたちで発見されただけでは終わらない。さらに謎をたどれば、ラスヴェガス、スコットランド、そしておそらく呪いが生まれたインドに行き着くだろう。

テンペストはステージにあがる前のように深呼吸を三回し、メニューを取った。「なぜこの席を選んだの？」

「店主さんに、このへんの空いている席のどこでもどうぞと言われたんだが、テーブルががたついてないのはここだけだった」

「石工と友達になったのが大間違いだったのね。眺めのいい席よりテーブルががたついてないことを優先するなんて知らなかった」

「ここも眺めはいいぞ。煉瓦(れんが)の壁が目の前だし、隅っこだからほかの客も観察できる」

たしかに人を観察するにはちょうどよい場所だった。レストランの経営者、ラヴィニアが水を持ってきた。「ご注文は決まった?」

「今夜は人手が足りないの?」テンペストは尋ねた。ラヴィニアはテンペストが子どものころからこのレストランのオーナーで、みずから店を切り盛りしている。客席に挨拶には来るものの、オーダーはいつも従業員が取っていた。

「ウェイターがひとり遅れて来るの」一階でなにかが割れる大きな音がした。ラヴィニアは身をすくめたが、苦笑いした。「新人が入ったの。いつも言ってるんだけどね、もっと思い切ってトレイを持ちあげれば大丈夫だって」

若いころ、カフェで働いた経験がないのにカフェの経営を目標にしていたラヴィニアは、ずっと前から、目標はあるがお金に困っている者を目標達成までのアルバイトとして雇っていた(その方針が適用されるのは接客係だけで、調理師は別だ)。そのため、スケジュール管理は悪夢のようで、〈ヴェジー・マジック〉はしょっちゅう人手不足になったり、逆に人手が余ったりしていたが、ラヴィニアは方針を変えなかった。

テンペストはアイスチャイとサワードウのパンに決め、ギディオンは料理に迷ってひとまずアイスティーを注文した。

「なにがおすすめ？」ギディオンは、ラヴィニアが立ち去ったあとに尋ねた。

「全部。メニューのどれを頼んでも大丈夫」テンペストは彼のまっすぐな視線から目をそらし、布の切れ端を見やった。キャシディはなぜ〈フィドル弾きの阿房宮〉に来たのだろう？ 彼女がアブラカダブラに嚙みつかれてからナイト邸の壁のなかに詰めこまれるまでに、なにがあったのだろう？ 意外なほど短い時間だ。ギディオンに目を戻すと、彼の茶色の瞳は周囲の人々を観察していた。

「あなたに催眠術をかけたいな」テンペストは言った。「キャシディの遺体が発見された日のことをほかにも思い出すかもしれない。それにあなたは観察眼が鋭いから、ほかにもなにか目にしてるかも」

「まさか、きみは催眠術ができたりしないよな？」

テンペストは片方の眉をあげながら、布の切れ端が入ったビニール袋をポケットにしまった。

「催眠術を使わずに、あなたの頭のなかからなにか引き出せるか試してみよう」

「いま、きみが布の切れ端を取ったのは気づいたよ」

「隠そうとしてなかったもの。隠そうとしていたら、あなたは気づかなかったよ。いま、ほかにどんなことが見えてる？」シャーロック・ホームズばりの答えを期待してるよ」

「そりゃがっかりするだろうな。きみが朝なにを食べたのかもわからないし、靴底にこびりついた土を見てここまでどこを歩いてきたのか当てることもできないし、アフガニスタンから最近帰国したばかりなのかもわからない」

「わたしはジョン・ワトスンじゃないしね」

「ぼくにわかるのは、きみはあのチャコールグレーのシャツを着た男にじろじろ見られて一瞬不安になったこと、トマトが嫌いなこと、ブレスレットのチャームのなかでお気に入りはフィドルってことくらいだ」

「正解率三分の二。悪くないね。あなたは人を観察してる人を観察するのも得意みたいだけど、どうしてわたしがトマト嫌いってわかるの？　ラヴィニアにトマト抜きでって頼んでもいないのに。サワードウのパンを注文しただけよ」

「おいしそうな前菜――ブルスケッタがあるのに、プレーンなパンを注文しただろ。うるさい客になりたくないからだ」

「おみごとね、ミスター・トレス。だけど、フィドルのチャームがとくに気に入ってるわけじゃない。でも、いま考えたら当たってるかも」たぶん、気づかないうちにフィドルのチャームに目をやるか触れるかしていたに違いない。ずっとフィドルの音が頭の片隅から離れないのはたしかだ。自分がおかしくなりかけているのかもしれないことを身近な人に黙っているのは気が重かった。けれど、自分を許してくれたアイヴィにならば打ち明けられそうだ。「ありがとう」

「なんのお礼？」

「アイヴィのこと。わたしたちを仲直りさせてくれたこと。あ、それからあのウベのケーキもとってもおいしかった」

ギディオンは破顔した。「先週、実家に帰ったら、ばかでかいココナッツとウベのケーキを持たせてくれた。母は料理人だから、新しい料理を考えたら八通りの方法で試作するんだ。父がなにげなく、フィリピンにいたころに食べたお姉さんのケーキが食べたいとつぶやいたら、母はさっそく作り方を研究した。母はフランス人、父はフィリピン人だ」

「いまカフェの外に駐まってる水色の古いルノー、ナイト邸のそばでも見かけたことがある。あれはあなたの？」

ギディオンはうなずいた。「十代のころ、フランスで石工見習いをやっていたときの師匠が、目が悪くなってもう運転できないからって譲ってくれた。コンピューターが内蔵された現代の車に替えるつもりはまったくないよ。あのルノーは実用的じゃないし、維持するのもやっとだ、でも気に入ってる」

「フランスで育ったの？」

「カリフォルニアへ来るまでは、フィリピンとフランスにそれぞれ数年ずつ住んでた。だけど、小さかったからほとんど覚えてない。十六のときに交換留学でフランスに九カ月いて、こっそり石工見習いもやってた。最近じゃ英語のほかに話せるのはタガリッシュとフラガログだよ」

ギディオンにならってテンペストもにんまり笑ってみせた。「タガログ語と英語のマッシュアップと、フランス語とタガログ語のマッシュアップね」

「フランスでもフィリピンでも、その国の言葉でちゃんと会話しようとすると変な目で見られるんだ」

「うちのおばあちゃんによれば、なにかを表現するのに言葉を使わない人たちがいる。そういう人たちは芸術を使う。ヴェガスにショーを観にきてくれたときに言われたの、うちはそういう家系なんだろうって。おじいちゃんは、よくわからないけど食べものの言葉は理解してるって言ってる」

「きみのおじいさんがお弁当を持ってきてくれると、ついお年寄りだってことを忘れてしまうよ。若々しくて、おれたちが現場に出ても、かならず自転車でランチを持ってきてくれる」ギディオンは言葉を切った。「呪いのことは聞いた。おじいさんのお兄さんが亡くなったそうだね」

「いちばん上のお兄さん。呪いはずっとうちの一族につきまとってるの」

「名前を継いでるだろ。きみはテンペスト・ラージで、お母さんのほうの名字を継いでる」

「インドの名付け方は西洋とは違うからね。というか、昔は違ったけど、いまはそれもずいぶん変わってきてる。ひいひいおじいちゃんまではいわゆる名字がなかったんだけど、英領インド(ブリティッシュ・ラージ)で働くことになったときに、名前の後ろにラージをつけたの。それが代々受け継がれてる」

「おじいさんがインドを離れたあとも、一族の人はマジックをつづけたのか?」

「遠縁の親戚にはいまでもラージの名前でマジックを生業(なりわい)にしている人がいるけど、一族の伝統はすたれちゃった。最近は医師になる人のほうが多いの。そもそも百年以上前のことだけど、ラージ家の先祖はトラヴァンコール王国——インドが独立して州に分かれる前に南インドを統治してた王国で、王族の侍医を務めてた」

「それがどうしてマジシャン一族になったんだ？」

「ひいひいおじいちゃんのデヴァジが子どものころから奇術にはまってたの。腕前がよかったから、宮廷専属の奇術師にまでなった」テンペストは長いあいだこの話をしていなかった。だが、ギディオンはなんとなく偏見がなさそうに見えて、話しやすかった。

「やがてひいひいおじいちゃんは北の英領インドで働くことになって、家族も一緒に連れていったのね。そこでイギリス人に請われて奇術を見せるようになって、演目がだんだん派手になっていった——と同時に、危険度も高くなった。で、お兄さんが奇術をやってる最中に亡くなったの。みんな悲しんだけど、奇術はやめなかった。ところが、アッシュおじいちゃんのお母さんのいちばん上のお姉さんも亡くなった。またしても悲劇が起きたわけ。イギリス人のために働いているせいで呪われたなんて、まことしやかにささやく人もいた。だけど、まだほんとうに本物の呪いだと信じられていたわけじゃない。それなのに、アッシュおじいちゃんのいちばん上のお兄さんも亡くなった」

テンペストはいったん黙り、深呼吸した。「それから、わたしのおばも。おじいちゃんの長女ね。おじいちゃんは娘たちがマジックをやることに反対していた。だけど、マジシャンの血は受け継がれてる……おじいちゃんも、いまでもマジックを愛してる。ステージにあがることはないけれどね。わたしもマジックを一切やめれば、おじいちゃんはほっとするはず」

「呪いが本物かもしれないと思うのも無理ないな」

「わたしで五世代目。もう終わらせなくちゃ。呪いはわたしの代で止める。負けるつもりはないから。真相を突き止めてやるの」

29

ラヴィニアが話していた遅刻のウェイターは、現れてみればリーアム・ローナンだった。ロビーの弟はテンペストとギディオンに会釈し、飲みものとサワードウのパンを置いた。テンペストは、彼がふたりの注文だけでなく、ほかの二カ所のテーブルの注文をのせた重たいトレイを持って狭い階段をのぼってきたことに感心した。ギディオンに目を戻すと、彼はこちらを見ていた。その視線はやはりゆるぎないが、表情はのんびりしていることが、テンペストにもわかりはじめた。

「きみはおれが思ってたような人じゃないな」ギディオンが言った。

「あなたはわたしが思う二十一世紀の人っぽくない。これって、おたがいをほめてるのかけなしてるのかわからないけど」

「おれはそのどっちでもないつもりだったんだが。ただ見たままを言ったまでだ。それに、いまきみがスマホを取り出してなにかを見はじめても、おれはなんにも言わないぞ。ほんとうはスマホを見たくてうずうずしてるだろう」

テンペストはかぶりを振った。「つい癖でね。いまじゃ見るものはなにもないのに」

「SNSなしで生活するのはすばらしいことだと思うよ」

「自分から選んでそうしてるならね。メディアや大勢の人たちのせいでやむを得ずSNSをやめるのはすばらしくもなんともないよ。友達だと思ってた人たちも含めて、みんなわたしがもっと有名になりたくて危険きわまりない演出をやりかねないようなやつだと思いこんでる。みんな好き勝手言ってるよ、わたしが成功したのは、忌まわしいできごとで名の知れたマジシャンの娘だからとか、ルックスのおかげだとか、多様性が〝流行り〟だからとか」テンペストは顔の両脇で両手の人差し指と中指をちょいちょいと曲げ、引用符を作るしぐさをしてみせた。「ほらね、そういうことを考えるだけで腹が立ってエアクオートなんかやっちゃう。エアクオート嫌いなのに」

なにがいちばん腹立たしいのかわからなかった。さまざまな文化を背景に持つ優れたイリュージョニストだった母親とおばを誇りに思っている。だが、ふたりの名声も経歴も、自分の成功とは関係ない。「わたしはヴェガスのどのマジシャンにも負けないと自負してる。わたしは特別だって言いたいわけじゃない。わたしは人より努力した。成功するために、だれよりも練習したの。だけど、みんなのマジシャン像にわたしはうまくはまらなかったのね」

「ラスヴェガスは好きだったのか？」

「そういう問題じゃないの」

「つまり嫌いだったんだ」

テンペストは黙った。認めたくはないが、ギディオンの言うとおりかもしれない。はじめてショーが大成功に終わったとき、自分の一部は、もう終わった、伝えたいことはすべて伝えたと感じた。続編として書いた宝石を隠したブレスレットの魔法の物語も、海から生えた巨大なツリーハウスの物語も、魔法のフィドル弾き同士の争いの物語も、すべて捨てた。どれもなにかが足りなかった。

「たぶん」ギディオンは優しく言った。「ヴェガスはきみの物語には属さない場所だったんだ。故郷に帰ってきて、少しは楽になれたんじゃないのか?」

「ベッドは恋しいけどね。世界一、寝心地のいいベッドを持ってたのに、いまじゃでこぼこでスプリングがぎしぎしうるさいベッドでなんとか眠ろうとしてる」

「それだけ? 恋しいのはベッドだけか?」

「比喩よ」いや、比喩だったらよかったのに。じつは本気だった。腰の痛みが物語るとおり、ほんとうにヴェガスで使っていたベッドが恋しかった。

「きみのお父さんは、きみが帰ってきてよろこんでるよ。おれもだ。ただ、帰ってきた理由が残念だよな」

「だよね……」テンペストはフーディーニのノベルティのコインを指に挟み、カフェのなかを眺めた。近くのテーブルでは若い男女がオーストラリア訛(なま)りの英語で話しながら、ワインを飲み、ピタパンと三種のフムスの前菜をつまんでいる。

テンペストは、ギディオンが特大のコインを見ていることに気づいた。「わたしはね、過去のことを考えるのにうんざりしてるの。話を変えましょう」

「わかった。過去の話はやめよう。今日がきみの新しい人生の初日だ、テンペスト・ラージ。おれにちょっとしたマジックを見せてくれないか？」

テンペストはなかばまぶたを閉じ、店内のあちこちに視線を走らせた。「いいよ。やってあげる」オーストラリア人カップルのほうへ顎をしゃくり、小声で言った。「あれを消すってのはどう？」

「いまここで？」

「マジックを見せてくれって言ったのはあなたでしょ」

「笑えないな。あのふたりのところへ行って、帰ってくれなんて言うのは失礼じゃないか。やりたくないのなら――」

「やりたくないとは言ってない。でもまずわかってもらいたいことがあるの。トリックだけがすべてじゃない。かならず背後に物語がある。かならずよ。それがイリュージョンを起こすマジックなの。今日はどんな物語になるかな……」テンペストは左手首のブレスレットを振り、ひとつひとつのチャームに意識を集中させた。「このチャームからパワーを感じる」しばらくして、テンペストは山高帽のチャームを右手の親指と人差し指でつまんだ。

「この山高帽と、ちょっとしたテレパシーを使うよ」とささやく。「いまからあのふたりのテーブルをひっくり返すからね。そしてテーブルがひっくり返ると同時に、あのふたりは消える」

「ほんとうに？」

「自然と宇宙の力については、だれもたしかなことは言えない」テンペストはウィンクし、空中から黒いシルクのハンカチを取り出した。それを両手で挟み、テーブルの上に高く掲げてつかのまギディオンの視界をさえぎった。「さあ、魔法の呪文を唱えて」

「〝アブラカダブラ〟とかか?」

「それでいいよ」テンペストは手首をさっとひねり、シルクのハンカチをおろした。

魔法が成功したか、振り向いて確かめた。目論見どおりにテーブルはひっくり返り、一本の太い脚が天井を向き――カップルの姿はなかった。

ギディオンは悪態をついた。「どうやったんだ……ふたりが帰り支度をしてたのを見てたとか?」立ちあがり、ひっくり返ったテーブルのそばへせかせかと歩いていった。「でも、それだけじゃどうやってテーブルをひっくり返したのかわからない……きみはハンカチを一秒か二秒掲げてただけだ。いったいどうやって――?」

「どうしたんだ?」リーアムがトレイを置き、ひっくり返ったテーブルの前でギディオンの隣にひざまずいた。ほぼ空の皿とワイングラスがなにごともなかったかのように、裏返しの板からのびている一本脚を囲んできちんと置いてあった。

「いまのを見たか?」ギディオンは尋ねた。

リーアムは眉をひそめてかぶりを振った。「あのふたりが無銭飲食するような人たちだと思わなかったけどな」ひっくり返った木のテーブルをよく見たとたん、しかめっつらが笑顔になった。「こんなに気前のいい人たちだとも思ってなかった」空のワイングラスの下に敷いてある百ドル札を取った。

「テーブルを元に戻すのを手伝うよ」テンペストは言った。

その言葉に、呆然としていたギディオンはわれに返り、ふたりと一緒にテーブルを元に戻した。「いったいどうやったんだ？」不思議でしかたないと言わんばかりに目を丸くしてテンペストを見つめた。

テンペストは謎めいた笑みを返した。「もうわかってるでしょ。わたしはザ・テンペストよ。そのつづきは知ってるよね」

「行く先々で爪痕を残す、か」

30

テンペストはジープに乗りこもうとして、ラヴィニアに呼び止められた。

ひよこ豆のタジン、詰めものをしたきのこのグリル、野菜ギョウザをギディオンとシェアしたディナーは楽しかったが、マジックのトリックを教えなかったせいで、ほんの少しだけ気まずくなった。けれど、ギディオンこそ内容は電話では言えないが急ぎの話があると言って人を呼び出したのだから、少しくらいやきもきさせてもいいだろう。

「間に合ってよかった」ラヴィニアはテンペストにメモを差し出した。

テンペスト・ラージへ――今夜九時にこの〈ヴェジー・マジック〉で会おう。なにが起きてるのか話そう。

テンペストは、買い物客やレストランの客でにぎわう明るい大通りを見まわした。「これ、どこにあったの?」

「あなたが出ていってすぐ、電話がかかってきたの」

「だれから?」

ラヴィニアはかぶりを振った。「ケイティが電話に出て、伝言をメモしたの。電波が悪いのか、すぐ切れたんですって」

「男性? 女性?」

「大丈夫? これって――」

「大丈夫よ」テンペストは無理やりステージ用の笑顔を作ったが、心臓の鼓動は激しく、手は車のキーをきつく握りしめていた。「友達がわたしにメッセージがちゃんと伝わってると思ってたら困るから。ケイティに話を聞いてもいい?」

テンペストは五分ほど案内係のケイティと話したが、若い彼女は〈テンペストが彼女の着ているワンピースのアシンメトリーなデザインとカラフルな色遣いに目をとめたことに気づき、〈ヴェジー・マジック〉でアルバイトをしながら、ファッションデザイナーを目指して美術大学に通っているのだとうれしそうに話した）、ラヴィニアと同じ程度の話しかできなかった。

「お友達のだれかがふざけてるんじゃない？」美大生兼案内係は言った。「『ラストサマー』とか、そういう映画みたいに」

「どうしてそう思うの？」

ケイティは肩をすくめた。ワンピースのスカートが揺れ、虹の色がかすかにきらめいた。ほんとうに服作りの才能があるらしい。「どうしてかな。なんとなく、声を作ってるような感じがしたの」

「電話番号は表示された？」

ケイティはかぶりを振り、テンペストが子どものころからレジの隣の壁にかかっている黒いダイヤル式の大きな電話機を指さした。レジはとうの昔にタブレットとクレジットカードのスロットに置き換わったが、古い電話機はいまだに現役のようだ。

「二名用のテーブルを取っておいてくれと言われたの」ケイティはつけくわえた。「あとでお友達と会うなら、いま好きなテーブルを選んで。いま食べたばかりでおなかいっぱいかもしれないけど、マニュエルのピーチパイはおすすめよ。ほんとに死ぬほどおいしいから」

だったら、そのパイは遠慮したほうがよさそうだ。

「無理」アイヴィは両手でこめかみを押さえた。

「別に、真夜中に廃墟の倉庫へ行こうって言ってるんじゃないんだから」テンペストはアイヴィの家へ車を走らせながら、廃墟の倉庫なんて思い浮かべちゃだめだと自分に言い聞かせた。

〈ヴェジー・マジック〉は人気のレストランで、十時まであいてる。人目はじゅうぶんあるって。いちばん目立つ場所で、三人座れるテーブルを予約しといた」

「せめてギディオンかサンジャイを呼ばない？」

テンペストは片方の眉をあげた。「男に守ってもらう必要はないよ」

「人数が多いほうが安全だってことだよ。相手は、どうやってキャシディを壁のなかに入れたのかあたしたちが調べてるのを知ってるやつなんだから」

「なるほど。サンジャイに電話するよ。あなたはギディオンに電話して。帰りにどこか寄ってなければ、いまごろ家に帰り着いてるはずだから」帰り着いていますように。九時までにあと一時間ちょっとしかない。

果たしてサンジャイは電話に出たが、ギディオンとは連絡が取れなかった。テンペストはオークランドのギディオンの家でサンジャイと落ちあうことにして、住所を教えた。きっとギディオンは作業中で電話を無視したのだと望みをかけた。

テンペストとアイヴィが先に到着した。案の定、ギディオンは工房で槌と鑿を手にグリフィンの彫刻の前に立っていた。

「そんなの無理だよ」ギディオンは言った。

「ロフトの席から見張っててくれればいいから。あなたとサンジャイの席はもう予約しといた」

「サンジャイってだれ？」

「ぼくだよ」サンジャイが現れた。

「ぎくしゃく自己紹介しあってる場合じゃないの」テンペストは言った。「ギディオン・トレスは〈秘密の階段建築社〉の新入社員、サンジャイ・ライはマジシャンで別名ザ・ヒンディー・フーディーニ。あなたたちのどちらにも、わたしがキャシディ・スパロウがどうやって壁のなかに入れられたのか調べてるのを打ち明けてるから」

「えっ——?」男ふたりがそろって声をあげた。「てっきりほかのだれにも——」

「だから、そんなこと言ってる場合じゃないんだってば」テンペストは鼻梁をつまんだ。「ふたりにはいますぐ友達になってもらわないと困るの。わたしとアイヴィはいまから〈ヴェジー・マジック〉で情報提供者と会うことになっていて、あなたたちにはわたしたちの目と耳になってもらいたい。わたしとアイヴィはふたりでもぜんぜん問題ないから、あとはあなたたちに協力する気があるのかどうかってことだけ確認したいの」

ふたりはたがいを品定めするようにじろじろ眺めてから、不本意そうにうなずいた。

サンジャイとギディオンは別々に、テンペストとアイヴィはテンペストのジープで〈ヴェジー・マジック〉に向かった。「ちょっとだけうちに寄って」アイヴィが言った。「近くだからそんなに時間はかからないよ」

「なんの用?」

「ペッパースプレーを取ってくる」

「人目のあるレストランに行くのに? ほんとに武器が必要かな?」

結局、ペッパースプレーは持っていかないことになった。アイヴィはチェストから出した服をもうひと山ベッドに放り出し、その上にどすんと腰をおろした。「ここに入れたはずなんだよ。どうして見つからないんだろう?」

「大丈夫よ。公共の場所なんだから」

外階段をおりている途中で、テンペストは足を止めた。

「プレストンだ」テンペストはうめいた。パステルイエローの半袖ワイシャツに結んだ蝶ネクタイは、手品師プレストンより達者なマジシャンがつけていれば、いかにもおどけた感じで巧妙な目くらましになったかもしれない。

「あんたの熱狂的なファン?」

「うん、わたしのストーカー・ファンのジープがわたしのジープの真横に駐まってる」

「同じジープに乗ってるの?」

「わたしがよろこぶと思ってるの」

「あいつに話をしないと車に乗れないね」アイヴィはにやりと笑った。

「なにがおかしいの?」

「いいこと思いついた」

ふたりは家の裏を通り、アイヴィのスクーターを駐めてある場所へ向かった。アイヴィが予備のヘルメットをテンペストに放り、ふたりでスクーターにまたがった。エンジンが息を吹き返すと、アイヴィはスクーターをいきなり時速三十キロで発進させた。

スピードは出ていないので、テンペストの笑い声は顔に当たる風の音よりも大きかった。

「それ、ヒステリー発作だよね。あたしのピンク・プリンセス号を笑ってるなら許さないよ」アイヴィが声を張りあげる必要はなかった。

「たぶん、プレストンはわたしたちに気づかなかった。わたしのジープだけ見張ってたから。もう大丈夫だね」

「ううん、大丈夫じゃない」アイヴィは角を曲がってスクーターを止めた。「ペッパースプレーがあれば安心なのに」

「いいこと思いついた。ロビーの家までどれくらいかかる？」

ふたりがノックするより先に、ロビーがドアをあけた。「きみたち運がいいぞ。今夜はリーアムが遅番だったのを忘れて、夕食を大量に作りすぎちまった。食べないか？　ああ、その顔はいらないんだな」

「いま立てこんでるのよ、ロビー」テンペストは言った。「ちょっと裏庭を見せてもらってもいい？」

「子どものころみたいに、少年探偵団気分でなにか探しにきたのか？」ロビーはふたりを裏庭へ案内しながら尋ねた。

「そういうわけじゃないんだけど。何年か前に、不要品のセールでメイスを買ったでしょ、あれってまだある？」

アイヴィは顔をくしゃりとしかめた。「不要品のセールでペッパースプレーを買ったの?」

ロビーは笑った。「ペッパースプレーの商品名とはメイス違いじゃないかな」

彼は、遺品整理や骨董市、ゴミ捨て場などで見つけたありとあらゆる廃品を集めていた。ほかの人にとってはがらくた同然のものばかりだ。けれど、ロビーにとっては〈秘密の階段建築社〉の仕事に再利用できる可能性に満ちた宝物だった。長年にわたって集めた大量の品々が置いてある裏庭は、テンペストがロビーと知り合ったころに読んでいたカリフォルニア少年探偵団のジュピター・ジョーンズのおじさん宅の裏庭さながらだった。テンペストはこの家で山のようながらくたのなかから魅惑の逸品を探すのが大好きだった。

ここに来たのは、夏の休暇で帰省中にバーベキューに来たとき以来、一年ぶりだ。ロビーがまだ使い途（みち）を見つけていないもののなかには、見覚えのある品もあった。ヴィンテージのマネキンや猫足のバスタブなど、はじめて見る素敵なものも増えている。〈秘密の階段建築社〉がバスルームの改装を依頼される可能性は低いが、ロビーはいつか役に立つと考えたのだろう。

ロビーは廃品の山を漁（あさ）り、錆（さ）びた箱を見つけた。それを持ちあげ、木製の柄に棘（とげ）だらけの金属の球がついた武器を取り出した。

「いやいやいや」アイヴィはつぶやいた。

「これ（メイス）の使い途がなかなか見つからなくてね」ロビーは言った。「ほとんど忘れていたよ。なぜこんなものがほしいんだ?　ダリウスは中世の地下牢を模した隠し部屋でも造るつもりなのか?」

「まあそんなとこ」テンペストははぐらかした。「これ、借りてもいい？　ちょうどいい大きさのトートバッグなんてある？」

間に合わせの武器を手に、ふたりは謎の人物に会いに向かった。

31

〈ヴェジー・マジック〉の案内係、ケイティはふたりを笑顔で迎え、予約席に案内した。ロフトにちらりと目をあげると、ギディオンとサンジャイは、テンペストとアイヴィのテーブルが見える席に座っていた。

「予約しておいて正解だったわね」ケイティはアイヴィに言った。「今夜は混んでるから。あ、携帯電話の調子はどう？　さっきは電波の悪い場所にいたの？」

ケイティがカラフルなメニューをテーブルに置いて立ち去ったあと、アイヴィは声をひそめてテンペストに尋ねた。「あたしが気味の悪い電話の主だと思ってんのかな？」

「いやな予感がする」テンペストは、だれも座っていない三つ目の席を見つめた。

テンペストの知らない内気そうなウェイターが、ぎこちない手つきでメニューをひらいて注文を取った。テンペストは、先日皿を割ったのはこのウェイターだろうかと思った。いや、ラヴィニアが不器用なウェイターを何人か雇ったのかもしれない。

三十分がたち、お茶を飲み終えてケーキもほとんど食べてしまった。閉店まであと三十分しかないのに、謎の人物はまだ現れない。

「サンジャイとギディオンがいることに気づかれたかな？」アイヴィは言った。

「そりゃ気づくよ。だから連れてきたんだもの」しかし、それは余計なことだったかもしれない。中央のテーブルを選んだり、大きなバッグに中世の武器をしのばせてきたり、友人たちに見張ってもらったり——そのせいで、情報提供者はおののいて逃げてしまったのかもしれない。

テンペストはあくびをした。「なんだかもうくたくた」

アイヴィは鼻を鳴らした。「もうじゅうぶんでしょ。殺人犯は現れず、あたしたちは眠気に勝てずに今夜はあきらめる。フェル博士はあたしたちに失望するだろうな」

「わたしたち、ダメ探偵だね」テンペストはまたあくびをした。フィドル弾きの幽霊のせいでひどい寝不足なのだ。

そのとき、テンペストはビクッとした。「お友達は大丈夫？」とラヴィニアがふたりのテーブルまでやってきて、アイヴィに優しく声をかけてきたのだ。

アイヴィは笑った。「お会計をお願いします。彼女、おねむの時間みたいだから」

「スタンリーに布巾を持ってこさせるわね。テンペストのブレスレットにチェリーコブラーがついてるみたいだから」

「これじゃスクーターに乗せて帰るわけにはいかないな。サンジャイに送ってもらいないね」

テンペストは目をあけているのもやっとだった。

これは疲れのせいだけではない。

なにかがおかしい。感覚が麻痺している。動けない。

墜ちていく。

下へ下へ。

暗闇のなかへ。

一族の長子はマジックに殺される。

32

目が覚めたとき、テンペストがいたのは海の底ではなかった。寝室だった。そして、ひとりではなかった。早朝の静寂のなか、自分のものではない呼吸の音が聞こえた。

ベッドの脇のビーンバッグチェアで、サンジャイが靴以外はなにもかも身に着けたまま、横向きに丸くなって眠っていた。山高帽で顔の半分を多い、窓から差しこむ明るい朝日をさえぎっていた。つややかな黒髪は、ビーンバッグチェアで寝ているというのに一筋の乱れすらない。

テンペストはその髪を指で梳きたい衝動に負けそうになった。だが、布団をはねのけ、サンジャイの足を蹴った。彼はうめきながら目を覚ました。

「どうしてわたしの部屋にいるの？」

サンジャイは目をこすり、意味ありげに笑った。「覚えてないのか?」

テンペストは彼を起こす前に自分の姿を確認するのを忘れていた。シーツをつかもうとすばやく手をのばしたところ、自分が服を着ているのがわかったので手を止めた。体を隠す必要はなかった。ちゃんとジーンズもTシャツも着ている。

「きみはひどく疲れてたみたいで、自力で階段をのぼれるかどうか怪しかったんだぞ」サンジャイは無精ひげののびた顎を掻いた。「それに、幽霊がどうしたとか呪いがどうしたとかしゃべりつづけてた。だから、そばについてたほうがいいと思ったんだ」

「それはどうも」テンペストは鍵の形の床板を踏んでバスルームへ行った。歯を磨いて冷たい水で顔を洗うと、とたんに頭がしゃきっとした。サンジャイが勝手にシンクの下から予備の歯ブラシやきれいなタオルを取り出して使っていたのがわかり、ちょっとだけほっとした。そのとき、左腕に違和感を覚えた。どうやら、体の下に敷いて寝ていたに違いない。

「この一週間、ちゃんと眠れてたのか?」バスルームから出るや、サンジャイに訊かれた。

「あの新入社員とどういう関係? ゆうべはあいつとディナーか?」

テンペストは肩のストレッチをした。やはり左腕が変だ。寝相が悪かったせいでしびれている感じとは違う。「サンジャイ。なんだか変なの」

「そりゃそうだろ、一週間まともに寝てなくて、知り合ったばかりのよく知りもしない男とデートしてるんだから」

「デートじゃない。仮にそうだとしても、それは関係ない」現に、疲れはまだ残っているが、こんなによく眠れたのは何日ぶりだろうか。それでも、ますます違和感は強まった。

ブレスレット。

テンペストは左腕をあげた。

「いろいろおかしいよ」サンジャイが言った。「そもそもゆうべは骨折り損に終わったし」

「これ、わたしのブレスレットじゃない」テンペストはつぶやいた。チャームが肌に軽く触れた。

「よくわかった、きみは睡眠不足だ。それは間違いなくきみのブレスレットだ。ぼくは知ってる。きみはそれをもう何年も肌身離さずつけてるだろ。どうしたんだ、死にかけたときの悪夢でも見てるのか――？」

「その話はしてない。いまなにかがおかしいって話をしてる――」

「話を変えないでくれ。ごめん。きみがそこまで追い詰められてたとは知らなかった。なにがあったのか、ちゃんと話をしよう」

「なにがあったのか知ってるでしょ」自分の声が大きくなりかけていることに気づいていないわけではなかった。「ステージ事故で危うく死ぬところだった。たぶん事故を仕組んだ人は死んでしまった。わたしが生き延びたのはだれかが助けてくれたからだけど、千人の観客の前で溺れ死にしそうになったわたしを救ってくれたのがだれかはわからない。それともうひとつ、わたしはどうやらお母さんの幽霊に取り憑かれてる」

だれにも話せなかった言葉が口からこぼれ落ちたとたんに、重たかった気持ちが軽くなった。

サンジャイはぽかんとテンペストを見つめた。「不眠よりよっぽど深刻な事態だ」

「お母さんのフィドルが聞こえるの。病院へ行けなんて言わないでよ、言ったら叫ぶからね」

いや、病院へ行ったほうがいいのかもしれない。この目でなにを見てこの耳でなにを聞いたか、サンジャイに告げただけで、てきめんに心が軽くなったのだから。

「じつを言うとぼくは」サンジャイは言った。「殺人犯はいまだにきみを狙ってるんじゃないかと思ってた。なによりもそれが心配なんだ」

テンペストはサンジャイをたっぷり六秒間見つめ、いきなり笑いだして彼に飛びついた。ふたりはビーンバッグチェアに倒れこんだ。「よくぞ言ってくださいましたぁ」

「まさか、自分がおかしくなりかけてると思ってたわけじゃないだろ?」

テンペストはサンジャイを放し、背中を向けた。

「思ってたのか」サンジャイはかすれた声で言った。「本気でそんな――」

「さて、わたしはおかしくないってわかってくれたんなら、ほかにも話したいことがあるの。ゆうべ、なぜわたしはあんなに疲れたのか。薬を盛られたからよ」

サンジャイは腕組みをした。「効き目は中途半端だったけど」

「それでも、わたしのブレスレットを盗むにはじゅうぶんだった」

「きみが正気を失っていないからといって、ブレスレットがおかしいなんて、にわかには信じられないな。どこも違わないじゃないか――」

「なぜなら、キャシディの小道具として作ったプラスチックの偽物だからよ」

サンジャイはテンペストの手首からブレスレットをはずし、窓辺で光にかざした。チャームは本物のようにきらめいたが、サンジャイは妙に軽いと感じたらしく、何度も持ちあげたりおろしたりした。

テンペストはベッドにどすんと腰をおろし、両手で頭を抱えた。「ということは、ラヴィニアが殺人犯なのね」

「ラヴィニアってだれ？」

「〈ヴェジー・マジック〉の経営者。わたしが眠気に襲われたとき、ブレスレットにチェリーコブラーがついてるって気にしてた」テンペストはうめきながら体を起こした。ラヴィニアは子どものころから知っている人なのに。

サンジャイはテンペストにブレスレットを返した。「ほんとうに覚えてないのか？」

「なにを？」

「きみはぐったりして、椅子から転げ落ちたんだ。何人かに助け起こされた」

「わたしたちは殺人犯だか情報提供者だかに呼び出されたんだよ」テンペストは声をとがらせた。「しかも、わたしは椅子から転げ落ちるほどふらふらだった。それなのにあなたは、だれかがわたしに一服盛ったんじゃないかと疑いもしなかったわけ？」

サンジャイはまた顎を掻いた。無精ひげが気になるらしい。テンペストの知っている彼は、いかなるときもきれいにひげを剃っていた。「いま思い返せば、きみの言い分はもっともだ。でも言わせてもらえば、きみがこの一週間――この夏、大変な思いをしていたのはぼくたちみ

ん な知ってたから」

テンペストはサンジャイの視線をよけ、プラスチックのブレスレットをまじまじと見た。ステージ上で同じものに見えるように、ほとんどそっくりに作ったレプリカだ。「ねえ、犯人はこの偽物を奪うためにキャシディを殺したんじゃない?」わけがわからない。

サンジャイは山高帽を宙に投げた。それは彼の頭にぴたりと着地した。「この特注の帽子は数年がかりで完成させたんだ。魔法で作ったような逸品なんだよ」帽子を脱ぐと、なにも入っていないはずの帽子がたちまち震えはじめた。空っぽの帽子からオレンジの木がにょきにょきと生えてきた。三十秒後、その木は高さ二十センチになり、葉の茂る三本の枝と実物大のオレンジの実をつけた。

「こんな魔法のように不思議なものでも、人を殺してまで奪い取る価値はないよ」サンジャイはオレンジをテンペストに放った。

テンペストはオレンジをキャッチした。本物のオレンジだ。「正気の人間にとってはね」

「正気を失った人間だろうが、ブレスレットを手に入れるためにキャシディを殺す必要はなかったんだよ。彼女はきみと違って、いつもブレスレットをつけていたわけじゃないだろう? ショーのあいだだけだ。それに、きみのブレスレットとすり替えるために偽物を盗んだのか? ゆうべは偽物なんかなくても余裕で盗めたはずだ」

「偽物とすり替えられたからこそ、わたしもなかなか気づけなかったのよ」

「たしかにたったいま気づいたよな」

「犯人はわたしがすり替えられたことに気づくと想定してたのかな？」考えすぎだろうか？

「すり替えたこと自体が目くらましなのかも」

「だったら、すり替えられたことはいったん置いておこう。きみのブレスレットにもう一度注目しよう。犯人があれをほしがる理由はなんだろう？」

「ほしがる人なんていないよ。わたしには思い入れのあるものでも、ほかの人にとって価値はないものでしょ」あなたへの遺産。エマはブレスレットのことをそう言っていた。

サンジャイは紫色の花を指先でつまみ、くるりとまわした。「ほんとうにそうなのか？」茎をまわすと、紫色の花びらが赤くなった。「目の前にあるものの真の姿が最初に見えたのと違うことは珍しくないよ」

33

サンジャイがその夜の公演のリハーサルへ行ってしまったあと、テンペストはブラックバーン刑事に電話をかけたが、キャシディ・スパロウはラスヴェガスで殺されたと断定されたため、彼は捜査からはずれたとあらためて告げられた。テンペストはラスヴェガス市警の刑事につないでもらったが、まったくの無駄だった。その刑事はやはりアイザックがキャシディ殺しの犯人だと確信し、お騒がせ女王のテンペストのブレスレットが盗まれようが――ほんとうに盗まれたとして、と仮定するのもばからしいと言わんばかりに――興味はないと、剣もほろろだった。黒いシルクの切れ端もどうでもいい。ほとんど捜査は終わっているのだから関係ない、というわけだ。

フィドル弾きの阿房宮に来てくれる？　と、テンペストはアイヴィにテキストメッセージを送った。

「あたしとしたことが、あんたが薬を盛られたことに気づかなかったなんて」アイヴィは到着早々、切り出した。

ふたりはテンペストの寝室の上の隠し部屋で会った。テンペストは腰に両手を当て、壁に並んだポスターのなかで永遠に生きている憧れのマジシャンや友人たちを眺めた。アデレイド・ハーマンだったらどうするだろう？

「熱狂的なファンかもしれない」アイヴィは言った。「でしょ？　うちの前に来てたプレストンって男が怪しくない？」

「プレストンだとして、どうして〈ヴェジー・マジック〉に電話をかければわたしにメッセージが伝わるとわかってたのかな？」

アイヴィは少し考えた。「あたしんちを見つけたくらいだもの。あたしたち、あいつをまいたつもりがまけてなかったのかも」

少し前まで部屋のなかをうろうろしていたアブラカダブラは、いまはアイヴィの膝の上で心地よさそうに丸くなっているが、アイヴィは彼をそっと床におろして立ちあがった。アブラカダブラはアイヴィの靴紐に嚙みついて不満を表明した。

「こら、悪いうさちゃんだね」テンペストは叱った。

「その有名なブレスレットは、みんなに知られてるんだよね」アイヴィは言った。「あんたになりすますために必要だった、とか」

「それはこじつけでしょ、言うまでもないけど」

「プレストンがうろついてることは警察に言ったの？」

「ラスヴェガスの刑事には話したけど、ブレスレットをほしがってるファンなんかに興味はないって感じだった」テンペストは手首にはめた偽物のブレスレットを揺らした。「銀のほうがずっと重いのに。わたしが違いに気づかないと思ったのかな？」ブレスレットをはずして床に置いた。アブラカダブラがにおいを嗅ぎに来たが、すぐに飽きて離れていった。

「それにしても本物そっくりだね」

テンペストはブレスレットを持ちあげた。八個のチャームがぶつかりあった。山高帽、ヤヌスの顔のピエロ、手錠、稲妻、セルキー、『テンペスト』というタイトルの本、フィドル、そしてほかのチャームにくらべてひとつだけ小さいもの――鍵だ。

「どうしてわたしのブレスレットが必要なのかな？」

テンペストは窓に背を向け、クラシックなマジシャンたちのポスターを背景にブレスレットを掲げた。ほとんどのチャームが、ポスターのマジシャンたちを象徴している。山高帽をかぶった魔術師ニコデマスに目をとめ、テンペストは山高帽をチェーンから取りはずした。

アイヴィがテンペストの手をそっと押さえた。「待って。ばらすの？」

「本物をばらしたことはないけど、これならどう？　壊れても平気。本物のほうは、さっと掃除して磨くとき以外ははずしたことがないんだけど、例外はこのプラスチックの偽物を本物そっくりに作るために鋳型(いがた)を取ったとき。細部が重要だからね。わたしの神経質な性格がいまこそ役に立つかも。ほんとうにそっくりに作ってあるなら……」

「お母さんが手がかりを遺してくれたかもしれないってわけね」

「お母さんはこれをわたしへの遺産と言ってたの。文字どおり、そう言ってたんだとしたら？」

テンペストはチャームをすべて取りはずすと、チェーンにつながっていたときと同じ順番で並べた。山高帽(Top hat)、ヤヌス(Janus)の顔のピエロ、手錠(Handcuffs)、稲妻(Lightning bolt)、セルキー(Selkie)、『テンペスト(Tempest)』というタイトルの本、フィドル(Fiddle)、鍵(Key)。「アルファベット順ではないね」

「暗号かもよ」アイヴィはペンと紙を取り、それぞれのチャームの頭文字を書いた。「T。J。H。L。S。T。F。K。母音はない……どっちにしても、単純なアナグラムではなさそう。別の文字に置き換える方式の暗号なら、鍵が必要」

テンペストは鍵のチャームを掲げた。チャームのなかで、これだけが小さい。奇妙だ。エマは口癖のように鍵の話をしていたのに。

「そうじゃなくてさ」アイヴィが言った。「暗号を解く鍵って意味だよ」

「もしブレスレットがそういう手がかりをあらわしてるのだとすれば、そもそもどうしてブレスレットそのものが必要だったの？　どっちのブレスレットでもいいわけでしょ？　それに、わたしに謎を解かれたくなくてブレスレットを盗んだのなら、どうして偽物を返したの？」

　アイヴィがメモを取っているあいだ、テンペストはもう一度、床にチャームを並べなおした。ひとつひとつ手に取り、母親がいつも言っていたことを頭のなかで繰り返した。これはあなたへの遺産よ。このブレスレットにも、母親の語りたいストーリーがこめられているのではないか？　ブレスレットは、あなたはどんな扉でもあける鍵であり、行きたいところへいける、なりたいものになれるのだと、テンペストに繰り返し語りかける手段なのでは？

　テンペストは最初のふたつのチャーム、山高帽と顔がふたつあるピエロを手に取った。「マジシャンの帽子はあなたによく似合いそう」ピエロに山高帽をかぶせた。

　カチッと音がして、帽子がピエロの頭にはまった。

　引っ張るとすぐにはずれたが、ここまで寸分たがわずはまるとは思いもしなかった。もう一度、帽子をかぶせた。プラスチック製ではあるものの、ピエロの帽子のクラウンは山高帽の内側の溝にぴったりとフィットした。

　テンペストは胸を高鳴らせながらチャームをひとつひとつ手に取った。セルキーの尾はくるりと丸い輪になっている。いままでずっと、ただのデザインだと思っていたけれど、もしかしたら……稲妻の端を差しこんでみた。それは尻尾の輪にきっちりとはまった。

　ほかに稲妻がはまるものはどれだろう？　ピエロの首に下から押しこんでみたが、すぐに抜けてしまった。レプリカだからだろうか？　いや、固定するものが必要なだけだ。手錠は剣の柄に似た輪がふたつ、たがいの鏡像のようにつながっている。ふたつの輪に稲妻を通すと、輪がピエロの顔を下から支えた。

　残りは鍵と『テンペスト』の本とフィドルだ。本の上端はセルキーの尻尾の下側と嚙みあった。では、フィドルは、フィドルは……閉じた本のページの筋にはまらないだろうか？　案の定、フィドルの左半分が本にはまって隠れた。露出したままのフィドルの右半分は、スケルトン・キーの歯に似ていた。

　チャームが組み合わさって鍵になるのだ。

　アイヴィはメモから顔をあげ、息を吞んだ。

「これは鍵だよ」テンペストは言った。ブレスレットをばらばらにしてみようと思いつかなければ、決して気づかなかっただろう。いまとなっては、なにも見えていなかったのが信じられないけれど。

　あなた自身がどんな錠前でもあけることのできる鍵なのよ、とエマは言っていた。これはあなたへの遺産なの、と。テンペストはずっと、象徴的な言葉だろうと思っていた。どのチャームも、母と自分の好きなものを象徴しているからだ。けれど、それ以上の意味があったとしたら？　五年前、二十一歳の誕生日に母親からもらったメッセージには、チャームブレスレットがなにかへ導いてくれる鍵だとは書かれていなかった。

　でも、鍵なのだ。

エマには失踪するつもりなどなかった。チャームブレスレットの秘密を娘に教えられなくな

ると は、思ってもいなかったのだ。

「ほんとうにそうだったんだ」テンペストはつぶやいた。「遺産っていうのは、ほんとうに遺産だったんだ」

「お母さんからなにも聞いてないの?」

テンペストはかぶりを振った。「鍵がなにをあけるのかわからない。犯人はキャシディを殺してレプリカを奪い、わたしに気づかれないうちに鍵の謎を解いた。そのうえわたしを出し抜いて、この鍵でなにかをあけようとしてる」

「あたしたちだよ」アイヴィは訂正した。「犯人が出し抜いたのはあたしたち」

第2部　鍵

34

テンペストはベッドに飛び乗り、指先で天井の星座をなぞった。足下でスプリングがきしんだ。すっかり見慣れたこの鍵の形の星座を、いったい何度見あげたのだろう。

「なにしてるの?」アイヴィが尋ねた。

「まず探さないと。星のひとつが鍵穴かもしれない」

アイヴィもベッドに飛びあがり、テンペストの手から鍵をひったくった。「プラスチックの鍵を鍵穴でもどこにでも突っこんじゃだめ。折れちゃうよ。工房にある材料で鋳型を作らせて」

「時間がかかりすぎるよ」

「一日だけ待って」アイヴィは鍵を握った。「このプラスチックの鍵は二、三時間で返せるし」

「その前に、パパに見せたい。もしかしたら知ってるかも――」

「たぶん仕事に出かけてるよ」

「仕事はまだ再開してないんでしょ？」

アイヴィはかぶりを振った。「あんたに知られたくなかったんだろうけど、じつはフェンスを貸してくれた人に借りを返さなくちゃいけなくて、それがまだ終わってないの」

テンペストは鍵をあきらめることにした。ダリウスに、お昼に会いたいとテキストメッセージを送り、アイヴィと一緒に工房へ行った。アイヴィが蠟の準備をしているあいだ、テンペストは念のために鍵の写真を撮った。

アイヴィはスマートフォンに届いたメッセージに顔をしかめた。「いますぐ仕事に行かなきゃいけないけど、鍵は今日中に仕上げるよ」

「パパならもう少し待ってくれる――」

「ダリウスの仕事じゃないの。ほんとにもう行かなくちゃ。あたしが帰ってくるまでTSTLなことしないでよ」

アイヴィが工房の引き戸をあけて出ていったあと、テンペストは思わず頬をゆるめた。とりあえずパパが帰ってくるまではばかすぎて死ぬ（トゥー・ステューピッド・トゥー・リヴ）ことがないようにがんばろう。

果たして、さほど待たされずにすんだ。アイヴィが出ていってからしばらくあとに、ダリウスのトラックがドライヴウェイに入ってきた。テンペストは工房の外に出て、引き戸を閉めて彼を迎えた。

「早めにお昼を食べるの？」

「おまえがあんなメッセージをよこすから、気になったんだ」

「ありがとう。これはなんだかわかる？」テンペストは父親の顔の前にプラスチックの鍵を掲げたが、渡しはしなかった。

「鍵か？」

「見覚えはない？」

「どこかで見たような気がするが、なんだろうな？　どこで手に入れたんだ？」

「わたし、いつもと違うところがない？」テンペストは左手で鍵を持ってくるりと旋回し、両腕を左右にのばしてぴたりと止まった。

「おれにガンを飛ばしてる。いつもはそんなことをしない。おまえはもっとりこうなはずだ」

「違うよ」テンペストはガンを飛ばすのをやめた。

「わかったぞ。ブレスレットをしていないな」

「ゆうべ、アイヴィと出かけたときに盗まれたの。これとすり替えられた」

「だれがそんなことを――」

「わからない。いろいろ複雑なの」テンペストは手のひらに鍵をのせた。「それよりも、この鍵はブレスレットのチャームが組み合わさってるの」

ダリウスは九秒間、鍵を見つめたまま黙っていた。「そうだったのか。エマがおまえにブレスレットを作ってるとき、やけに無口だったのはそういうことだったのか」

テンペストは目をみはった。「そうなの？」

「なかで話そう」ダリウスはリビングルームに入るまで口をきかなかった。暖炉の前のソファに、たったいまマラソンのゴールに着いたばかりのようにへたりこんだ。「おれは、エマが上の空だったのは、エルスペスを殺したやつがもう少しでわかりそうだからじゃないかと思ってた。鍵になるチャームブレスレットを作っていたとは知らなかった」

「ママがおばさんを殺した犯人を捜していたのなら、集めた手がかりが入ってる秘密の抽斗がこの鍵であくんじゃない？」

ダリウスの顔から血の気が失せた。「この鍵のことはだれにも言うんじゃない」テンペストの両手を取り、隣に座らせた。

「おばさんが死んだのは事故じゃないっていうママの考えが正しいと、本気で思ってたのね」テンペストはささやいた。「わたしはパパがママに調子を合わせてるだけだと思ってた。本気で信じてたなんて――」

「いや、どう考えればいいのかわからなかったんだ」ダリウスは手で顔をこすった。「偶然なのか？　それとも五世代にわたる殺人なのか？　呪いなのか？　おれは迷信は信じない。知ってるだろ。おまえの先祖が若くして亡くなったのも事故だと思っていた。なにしろ危険なパフォーマンスをやっていたんだからな。呪いなんかあるわけがないと考えていたし、一族に対する個人的な恨みとも思えなかった――ところが、エルスペスがあんな最期を遂げた。あれを境に、おれはもっと真剣に考えるようになった。ギロチンで首を切断されたなんてぞっとするじゃないか。個人的な恨みがありそうな気がしてならないんだ」

動けないおばの首にギロチンが落ちてきたのだと思うと、テンペストは背筋が寒くなった。

ダリウスはつづけた。「その事故で、だれかが呪いの伝説を利用してエルスペスを殺したんだと、ママは確信したんだ。エルスペスはそれまでギロチンのイリュージョンなんかやったことがなかったから」

「セルキー・シスターズは女性に対して暴力的なイリュージョンはやらなかったもの。女性をまっぷたつにすることはなかったし、首を切断することもなかった。ギロチンだってなかった」

ダリウスはかぶりを振った。「だが、エマがエルスペスから離れて二十年近くたっていた。人は変わるものだ」

「ママは、おばさんとのあいだになにがあったのかは話してくれなかったの?」

「話したくないようだった」

「でもパパは尋ねたことがあるんでしょう?」

ダリウスは左手の薬指に目をやった。まだ結婚指輪がはまっている。彼は低く言った。「もう過去のことだ。おれは、エマがエルスペスを殺した犯人を捜すのをやめさせたかった。エルスペスがほんとうに殺されたのなら危険すぎる。エマにもちゃんとそう言った。だから、エマはおれに話すのをやめてしまったんだ。もっと協力してやればよかった。エマを守れば、おまえを守ることもできると思っていたんだが――」ダリウスは言葉を切り、目元を拭った。「でも、なにもかも過去のことだ。エマが……あの夜、エマがいなくなってからは、おれにはおまえしかいない。おまえになにかあったら耐えられない。だからおまえにはマジックに専念しろと言ったんだ。エマのように、悲しみを癒やすために犯人捜しをするという過ちを犯すのを止めたかった」

「わたし話した以上のことを知っていたんだね」

「おまえに話したことに嘘はない。いまでもなにが真実なのか、エマが消えた夜になにがあったのか、おれはほんとうに知らないんだ」

テンペストは、いままでずっと父親も自分もエマが死んだとは言わずに「消えた」と言ってきたことを思った。

「アッシュおじいちゃんとモーおばあちゃんは？　ふたりもわたしに嘘をついていたの？」

「だれも嘘はついていない。おれたちはいつも、おまえの安全が第一だと言いつづけてきた。過去になにがあったにせよ、いまおれたちはたがいを支えあってる」

アッシュは、自分とモーはふたりの娘を失ったが、息子と孫娘を得たと口癖のように語る。テンペストは、まだ目元を潤ませている父親の顔をじっと見つめた。「やっぱり、わたしがこの鍵がなににつながってるのか調べることには協力したくない？」

「知らないほうがいいと思う」

「怖いよ、パパ」

「それはよかった」

テンペストは無理やり笑ったが、少しもおもしろがっている声にならなかった。「いつもご機嫌のパパらしいパパはどこに行ったの？」

「約束してくれ」ダリウスは言った。「調べるのはやめるんだ。それから、だれにも言うな」

テンペストは、チャームが鍵になるのを発見したときにアイヴィがそばにいたことは黙っていた。アイヴィは信用できるし、父親をこれ以上心配させる必要はない。「チャームが鍵になるのを知らないふりなんてできないよ」

「おれは呪いのせいで——呪いだかなんだか知らないが、そのせいで最愛の人を失った。だから、おまえにあきらめろと言いたいわけじゃない。言わずにいられないんだ。おまえまで失ったらおれは生きていけない」

「わたしにはなにも起きないよ」

ダリウスは顔を拭ってかぶりを振った。「おれもおまえくらいの年頃はそうだった」

「ほんとうに気をつける。ただ、はじまりはどこなのか知っておかなくちゃいけないだけ」

「これはおまえがラスヴェガスでやっていたパフォーマンスとは違うんだ。殺人事件だろうが呪いだろうが、手出しはするな。あきらめろ。あきらめると約束してくれ」

35

テンペストは〈フィドル弾きの阿房宮〉を離れないと父親に約束した。嘘をついたつもりはなかった。どのみち、チャームを組み合わせた鍵が合う錠前は〈阿房宮〉のどこかにある可能性が高いと思ったからだ。エマ・ラージは〈阿房宮〉の秘密の隠し場所になにかを遺し、娘に見つけてもらおうとしていたのではないか？

　秘密の読書室に通じる暖炉や秘密の花園に出る柱時計も含めて、テンペストは家の隅々まで探した。頑丈な合鍵ができるまでに、秘密の隠し場所を見つけたかった。

　もっとありふれた場所も調べ、鍵やブレスレットのチャームを思わせるようなものを探した。木の羽目板の節目が稲妻に似ていた（ような気がした）し、天井のひび割れは手錠に見えない（が、その割れ目は母親がいなくなったあと、地震によってできたものに違いない）し、二カ所の本棚にシェイクスピアの『テンペスト』があった。さらに、秘密の読書室の本棚は一段がフーディーニの関連書で占められているが、全部普通の本で、本棚自体にも鍵穴らしきものはなかった。

　より可能性が高いのは、エマと一緒に考えて作った鍵の形の天井の星座や、寄木張りの床だ。ただ、どちらも明らかにわかるような穴はない。なにを見落としているのだろう？

　いや、むしろ見落としているものが多すぎるのだ。この鍵であけるものが〈フィドル弾きの阿房宮〉のなかにあるとは限らない。それでも、藁（わら）をもつかむ思いだった。〈阿房宮〉のなかを探したのはなかばなりゆきだったし、〈阿房宮〉ではないのなら他をあたらなければならない。なにがどうなっているのか、ほとんどわかっていないのに。

　テンペストは深呼吸してくるりとピルエットした。〝遺産〟という言葉は象徴的なものだと思っていたけれど、それだけではないのかもしれない。もう一度、くるりとまわる。母親は、あなたはどんな錠前でもあけることのできる鍵なのだと、繰り返し語っていた。さらにもう一回転。おばと母親を奪った一族の呪いとは。一族の長子はマジックに殺される。テンペストは、はたと動きを止めた。一族の呪いの謎を解くうえでまず考えるべき動かぬ証拠は自分だ。触れることのできる唯一の鍵なのだ。

　母親は自分になにかを伝えようとしていた。でも、なにを？

36

「もうしばらく寝ていたかったのに」テンペストは言った。「ひどいよ」

ダリウスは娘に向かってかぶりを振った。「太陽とともに目を覚ますのはこの世でなにより当たり前のことだ」

「中世（ダーク・エイジ）ならそうでしょうけど」

「おい、コーヒーを淹（い）れてやっただろ」

テンペストはトラベルマグからひと口コーヒーを飲んだ。ジャガリーで甘くしたコーヒーを淹れてもらうためにアッシュを起こしはしなかったが、ダリウスは温めたミルクでカフェオレにしてくれた。

「こんなの意味あるの？　西海岸では、太陽は海に沈むから、日の出は見られない。歩かないで車で来ればよかったのに」

「我慢しろ」

ダリウスはタイミングを完璧に見計らっていた。テンペストがもう何年も思い出しもしなかった願掛けの井戸の脇を通り過ぎ、丘の頂上にたどり着いたころ、暗かった空がほんのりと明るくなりはじめた。

朝日が昇り、暗闇が光で満たされるなか、ふたりは黙って立っていた。太陽のぬくもりと自分よりはるかに大きな力を感じているうちに、テンペストは時間を忘れた。曙光(しょこう)を浴びていたのは十秒ほどだったのか、それともたっぷり十分はたったのか、あるいはその中間だったのか、もはやわからない。

振り返ると、隣にいたはずのダリウスの姿がなかった。コーヒーのマグを脇に置き、背後の太陽に向かってブリッジ回転をしてから、ダリウスを探しに行った。

ほどなく、ベンチに座ってコーヒーを飲んでいるダリウスを見つけた。隣に座ると、木の板は乾いているものの、ジーンズを通して冷たさが伝わってきた。

「また日の出の話をするためにここへ連れてきたの？　それとも、事件を調べるなって強引に止めたのを謝るつもりだった？」

「そうかもしれない。いや、おれが正しいと納得してもらえるまで、おまえから目を離さないようにするおれなりの方策だったのかもしれない。おまえは命令されても従わない。いままでずっとそうだった。自分で考えて納得しないとだめなんだよな」

「そうだね。日の出の話、してくれないの？」

「何度も話しただろ」

「うん。でもいい話だから」

ダリウスはテンペストの頭のてっぺんにキスをし、テンペストが暗記するほど何度も語った話をはじめた。

「おれが大工になったばかりで、ハリウッド・ヒルズで仕事をしていたころのことだ。おれは夜明け前に一番乗りで現場に着いた。トラックに寄りかかって、ばか高いコーヒーを飲んでいた。家から持ってくるような知恵がなかったんだな。空がやっと白みはじめたくらいで、あたりはまだ暗かった。それなのに、その女性の顔はまるでスポットライトに照らされてるみたいに見えたんだ。

腰まである豊かな黒髪の女性が、たったひとりで通りの真ん中を歩いていた。おれはいつのまにかその女性に近づいていた。アスファルトの海でセイレーンに呼ばれたみたいにな。おれに気づいた彼女は、ぱっと笑顔になった。朝日が昇るまでにハリウッドサインがある丘の頂上にどうしても行かなければならないのに、道がわからないと言うんだ。

おれはそれまでスコットランド出身の人に会ったことがなかったが、もちろんテレビや映画でスコットランド訛(なま)りを聞いたことはあった。まず思ったのは、この人は女優かなにかで、ゆうべハリウッド・ヒルズのどこかのパーティに出てハイになってるんだろうってことだ。だって、どうして日の出までに行かなきゃいけないんだ？　それでも、切羽詰まってるのはわかった。ほんとうに困ってるのが。

　徒歩じゃ日の出に間に合わないが、運転が雑なドライバーだらけの曲がりくねった車道を避けて歩いていったほうがいいと、おれは言った。そうしたら、彼女は〝あれはあなたのトラック？　送ってくれない？〟って言うんだ。そろそろほかの作業員たちが来る時間だったが、断れなかった。一応は、知らない男のトラックに乗るもんじゃないとは言ったんだ。ところが、あなたは知らない人とは思えないし、それよりなにより乗せてくれと頼んでるのはわたしだと返された。おれから誘ったのなら断ったってね。

　そんなわけで、おれたちは出発した。おれたちはGPSのない暗黒の時代に育ったからな、何度か曲がるべき場所を間違えた——けれど、地平線に太陽が顔を出したころに、目的地にたどり着いた。彼女は朝露のおりた草地にひざまずいて、しずくで手を濡らした。おれは一瞬、やっぱりこの人は薬かなにかやってるんじゃないかと思った。なにしろ、朝露で濡れた手で顔をなでたんだ。顔を洗うみたいにな。

　彼女はおれの目を見たとたんに、そう思ってるのがわかったんだろう、笑いが止まらなくなった。ひとしきり笑ったあと、アーサー王の玉座の伝説を教えてくれた。エジンバラにある丘のことだ。そこで夜明けに草の露で顔を洗うと、真実の愛に出会えるという伝説があるんだ。彼女もスコットランドに住む彼女の姉もあっちでは伝説のとおりにはならなかったが、新天地ではうまくいくかもしれないと思ったそうだ。〝エジンバラでは王様の丘の伝説だったけど、アメリカで王様にいちばん近いのはここかなと思って〟と言って、ハリウッドサインのほうへ顎をしゃくったんだ。

彼女はそれから自己紹介した。おれはほんとうに、ほんの数分だけしゃべったつもりだったんだが、実際には何時間も話しこんでいた。仕事現場の住宅に戻ったら、クビになっちまった。エマは申し訳なさそうだった。おれがその家に仕事に来ていた作業員だとは思っていなかったんだ。おれのようすから、てっきり住人だと勘違いしたらしい。お詫びにと、朝食をごちそうしてくれた。もう昼近かったから、一日中朝食メニューを出してる店に行った。一回の遅刻でクビにするなんてひどいんじゃないかとエマに言われて、おれは自分のやり方にこだわるせいで前から煙たがられてたと正直に話した。

あのダイナーで〈秘密の階段建築社〉をやろうと思いついたわけじゃないが、エマと出会ってあっというまに一カ月がたったときには決まっていた。エマに言わせれば、彼女のせいでおれがクビになったのは運命だったんだとさ」

「運命」テンペストはつぶやいた。いま起きていることも運命で決まっていたのだろうか？

「おれたちはエマをあきらめるしかない。二十年以上、一緒にいたんだ。じゅうぶんじゃないか。どんな形にしろ、呪いは現実になる。一族の長子はマジックに殺される」

昇った太陽が顔を温めてくれても、すでに呪いが迫ってきていることをダリウスに話す気にはなれなかった。

ダリウスは言った。「おれは呪いなんか信じていなかったし、エマだって信じていなかったはずだ。けれど、エマは運命を試そうとしたせいで、連れていかれてしまった。ほんとうならエマは死なずにすんだはずなんだ。おまえもそうだ――だから、呪いを挑発するな」

37

テンペストとダリウスが〈フィドル弾きの阿房宮〉に帰ってきたとき、アッシュとモーは今夜のディナーパーティの食材を買いに出かけようとしていた。

「どうしてパーティをひらくの？」テンペストは尋ねた。

「先週はひどく悲しいことがあったからな」アッシュは言った。「おばあちゃんもわたしも、みんなを元気づけるには集まるのがいちばんだと考えたんだ」

よくよく訊いてみれば、ふたりは〈秘密の階段建築社〉の社員全員のほかにも、アイヴィの姉の家族も招待しており、ダリアがヴァネッサとナタリーも連れてくることになっていた。ナタリーが新しい友達のジャスティンも来るのかと尋ねたので、ナイト親子も招いた。

「ちゃんとした〝ケイリー〟にするの」と、モーははりきっていた。ケイリーとはスコットランドの言葉でパーティを意味する。ただ、パーティという言葉はケイリーの本質を捉えておらず、上っ面（うわつら）だけすくっているようなものだ。料理だけでなく音楽や物語も楽しむのがケイリーなのだ。

テンペストはパーティを中止するよう祖父母を説得したかったが、警察が逮捕したのは無実の男に違いないから、自力で真相を調べているのだと打ち明けるわけにはいかなかった。

だが、ケイリーの準備がはじまるまでの時間はチャンスだ。ダリウスは仕事に出かけなければならず、祖父母は食材を買いに行く。つまり少なくとも一時間、〈阿房宮〉の母屋だけでなく敷地全体から人がいなくなる。今朝アイヴィが頑丈な合鍵を完成させたので、まだ調べていない場所を調べることができる。

それから一時間後、祖父母はまだ帰ってこないが、テンペストは思いつく限りの場所を調べ尽くしてしまった。寝室の入口でドラゴンの翼を持ちあげ、階段をのぼった。なにか見落としていないか、それともこれも無駄な骨折りだろうかと思いつつ、一段一段、スニーカーの底を隅々まですべらせてチェックした。

階段をのぼりきる直前、さびしげなフィドルの音が聞こえ、テンペストは凍りついた。

最初はほんのかすかな音だったので、テンペストは気のせいかと思った。だが、五秒後にははっきりと、哀愁を帯びたバラッドがあたりに鳴り響いていた。

最上段でよろめいたテンペストは、左手をついて体を支えたが、不運にもいま左手首にはお守りのブレスレットがはまっていない。痛みに顔をしかめながら体を起こし、寝室に入って中央に立った。フィドルの音はますます大きくなっていく。

フィドル弾きの幽霊はどこにいるのだろう？　悲しげなバラッドはすぐ近くから聞こえてくるのか、遠くから聞こえてくるのか、もはやわからない。

冷たい恐怖が胸に突き刺さり、鼓動とともに体の隅々へ広がっていった。テンペストはスマートフォンを取り出した。スクリーンを確認する前から、音楽がそこから鳴っているのではないのはわかっていた。

まだ正午前だ。まぶしい夏の陽光が木々を透かして差しこんでいる。暗い夜が来るまであと半日もある。幽霊なのかどうか、正体のわからないそれは、暗闇でなくても平気らしい。どんどん大胆になっている。

「やめて!」テンペストは叫んだ。「姿を見せなさい!」

フィドル弾きの幽霊は演奏をやめず、姿も見せなかった。

もうたくさんだ。これ以上、どうしようかと考えるばかりで座して待っているのはいやだ。一族の呪いについて、家族から真実を聞き出さなければならない。祖父母も父も、それまであることについては口をつぐんでいた。テンペストは、その話をすれば三人が傷つくのを知っていたからいままであえて訊かないようにしていた。でも、やはり聞き出さなければならない。

38

テンペストはひと組のトランプを手に取り、扇形に広げた。カーディストリー（トランプを用いた曲芸的な技術を披露する遊び）は厳密にはマジックではないが、観客の目をくらますという点では似ている。カードを華やかに操り、その技術を一見不可能な芸術に高めたのがカーディストリーだ。テンペストの腕は錆びついていたが、祖父母の帰りを待つあいだ、同じ動作を繰り返していると気持ちが落ち着いた。だが、無心でいられたのは、両手が流れるように動きだすまでのことだった。テンペストはいつのまにか、キャシディの遺体が発見された状況が一種の目くらましだったのではないかと考えはじめていた。本来ならテンペストが死体となって発見されるはずだったのか、それともキャシディの遺体をテンペストに発見させることが目的だったのか、それが問題だ。

　アッシュとモーは、数十人分にもなりそうなほど大量の食材を持って帰ってきた――だけでなく、リーアム・ローナンも連れてきた。アッシュがリーアムは将来有望だと見込んでいて、料理を手伝わせることにしたのだ。一族の呪いについて祖父母がなにを隠しているのか、問いただすのは後まわしにしなければならない。

　テンペストは母屋のキッチンへなにか食べにいこうかと思ったが、よく考えると無駄なことだった。祖父母がツリーハウスに引っ越してきてから、ダリウスは母屋のキッチンに食材を常備しなくなった。最後に母屋の冷蔵庫のなかを見たときは、ピクルス二瓶、アッシュの手作りヨーグルト一瓶、ガラスポット一杯のオーツミルク、アルミホイルに包まれたドーサ半分、地元のクラフトビール五本が入っているだけだった。戸棚にはシリアルとポテトチップス。もともと実家に長居するつもりはなかったから、食料を買ってきていなかった。でも、ずるずると実家にとどまりつづけている。

　リーアムをちらりと見て〈ヴェジー・マジック〉に行くか、シリアルですませるか考えていたら、アッシュが昼食は焼きたてのトルティーヤに手作りのフリホーレス・レフリートス（煮豆を炒めなおして作るペースト）、アボカドとハラペーニョをすり鉢でつぶしたワカモレ、市場で買った野菜のグリーンサラダだと告げた。いわく、「シンプルなメニューだよ」。キッチンに香ばしいにおいがたちこめはじめると、口のなかに涎が湧いてきて、テンペストはリーアムがいても我慢することにした。キャラメリゼした玉葱入りのフリホーレスをリーアムが笑顔でたっぷりとよそってくれたとき、テンペストは驚いたが、かつて垣間見たロビーの弟のよい面が戻ってきたのだとうれしくなった。リーアムはキッチンにいればご機嫌らしい。

　昼食のあと、テンペストは秘密の階段から部屋へ戻って、アッシュとリーアムは料理に取りかかり、モーはディナーパーティで演奏するフィドルの曲を練習しにアトリエへ向かった。テンペストは、祖父母たちのようにすべて解決したと信じられたらいいのにと思った。ふたりから見れば、警察が容疑者を逮捕したのだからキャシディ殺人事件は解決ずみなのだ。けれどテンペストに言わせれば、もしふたりが正しいとしても――実際は間違っているのだが――一族の呪いは解けていないし、キャシディのせいで着せられた汚名をそそぐことはできていないし、〈秘密の階段建築社〉を経営危機から救うこともできていない。

　帰郷してからちゃんと荷解きをしていないので、ステージ用のストーリーを書きためたノートがまだ見つかっていなかった。引っ越しのどさくさでなくしていなければいいのだけれど。もっとも、いまやあのノートは役に立たない。必要なのは、まっさらなノートだ。子どものころに使っていた机のなかにノートがあったので、午後はさまざまな仮説を書き殴って過ごした。

けれど、どれも納得がいかなかった。ノートの残りがあと三ページになり、指が攣りそうになったとき、招待客たちが到着したというメッセージがスマートフォンに届いた。

最初にやってきたのはキャルヴィンとジャスティンだった。テンペストはジャスティンをアブラカダブラに会わせにいき、ダリウスがキャルヴィンをツリーハウスへ案内した。

「ナタリーのママのヴァネッサが『バニキュラ』を読んでくれたんだ」ジャスティンはアブラカダブラをなでながら言った。「吸血兎のお話なんだよ。読んだことある？」

「わたしもあなたくらいの年に大好きだったな」

「ナタリーにはママがふたりもいるのに、うちにはもうひとりもいないって不公平だよね」

「人生って不公平なことがありがちだけど、最高なこともあるって知ってる？」

ジャスティンはかぶりを振った。

「あなたとわたしはふたりとも運がよくて、地球上で最高のパパがいる」

ジャスティンはしばらく黙りこくっていたが、少しずつ口元がほころんだ。「ねえ、お水をもらえる？」

「ええ」テンペストはアブラカダブラをケージに戻し、ジャスティンとツリーハウスへ向かった。斜面に木々が茂っているので、塔からツリーハウスは見えない。テンペストは前方を指さした。「キッチンはツリーハウスにあるの」

ジャスティンは土を蹴散らしながら走っていった。「これも謎解き？」ツリーハウスの入口で尋ねた。ガーゴイルのノッカーがにんまり笑ってふたりを見おろしている。

「あなたなら簡単に解けるよね」

キッチンで、ジャスティンは水と一緒に砂糖がほしいとねだった。

「甘いものがほしいのなら、リンゴジュースもあるよ」

ジャスティンはかぶりを振って笑った。「そうじゃないよ。お砂糖がほしいんだ。見てて。ぼくたちのママはこのお砂糖みたいなものなんだよ。生きてるときは見えるし、ママと一緒にいるといい気分になるでしょ。だけど――」グラスと砂糖壺をカウンターに置き、スプーン一杯の砂糖を水にくわえた。

砂糖が溶けるのを見て、テンペストはジャスティンの言いたいことを察した。おばが亡くなったときにだれかがこの話をしてくれた。十六歳だったテンペストは鼻白んだが、ジャスティンの幸せそうな表情に思わず笑みが浮かんだ。彼はステンレスのスプーンでかちゃかちゃと音を立てて水をかき混ぜた。

「亡くなったママは見ることもさわることもできないけど、お砂糖と同じなんだ。ママはまだぼくたちのそばにいる、でも甘い味は薄ーく解散する」

「拡散？」

「そう言ったよ、ラージさん！」ジャスティンはくすくす笑い、テンペストにグラスを差し出した。「飲んでみて」

テンペストはかすかに甘い水と一緒に、ずっと残っている母親の思い出も味わった。キッチンに入ってきたモーにほほえみかける。エマと同じように、モーもいたずら好きな小妖精を思わせた。小柄なだけでなく、茶目っ気たっぷりの目をしている。

「お兄ちゃん、あなたはなぞなぞが好きなんだってねえ」モーは言った。「妖精族のお話は知ってるかい？」

　話をはじめたモーおばあちゃんのスコットランド訛りが強くなったのはわざとなのか、それともモー自身が子どものころに年長者から聞いた話を再現しているから自然にそうなるのか、テンペストにはわからなかった。

　ジャスティンはうなずいた。「妖精って、ティンカー・ベルとかでしょ」

「あたしのふるさとの妖精はね、ティンカー・ベルよりずっと大きいんだよ。それに、もっともっといたずら好きなんだ。橋でなぞなぞを出す妖精はとりわけおふざけが好きなのよ」

　ジャスティンの目が丸くなった。「橋でなぞなぞ？」

　モーはうなずき、切なげに木立を眺めた。「遠い遠い国のお話だよ、陸にはトロルや妖精、海にはセルキーがいて――」

「セルキーってなに？」

「セルキーは美しい女の人なんだけど、海のなかではあざらしの姿をしてるんだ。陸にも海にも呼ばれるのさ。遠い遠い国に住む妖精は魔法を使えるんだけど、ただで魔法を見せてくれるわけじゃない。人間は代わりになにかを差し出さなくちゃならない。ある小さな町、ヒドゥン・クリークよりもっと小さな町で、人々はちっちゃな橋を造ろうとした。ある大工は、煉瓦を積むのに慣れてなかった。それで呪いの言葉をつぶやいてしまった。とっても危険なことなのにねえ！　呪いの言葉をつぶやいちゃったもんだから、うっかり妖精に助けてくれって言ったのと同じことになっちゃったんだね。妖精は魔法で助けてくれたけど、そう、魔法はただじゃない。代わりに四人以上の人間がいっぺんに橋を渡ったら、その人たちの魂が妖精の国へ連れていかれることになった」

　ジャスティンは怪しむようにモーを見た。「いっぺんに三人しか渡っちゃだめなの？」

「そういうこと。さて、ここからがなぞなぞだよ。ある晩、鍛冶屋、パン屋、蠟燭（ろうそく）職人が橋を渡った。みんなの魂は妖精の国に連れていかれてしまった。なぜだろうね？」

「三人しか渡ってないのに」ジャスティンはのろのろと言った。「ということは、だれかひとりがもうひとり背負ってたんだ」

「賢い子だねえ」モーおばあちゃんは目尻にしわを寄せてにっこりした。「だけど残念、もうひとり背負ってる人はいなかった。じっくり考えてごらん」

　ディナーパーティはテンペストの予想より盛大なものになった。モーがケイリーをやると言ったのだから、当然そうなるのはわかっていたはずなのに。招待客が多すぎてダイニングデッキに全員の席を用意できなかったので、小さなグループに分かれた。キャルヴィンとギディオンとダリアは自分たち三人ともが歴史マニアだと知った。キャルヴィンはギディオンが彫刻をやっていることを知り、ダリウスのすすめで納品前の作品が置いてある工房を見にいくことになった。ロビーがモーの壊れたイーゼルを修理することになり、ふたりは一階のアトリエへ行った。アッシュはキッチンでアイヴィとリーアムと話しこみ、ヴァネッサは朝食コーナーで遊ぶ子どもたちを見守っていた。

テンペストはデッキでひとり、ねじれた枝の手すりにもたれ、笑い声や話し声を聞いていた。

そのとき、木立のなかへだれかが入っていった――フィドルを持った人影が。

テンペストは息を止めたが、人影はモーだった。

モーが弓を弦に当てるや、エマが好み、幽霊が弾いていたバラッドとはまったく違う曲が流れだし、テンペストはほっと息を吐いた。祖母の指は高齢のため節くれだっているが、その指は意外なほど美しい音楽を奏で、力強い絵を描く。

デッキの隅にいるテンペストのそばへロビーがやってきた。「疲れてるようだな、くるりちゃん」

テンペストはロビーの肩に頭をのせた。「長い一週間だったから」

「モーの演奏はすばらしいね。きみのお母さんの演奏もそうだった」

いまモーが弾いている曲は幽霊の曲とはまったく違うが、テンペストは自室の窓の外に母親の姿を見かけ、母親のフィドルの音を聞いたときのことをどうしても思い出してしまった。あれが本物の幽霊ではなかったのはわかっている。ただ、想像の産物だったのか、それともだれかが自分を不安にさせようとしているのか、どちらなのかはわからない。

ヴァネッサがデッキに出てきた。「子どもたちを見なかった?」

「キッチンにあなたと一緒にいたんじゃなかったの?」テンペストは答えた。

「ふたりを朝食コーナーに残して、お手洗いに行ったの。戻ってきたらいなくなってた」

「楽しい音楽が鳴っていて、気持ちのいい夜だからな」ロビーが言った。「モーがフィドルを弾きはじめたとき、みんなと外に出たんじゃないか」

三人は一階におりた。テンペストはまったく心配していなかった――が、階段をおりきったとたんに、いやな予感がした。

いちばん下の段に放置されたおもちゃを拾いあげた。ジャスティンのロボットだ。その隣にジョーカーのカードが置いてあった。

子どもたちは、モンスターを追い払うためにテンペストが渡したカードを残していなくなってしまった。

39

パーティはおひらきになり、全員でジャスティンとナタリーを捜した。テンペストは、ふたりがいなくなったのは呪いとは関係ないと頭では理解していた。だが、階段にジョーカーのカードが残されていたせいで、最悪の事態を想像してしまった。益体（やくたい）もない考えを振り払い、自分があの年齢だったころを思い出した。きっとふたりはかくれんぼでもしているのだ。

テンペストはふたりが秘密の通路で遊んでいるかもしれないと思い、母屋へ向かった。アイヴィは〈秘密の階段建築社〉の工房を隅々まで捜した。モーはツリーハウスのなかをチェックした。ジャスティンとナタリーの両親は手分けして周囲の森を捜し、リーアムとロビーはフェンスづたいに歩き、穴があいていないか確認した。アッシュとダリウスは近隣の住民を知っているので、一軒一軒訪ねてまわった。

母屋の秘密の庭を捜していたテンペストは、桜材の柱時計のなかをくぐってキッチンに入った。すると、そこにはリーアムがいた。

彼はアブラカダブラを抱いていた。「こいつを見つけたんだけど、においをたどれないかな？」

「いい考えだね」テンペストは不本意ながら認めた。

ふたりはジャスティンのロボットのにおいをアブラカダブラに嗅がせ、彼をポーチの階段で放した。アブラカダブラはテンペストからリーアムに目をやると、家のなかへ入って暖炉へ向かった。

「そのむこうになにかあるのか？」リーアムは尋ねた。

それは一見なんの変哲もない暖炉だが、こぢんまりしたリビングルームにはやや大きすぎる。火格子のむこうに煉瓦（れんが）の壁と数本の薪（まき）があり、マントルピースは漆喰（しっくい）で蛇腹繰形（じゃばらくりがた）をほどこしてある。テンペストが子どものころから、この暖炉で火が燃えていたことは一度もない。暖炉ではないからだ。火格子を押しのけると、煉瓦に見えた壁は軽量な合板に煉瓦の絵が描かれているだけだとわかる。

テンペストはいちばん奥の薪を持ちあげた、左側は持ちあがったが、右側はしっかりと固定されている。レバーが作動して、煉瓦に見える合板のパネルがするすると横へすべり、隠し部屋が現れた。いつもなら、テンペストは隠し扉があいたとたんになつかしい気分になる。だが、いまは不安しか感じない。子どもたちはここに来たのだろうか？

アブラカダブラは薪の山を跳び越えて隠し部屋のなかへ入った。

「すごいな」リーアムは屈んで兎のあとにつづいた。

面積だけで言えば、この部屋は家のなかでいちばん小さな隠し部屋だ。幅奥行きともに二メートル弱しかないが、壁は二階分の高さがあり、傾斜した天窓から自然光が入ってくる。二面の壁は床から六メートル上の天井まで本棚になっている。本棚と本棚のあいだの角に造りつけのはしごが置かれ、反対側の角には座り心地のよい肘掛け椅子が二脚、そのあいだにふたり分のティーカップを置ける程度の小さなテーブルがある。

「だれもいないぞ」リーアムは言った。「悪い兎だ」

「ナタリー？　ジャスティン？」テンペストは呼びかけた。

「この家がマジックハウスだってことはわかるけど、あの子たちが隠れそうな場所はこの部屋にはないな。この奥にも秘密の部屋があるなら話は別だけど」リーアムは手近な肘掛け椅子の曲線を描いた脚を蹴った。「まさか、あるのか？」

「部屋じゃないけど」テンペストははしごをのぼった。どんどんのぼっていき、やがて姿を消した。

リーアムは悪態をついた。アブラカダブラは、おろおろする彼に足を踏み鳴らして抗議した。

テンペストは左側の本棚の上から顔を覗かせた。「ここにはいない」左側の本棚の上には奥行き一メートルほどのへこみがあった。あるクラシック・ミステリにちなんで〝魔女の隠れ家〟と名付けたこのへこみは、テンペストが大好きだった隠れ場所のひとつだった。くしゃみをしながら体を起こした。あたりは埃が薄く積もっている。もう何年も、だれもここまでのぼっていないのだろう。

いや、そうだろうか？

埃のなかに、両手と両膝がこすった跡が二組あるが、自分が跡をつけたのは一組だけではないのか？　本棚の上へすばやくよじのぼったので、とくに埃に注意を払ってはいなかったけれど。

「兎がまた動きだしたぞ」リーアムが下で声をあげた。テンペストがふたたび本棚の縁から下を見ると、リーアムもアブラカダブラもいなくなっていた。

本棚をおりたときには、リーアムも兎の姿も見えなかったが、ほどなくキッチンのほうでリーアムの声がした。

「こいつは麻薬探知兎には向いてないと思う」リーアムはアブラカダブラのそばにしゃがみこんでいた。アブラカダブラは白とグレーのふわふわの前脚で、柱時計を引っ搔いている。

「きっと裏庭の植物のにおいが気になるのよ。やっぱりあなたのアイデアは失敗だね」

「おい、おれは協力しようとしたんだぞ」

「してないとは言ってない」

「言い方ってものがあるだろ」

テンペストは二度深呼吸した。「時間の無駄よ。家のなかはもう捜したんだから。外に出てみんなを手伝おう」

外に出たとたん、テンペストの心は沈んだ。数メートル先にくしゃくしゃの布が落ちている。リーアムが先に駆け寄った。

「ベッドシーツか？」リーアムは布の端を持ちあげた。

「絵の具がついてる。おばあちゃんがアトリエで絵を覆うのに使ってるものかも」

「関係ないんだったら、なんだっていつまでも突っ立ってるんだ？」

テンペストはシーツを地面に放り捨てた。数十メートル先の急斜面の森と敷地の境に巡らせたフェンスのそばに、キャルヴィンとロビーの姿が見えた。「わたしのなにが気に入らないの？　アブラカダブラは人を見る目があるけど、あなたのことは気に入ってる。わたしも何年か前にあなたがショーを観に来てくれたときは、いい子だと思ったのに」

リーアムは敵意よりもあきらめが勝った表情をしていた。「あんたはいつだって全部手に入れてるじゃないか」

テンペストはリーアムをまじまじと見た。彼は真剣だ。「なんのこと？」

「名声。ショー。有名な一族の一員。この家だって、番地じゃなくて名前で呼ばれてる！　そんなやついるか？　不公平だ、おれたちはなにもないところからはじめなきゃいけないんだぞ。あんたは最初からなんだって持ってるのに、それでも足りずに欲張った」

有名な一族の出身だからスターマジシャンになれたと言われたのは、これがはじめてではなかった。たしかに、その言い分には一抹（いちまつ）の真実が含まれていた。事実、おばと母親がそれぞれ悲しい事件の当事者となったあと、家族はメディアの取材攻めにあった。

けれどチャンスを与えられたのであれば、受け取るのが当然だろう。ただし、そのチャンスをどう活かすかが大事なのだ。テンペストはだれよりも練習に励んだ。体の動かし方を磨き、何度も捻挫し、限界を超えるまで練習した。

「もしもプロデューサーがわたしの母の失踪を宣伝に利用しようと考えるなら、もちろんわたしはそれを止めないでしょうね。わたしのことをたくさんの人に知ってもらって、母とおばについてわたしの語りたい物語を語るチャンスをふいにするわけがない。あなたもわたしのショーを観たでしょう。なんのための物語だったのかわかってるよね。わたしはみんなに母の悲劇を語りたかったわけじゃない――母に幸せな結末を捧げたかったの、現実はそうならないだろうから」

リーアムは鼻を鳴らした。

「わたしの望みはラスヴェガスでスターになることじゃなかった。母を取り戻したかっただけ。それが無理でも、母の物語をみんなに伝えることにベストを尽くしたかったの。ほら、うじうじするのはやめて、みんなの手伝いに行こう」

ふたりはしばらく黙ったまま斜面をのぼった。「この夏、わたしは非難されまくったけど、あんなことはしてないからね」テンペストは言った。

「わかってる。兄貴があんたを信じてるから、おれも信じてる」

「そうなの？　わたしはてっきり――」

「さっきおれがあんたを欲張りって言ったのは、事故のことだと思ったのか？　そうじゃない。はじめてショーが成功して――おれが観たやつだ――そのあと、あんたはショーを大規模なものにリメイクしただろ、それが欲張りだって言ったんだ」

「欲を張ってリメイクしたんじゃないよ。契約で新しいものを書かなければならなかった。まず書いたのは、わたしのチャームブレスレットにまつわる物語だった――でも、また母の話を書こうとしてるって気づいてしまった。新しい物語はフィクションなのに、やっぱり中心に母がいたの。銀のチャームのなかにルビーが隠されてるって話」テンペストは乾いた笑い声を漏らした。「サンジャイの友達がスコットランドとインドの両方に関係してる宝物を見つけたという現実にあった話がもとになっていて、ルビーの話にするっていうアイデアは気に入ってた。でも、作り話なのに母のことを書きすぎるのは……リーアム、大丈夫？」

彼は木の根につまずいた。

テンペストが差しのべた手を無視して立ちあがり、膝についた土を払ってまた歩きだした。

「子どもたちが心配なんだ」

ふたりはロビーとキャルヴィンがいる場所に近づいた。

「フェンスのここに穴があいてる」ロビーが大声で言った。「あの子たちならじゅうぶん通れる大きさだ。アイヴィも通れるかもな」

そこは敷地のなかでいちばん高いところで、金網のフェンスがつづいている。道はないから、テンペストが丘の頂上へのぼるときは母屋の脇へまわり、整備した小道に入るようにしている。だが、ロビーの言うとおりだった。フェンスには小さな子どもふたりが通り抜けられるくらいの穴があいていた。まだ近所をまわっているダリウスとアッシュを除いた全員が集まってきた。

「あたしも通れそう」モーが言った。「みんなは道を通っておいで」

テンペストは真っ先に歩きだし、スマートフォンで父親に状況を送信した。「じゃあ、フェンスのむこうで会いましょう」

三分後、一行はハイカーたちが丘の頂上へのぼるのに使う道に集まった。スマートフォンのライトを懐中電灯がわりに照らし、子どもたちの名前を呼びながら五分ほど道をのぼった。

「ヴァネッサママ！　ダリアママ！」ナタリーの声が木立のむこうから聞こえてきた。

ふたりは願掛けの井戸にいた。ナタリーは、井戸にコインを投げて願いごとをする方法をジャスティンに教えていた。テンペストは、子どもたちが無事に見つかったから帰ってきてくれとダリウスにメッセージを送った。

ヴァネッサはナタリーを抱きあげ、ダリアはふたりに両腕をまわした。キャルヴィンはひざまずき、ジャスティンをきつく抱きしめた。

「どうして勝手に出ていったの？」ヴァネッサは尋ねた。「井戸ならまた今度見せてあげればよかったのに」

ナタリーはヴァネッサに抱きすくめられてもがいた。「あたしたち、幽霊のあとをつけてきたの」


子どもたちも幽霊を目撃した。テンペストが正気を失ったわけではなかったのだ。

「ぼくたち、あの男の人のあとをつけなくちゃと思ったんだ」ジャスティンが捕捉した。

「男の人?」テンペストは訊き返した。一行は丘の中腹の井戸のそばに立っていた。テンペストのルビーレッドのスニーカーは、ジャスティンの両手やナタリーの膝小僧と同じく土で汚れている。

「知らない人についていっちゃだめじゃないか、J」キャルヴィンが言った。「おまえがそんな無茶をするなんて」

「なぞなぞに関係あると思ったんだもん」ナタリーはこれですべての説明がつくだろうと言わんばかりだった。

ジャスティンはうなずいた。「妖精の国には幽霊がいるんじゃないの?」

モーが嗚咽をこらえた。なぞなぞを出したせいで子どもたちに万一のことがあったら、モーは決して自分を許さなかったに違いないと、テンペストは思った。

アイヴィはテンペストと目を合わせた。「ねえ、話したほうが――」

「その男の人はなにをしてたの？」テンペストはアイヴィをさえぎって子どもたちに尋ねた。

ふたりは顔を見合わせた。「わかんない」ジャスティンが答えた。「うろうろしてたのかな？」

「あたしたち、ヴァネッサママとキッチンで遊んでたの」ナタリーが言った。「でも、ママはトイレに行っちゃった」

「ナタリー」ダリアはその先を促した。

ナタリーは笑顔になり、ダリアとヴァネッサから、自分の話を真剣に聞いているほかの大人たちを見まわした。注目を浴びてうれしそうだ。「窓の外を見たら、幽霊が大きなおうちのほうへ歩いていくのが見えたの」

「本に出てくる幽霊みたいだったよ」ジャスティンが言った。「ナタリーが階段を走っておりていったから、ぼくは追いかけた」

テンペストは彼のかたわらにひざまずいた。「幽霊が家のほうへ歩いていったのに、どうして丘をのぼったの？」

「外に出たら、幽霊の光しか見えなかったんだ」

「幽霊は、ツリーハウスの裏の森をのぼっていったの？」

ジャスティンは眉をひそめた。「でも、ぼくたちの勘違いかもしれない。フェンスの穴を見つけて通り抜けてから、光を探した。それは見つかったけど、幽霊の光じゃなかった」

「ただのあれだったの」ナタリーは小道を照らしている街灯のひとつを指さした。

「怖くなかったのかしら？」ダリアが尋ねた。

ナタリーはくすくす笑った。「あの人、幽霊じゃなかったんだよ、ダリアママ」

「どうしてわかったの？」

「だって、幽霊なんかほんとはいないもん」ナタリーはダリアにくすぐられてまた笑った。テンペストの見たところ、ダリアはナタリーがほんとうに怯えていないか確認したかったようだ。

「ほんとにいるのはクローゼット・モンスターだけだよ」ジャスティンがつけくわえた。「あいつらは本物なんだ。でも、幽霊はハロウィンの仮装だもんね」

「その人はきみたちの知ってる人だった？」キャルヴィンが尋ねた。

子どもたちは顔を見合わせ、そろってかぶりを振った。

「ほんとうに大丈夫？」ダリアはナタリーの顔にかかった髪を後ろへ払った。

「すごくおもしろかった！」ナタリーはまたもがいた。ダリアは彼女をおろし、腰をさすった。

ジャスティンがそのとおりだと言うようにうなずいた。「ナタリーは足が速いから、ぼくはロボットを取りに戻れなかった。ツリーハウスの階段に落っことしちゃったみたいなんだ。見つけてくれたの？」

「そうだよ」キャルヴィンがジャスティンにロボットのおもちゃを渡した。「それよりも、どうして勝手に外に出ていったのか、ちゃんと話しなさい。おまえらしくないぞ」

「あの男の人は仮装してたし、今日はパーティでしょ。あの人もパーティの出しものだったんだ。そうなんでしょ？」

「だれか、冗談で仮装しましたか？」キャルヴィンは尋ねた。「怒らないから名乗り出てくれませんか。子どもたちがついてくるとは思わなかったんでしょう」

だれも名乗り出なかった。

「テンペストの非常識なファンがフェンスを乗り越えてきたに違いないわ」モーが言った。

「警察に通報しましょう」

「どうして男の人だとわかったの？」テンペストは尋ねた。「さっきから幽霊は男の人だと言ってるけど、顔は見てないのよね？」

「すごく背が高かったから」ジャスティンは言った。

「どんな仮装だったか、もうちょっと詳しく教えてくれる？」

ジャスティンは困ったような顔をした。「もう教えたでしょ」

「そうだっけ？」

ナタリーはうなずいた。「幽霊みたいな格好だったよ。ヴァネッサママ、くすぐったいよ！」

ヴァネッサはナタリーが土まみれの膝小僧に怪我をしていないか確かめていた。

「白いシーツをかぶってたってこと？」ダリアが尋ねた。

子どもたちはそろってうなずいた。

白いシーツ？　先ほどテンペストとリーアムが見つけたシーツがそれだろうか？　いったいなんの仮装だったのか、それともべつの幽霊が現れたのか？　ベッドシーツは、いままでのパターンには当てはまらない。

「幽霊とはねえ！」完璧にととのえた髪が乱れるほど、モーは勢いよくかぶりを振った。招待客はみんな帰ってしまい、ツリーハウスのキッチンには家族だけがいた。「子どもの想像力ってほんとうにたいしたもんだわ」

「だが、男が無害なやつかどうかはわからない」ダリウスが言った。「もっと防犯対策をして、警察にも知らせておこう」

「警察は役に立たないよ」テンペストは言った。「わたしも見たの」

ダリウスと祖父母はたっぷり六秒間、テンペストをぽかんと見つめていた。「ほんとうに幽霊を見たことがあるのか？」

「一種類だけ。たいていはフィドルの音楽が聞こえる。ママのフィドルが」

「おれに相談しようとは思わなかったのか？」

「したよ——」

「侵入者だと言ったじゃないか」

「侵入者に間違いないからよ。だれかがわたしを挑発してる。実際に危害をくわえられたわけじゃないから、パパやおじいちゃんおばあちゃんをこれ以上心配させたくなかったの」

「わたしたちを心配させたくなかった？」アッシュがあきれたように繰り返した。

「心配させまいとしたのはわたしだけじゃないでしょ」テンペストはひるまなかった。「わたしたち、おたがいに秘密にしてきたことがありすぎる。おじいちゃんもパパもおばあちゃんも。

そういうの、もうやめようよ」

テンペストはひとつ深呼吸をすると、神話に出てくるセルキーが風に髪をなびかせるように、かぶりを振って豊かな髪をふくらませ、胸を張って立った。ザ・テンペストだ。

「いまこそ一族の呪いについて話し合いましょう」ザ・テンペストは言った。「秘密はもうたくさん。わたしたちは大切な人たちを失ってしまった。なにかが起きてるのに、呪いについて知っていることを打ち明けてくれなければ、なにが起きているのかはわからない。ママになにがあったのか、わたしに黙っていたことをいまこそ話して」

41

時刻は午後十一時を過ぎた。〈フィドル弾きの阿房宮〉のクルミやオーク、ユーカリの木々の揺れる枝のあいだから月明かりが差しこみ、丘の斜面に影絵で物語を語っていた。アッシュはみんなに夜食を出した。ディナーパーティでたらふく食べたうえに、緊張をはらんだ話し合いになりそうなのに、アッシュはみんなに食べさせずにいられないのだ。

ディナーパーティのためにダイニングデッキに設置したストリングライトが、庭をぼんやりと照らしていた。話し合いの内容が家族の秘密にかかわるものだし、何者かがこっそり敷地内をうろついているのもわかっていたので、外で話すわけにはいかず、四人はツリーハウス一階のモーのアトリエに集まった。

玄関ドアの両脇にある床から天井までの高さの窓と、高窓から、木漏れ日が刻々とようすを変えながら入ってくるようになっていた。高窓の下の壁の一面には画材の棚が並び、もう一面の壁は描きかけの絵を立てかけるラック、もう一面の壁は木枠に張ったキャンバスを収納するラックが設置してある。モーの作業スペースはアトリエ中央に据えた二台の大きな木のテーブルで、一台は階段の裏側に接している。大きいほうのテーブルには絵の具で汚れていない部分があり、そこにフィドルが置いてあった。四人分の椅子はないが、テンペストもダリウスも緊張のあまりじっと座っていられなかった。

「わたしたちみんな、隠しごとをしていたよね」テンペストは言った。「わたしだけじゃない。今夜はなにもかも話すの。わたしも幽霊のことを話す。でもその前に、呪いについてみんながわたしに黙っていたことを聞かせて」

「呪いはたしかにある」モーが言った。「でも、あなたが思ってるようなものじゃない」

アッシュはモーの手を握ってうなずき、先を促した。

「あなたもラージ家の家系は知ってるでしょう。アッシュのおじいさん――つまりあなたのひいひいおじいさんのデヴァジは、一八八〇年に生まれた。デヴァジはトラヴァンコール王国の王族の侍医だった。ところが奇術に夢中で、兄弟たちもその影響で奇術を覚えた。デヴァジはもっと広い世界を見たくなって、若き医師としてイギリス領インド帝国へ移り住んだ。優秀な医師だった。かの地でイギリス人に奇術を披露しているうちに、いろいろな場所へ呼ばれるようになった。デヴァジは妻、兄夫婦、未婚の弟と一緒に奇術一座を設立した。何年かはうまくいっていたけれど——」

テンペストはささやいた。「一族の長子はマジックに殺される」

「それがはじまりだった。当時は呪われてるなんてだれも考えてなかったけれどね。ラージ家の初代のマジシャンたちだったから。ということは、代々マジシャンの家系に生まれたマジシャンと違って、マジックを教わる機会がなかったわけよね。だから、技術を学びながらやっていた」

「ときには間違いを犯すこともあった」

モーはうなずいた。「あなたのひいおばあさんは一九一九年に生まれた。ひいおばあさんには、その数年前に生まれたお姉さんがいたの。お姉さんは、女性はいずれ結婚して引退するのが当たり前という考えに逆らって、マジシャンとしての才能を証明するために、おじさんの命を奪った危険な奇術を再現しようとした」

「それは初耳よ」

「わたしは母から話は聞いていた」アッシュが言った。「だが、ほかの親族からは別の話を聞いた。おばが亡くなったのは事実だが、亡くなったときのことは詳しく聞いていないんだ。あまりに悲惨な話だったから、だれも語ろうとしなかった」

「だから、あたしはあの一連の絵を描いたのよ」モーはブルーグレーの瞳をきらめかせ、壁のラックにかけた危険な行為の絵のほうを見てうなずいた。「トリックそのものが危険なわけじゃない。あたしが言いたいのは、デヴァジのお兄さんが亡くなったのは事故で間違いないということ。デヴァジの長女は慣習と闘って無理をしてしまった。肌の色のせいで良縁に恵まれないと思いこんで——危険を冒してしまったの」

「つまり自殺だったということ？」

「そこまではわからない」アッシュが言った。「だが、危険だとわかってはいたはずなんだ。わたしが知っているのはそれだけだ。家族はそんな悲しいことを信じたくなかったんだろう」

「それで、呪いの伝説が生まれたわけね」

「そのあと、アッシュのお兄さんのアルジュンが奇術によって謎の死を遂げた。アルジュンだけは、死の原因がわからなかった——ところが……」モーは唇を引き結んだ。

ダリウスは義母の肩を励ますように抱いた。「テンペストのおばのエルスペスも、原因不明の事故で亡くなった」

モーは笑ったが、一粒の涙が頰を伝った。「エルスペスは子どものころから頑固でね。絶対に親の言いなりにならなかった。やりたいことをあきらめなかった。あなたはあの子にそっくりよ、テンペスト。エルスペスとあなたのお母さんを失ったのは、あたしの人生でいちばんつらいことだったけど、短いあいだでも一緒にいられたのは人生で最大のよろこびだったのよ。エルスペスが死んだのは呪いのせいなんかじゃない」

テンペストは口を挟んだ。「アッシュおじいちゃんは呪いを信じてたんじゃゃ——」

「アッシュは十代のころに兄を亡くしてるもの」モーはぴしゃりとさえぎった。「呪いを信じるようになるのも無理はないわ」

「呪いだよ」アッシュは言った。「なんでもかんでも知り尽くしているような顔をするつもりはないが、ある種の呪いはほんとうに存在するんだ」

「エルスペスは超自然的な呪いで死んだんじゃないわ。殺されたの。あたしは最初、インドで亡くなったあの子の大おばのように、無茶をしたから事故にあったと思ってた。でもテンペスト、あなたのお母さんは殺人だと考えてたの。その考えは正しかった。だから殺されたのよ。真相を知ったから。だからこそ、失踪するまで秘密主義を貫いた。そしてあの夜、エルスペスの追悼公演で真相を発表するはずだったのに、途中で行方をくらましてしまった。エマはエルスペスを殺した犯人の名前を明かすつもりだったの。だけど、むこうが先にあの子を捕まえてしまった」

　テンペストは部屋がぐるぐるとまわっているような気がした。母親はみずから命を絶ったのではなかった。おばも事故で亡くなったのではなかった。ふたりとも殺されたのだ。

42

「あなたのお母さんとおばさんの死は、五世代前にインドで生まれたラージ家の呪いとは関係ないのよ」モーはテンペストに言った。「二件の未解決の殺人事件なの。エルスペスとエマを奪った事件。そして、あなたもラスヴェガスでショーを妨害されて命を奪われかけた」

テンペストは、周囲の酸素がなくなってしまったかのように息苦しさを覚えた。体が水中にもぐっているような感じだった。「わたしのショーを妨害したのも同じ犯人だと言うの？」

「わからない。でも、あなたの命を危険にさらすわけにはいかない。だから、真相を調べるのをやめてと言ってるの」

「そんな。わたしは――」

「いいからやめなさい」モーはひややかにテンペストを見つめた。

「キャシディを殺して、わたしのショーを妨害したやつを野放しにできないよ。呪いの言い伝えを利用されていたとしても、やっぱり――」

「ねえ、あたしがどうしてこんなに強く言うかわかる、テンペスト？　あたしはあなたがなによりも大切なの。あなたまで失うなんて耐えられない。みんなそうなのよ」

テンペストは、辛辣なところがあると思っていた祖母の新たな一面に気づいた。モーが冷淡な態度を取るのは、心配でたまらないからだ。どうしていままでわからなかったのだろう？

キャシディが殺され、テンペストが殺されかけたのも、エルスペスの死とエマの失踪に関係があるのだろうか？　みんなはエマが死んだものとしているが、はっきりと口に出してそう言うのをためらっている。テンペストすらそうだ。

「食べなさい」アッシュはテンペストの鼻先に好物のカルダモンクッキーを差し出した。「エネルギーが必要だ」

テンペストは体の震えが止まらなかったので、クッキーを受け取った。アッシュの言うとおり、スパイスのきいた甘いクッキーを食べているうちに、体のなかに元気が戻ってくるのを感じた。クッキーのおかげで地に足が着き、自分を取り戻すことができた。

「今度は、あなたが見た幽霊の話をして」モーが言った。

「ちょっと待って。まだ話してないことがあるよね。ママがどうしてスコットランドを離れてカリフォルニアへ来たのか、だれも真実を教えてくれてないでしょ。三角関係が原因らしいっていうのは聞いたけど、みんなそれぞれ言うことが矛盾してた。だから、ほんとの話じゃないとは思ってた」

モーは目を閉じて深呼吸した。「エマは子どものころにフィドルをはじめたの。姉妹そろって天性の才能があった。エマはエルスペスに憧れてたわ。でも、アッシュから聞いた呪いの話を信じてた。エマはセルキー・シスターズのショーを音楽とともに物語を語るものにしたがったけれど、エルスペスは呪いの物語をくわえてさらに大がかりなイリュージョンを展開すれば客を呼べると考えた。呪いの噂を広めたのはエルスペスなの」

テンペストはその点についてそれまで考えたこともなかったが、もちろんだれかがメディアを通して宣伝したからこそ、呪いの噂が広まったのだ。「だれもそんなことは教えてくれなかった」

「おまえのお母さんは、おれたちに呪いのことを知られたくなかったんだよ」ダリウスが言った。「おまえには、三角関係のもつれが理由でカリフォルニアへ来たという単純な話を信じてもらいたかったんだ。呪いの物語を語るプログラムを演じたくなかった。おまえには呪いなど気にせずに生きていってもらいたかったんだよ。でも、エルスペスが死んで、考えなおさなければならなくなった」

モーは窓の外で揺れている木の枝を眺めていたが、テンペストのほうを振り向いた。「お願いよ、テンペスト」

テンペストはブレスレットのチャームを組み合わせた鍵を掲げてみせた。

モーは息を呑んだ。顔のしわが深くなった。「どこでそれを？」

「なんの鍵か知ってるの？」テンペストの胸の鼓動が速くなった。

モーはそれこそ幽霊を見たような顔になった。「知らない。でも見たことがあるの。何年も前にあの子にあげたわたしの古い絵に描いてあった。ただ……鍵の絵を描いたのはわたしじゃない」

絵のラックへ駆け寄り、次々とキャンバスを引き出していったが、あわてていたので一枚が床に落ちた。それを拾おうともせず、絵を引き出しつづけ、しばらくして目当てのものを見つけた。

震える手で取り出したのは、縦六十センチ横九十センチほどの海の絵だった。モーはそれを大きいほうの作業台に置いた。崖の端に灯台がある。モーは波間の一点を指さした。そこには鍵が描きこまれていた。テンペストの持っている鍵が。

「エマが失踪したあとに見つけたの」モーが言った。「これがなにかは知らなかった」

エマがテンペストに見つけさせるつもりで描いたのだ。

「この鍵は、ブレスレットのチャームを組み合わせたものなの。ママはわたしになにかを伝えたかったんだ。わたしへの遺産だと冗談めかして言ってたけど、そうじゃなかったら?」

「なんの話だ?」ダリウスが尋ねた。

「ママはエジンバラで銀行強盗でもしたの? それで逃げてきたとか? これはわたしを待ってる金塊の隠し場所の鍵?」

「エマが銀行強盗をしていたら間違いなく成功していたでしょうね。いつだって不可能を可能にする子だったもの。あなたのようにね」

「わたしも不可能を可能にしてみせるよ、おばあちゃん。呪いの影に怯えて生きていくわけにいかない。もうそろそろ呪いを封じなくちゃ」

モーはうなずき、潤んだ目を拭った。

「そろそろ幽霊の話をしてもらおうか」ダリウスが言った。「この前の晩、侵入者がいると言っておれを起こしたのはそれが理由だったんだな? 幽霊が出たと思ったんだろう?」

たしかにそうだが、それだけではない。「わたしがわたしの正気を疑うように仕向けてるやつがいるのよ。キャシディになにがあったのか、真相を知られたくないやつが」

「キャシディ?」アッシュが繰り返した。「警察はボーイフレンドを逮捕したじゃないか。キャシディの遺体をここへ運んできて、おまえを巻きこもうとしたが失敗したんだろう?」

「それがいちばん簡単な解釈よね。でもいちばん重要なことを見落としてる」

「あの壁にどんな仕掛けがあったのか、いまだにわからないんだよな」ダリウスはつぶやき、その場を行ったり来たりしはじめた。彼もずっとそのことが気になっていたのだろう。その目であの狭い空間を見たのだから。

「それは問題じゃないだろう」アッシュはきっぱりと言った。「逮捕された若者はマジシャンだったのだから」

テンペストはかぶりを振った。「マジシャンのコバンザメよ。ぜんぜん違う。裏方なのに、自分の仕事をほとんどほかの人にやらせてる。おばあちゃん？　モーおばあちゃん、どうしたの？」

モーはキャンバスの縁を両手でつかみ、ぎくしゃくと歩きだした。キャンバスをイーゼルに立て掛け、上に取りつけてあるライトをつけた。

「この絵にほかにもおかしなところがあるのがわかる？」モーは波間に隠れている鍵を指さした。「この絵は水彩だけど、鍵は油絵の具で描かれているの。そしてほら、灯台の光も」

「これはスコットランドの海？」

モーはかぶりを振った。「想像のなかの海よ。実際の海のスケッチじゃない。鍵がなにをあけるものなのか、この絵ではわからないと思う」

そうだろうか？　灯台の形と光に見覚えがあるような気がするのはなぜだろう？

43

その夜、テンペストはあえて眠らないことにした。ベッドに横たわってフィドル弾きの幽霊がまた現れるのを待つだけになるのはわかっていたからだ。

そこで、眠るかわりにラスヴェガスへ向かった。

マネージャーのウィンストンが知ったら怒るだろう。彼と弁護士には、アイザックと話をしないようにと厳しく言われていた。訴訟の恐れがあるため、キャシディやアイザックを含めてショーの関係者とは接触してはいけないことになっていた。とりわけ、弁護士の同席なしに話すなどもってのほかだった。だが、テンペストは弁護士をからませたくなかった。どのみち、個人的に弁護士を雇う余裕はない。アイザックと話すのに同席してもらうだけで、いま乗っているジープ一台分と同じくらいの費用がかかるだろう。

ハイウェイ五号線を南下し、ベイカーズフィールドで東に折れるまで八時間はある。そのあいだにじっくり考えることができる。

車を走らせていると、あの夜のことがはっきりと思い出された。あのとき、テンペストは先祖の仲間入りする寸前で助かった。一族の長子はマジックに殺される。自分でも認めたくないほど怖じ気づいた。だから、汚名を晴らすために戦うのを途中であきらめたのだ。最初の訴訟が取りさげられ、保険金が支払われたときに、戦いを放棄した。プロデューサーがショーをキャンセルしたので、多額の住宅ローンを返済することができなくなり、家も失った。

いずれは彼らのほうが間違っているのを証明し、自信を取り戻すことができると思っていた。それなのに、ラスヴェガスまでの距離が縮まるにつれてアクセルを踏む足がためらうようになった。自分はなにへ向かって走っているのか？

家族は朝が来てジープがなくなっていることに気づくまで、テンペストの留守に気づかないだろう。ただ、自分たちと同じように前夜はベッドに入ったはずだと考え、遠出しているとは思いもしないに違いない。

ダリウスが目を覚ましてジープがないことに気づいたようだ。午前六時半、モハヴェ砂漠を走っているときにスマートフォンが鳴りはじめた。テンペストは無視しようと思ったが、ダリウスに警察に通報されては困るので、思いなおした。バーストウのガソリンスタンドでガソリンを入れてコーヒーを買い、ガソリンのにおいの充満する車内でますますまずくなった薄いコーヒーを飲みながら、ダリウスにメッセージを送った。わたしは無事。頭をすっきりさせたくてドライヴ中。今日は連絡がつかなくても心配しないで。

即座に返信があった。電話しろ。

「わたしが誘拐されてスマホも奪われたと思った？」

「ゆうべあんな話をしたんだから、なにか考える余裕なんかないさ」

「わたしは大丈夫よ」

「いまどこにいる?」

「ドライヴ中だってば。アッシュとモーに、わたしは無事だと伝えて」

「おまえがいなくなったとは伝えてない。心配させたくないからな」

「パパも心配しないで。愛してるよ、パパ」

　平らな水平線の上にかつてホームグラウンドだと思っていた街のスカイラインが見えてきて、そこから拘置所までの十二分間は不安に満ちていた。

　きらびやかなショーの看板の前を通り過ぎながら、テンペストは複雑な気持ちを味わった。ここはファンタジーの世界だ。宝島（トレジャー・アイランド）。ヴェネツィア。パリ。ホテルのそんな名前が目に入ってくるが、それらはすべて見せかけのものだ。張りぼてだ。表面を引っ掻けば、正体があらわになる。〝友達〟がそうだったように。

　それでも、ここには本物のマジックがある。ステージ上だけではなく、そこらじゅうがマジックにあふれている。昔からこの街で繰り広げられてきた、幸せな瞬間のマジックに。すばらしいマジシャンたちが、魔法の世界にテンペストを含めた観客をいざなってきた。そこではエルスペスもエマも死なない。ラージ家の呪いが作り話でしかない世界だ。テンペストはそれを観客に見せたかった。そして、見せてきた。この街だからこそできたことだ。

　アイザック・シャープは、夏に最後に会ったときとくらべて縮んでいた。よく見ると、ほんとうに縮んでしまったわけではなかった。薄茶色の髪は、あいかわらず分不相応な高級美容室でカットしているらしい。毎日のジム通いで鍛えられた筋肉も衰えていなかった。典型的なティーンエイジャーのアイドルよろしく伏せたまぶたの下には、淡いブルーの瞳。しかしいま、その目の下には黒いクマができ、いからせていた肩は丸まり、髪は汚れていた。

「おれに接触したらまずいんじゃなかったのか」アイザックは言った。

「キャシディがわたしのショーを妨害するのを手伝ったんでしょう」テンペストは、なにもかもうまくいかなくなったときに、彼にそう言ったことがある。だが、いまではあのころのことをぼんやりとしか思い出せない。

「いいや」彼はテンペストと目を合わせようとしなかった。嘘をついているからだ。

「どうしてキャシディを殺したの?」

「おれじゃない」今度はテンペストの目をちらりと見た。嘘ではないようだ。

「あなたはキャシディを虐待してたし、嘘つきのろくでなしだけど、ここから出られるように助けてあげようか」

アイザックは鼻で笑ったが、テンペストがここへ来てはじめてまともに目を合わせた。「知らないのか? おれは保釈が認められずに、勾留されてるんだが」

テンペストは不敵な笑みを浮かべた。「保釈金を払えば出られるとしても、わたしはお金を払うつもりはない」どのみちいまはそんな余裕はないのだということは黙っていた。

「マジックでおれを消すのか? そのぴちぴちのジャケットの下におれを隠して、クラーク郡拘置所から消えるイリュージョンでもやるってか?」

「ばかね、わたしはあなたがキャシディを殺していないと思ってるっていう意味よ」

アイザックは丸めていた背中をのばした。あっけに取られてテンペストを見つめた。「はあ?」

「わたしに取り憑いてるのはあなたじゃないしね」

「なんだって?」

「なんでもない。助けてほしければ、わたしのブレスレットについてなにを知ってるのか話して」テンペストは本物とすり替えたプラスチックのブレスレットを掲げてみせた。

アイザックは得意げに頬をゆるめた。

「なにか知ってるんだ」

「かもな」彼は薄い唇を引き結んだ。

どうしてこんな男をほんの短期間でも魅力的だと思ったのだろう? テンペストが立ちあがると、座り心地の悪い椅子の脚がコンクリートの床をこすっていやな音を立てた。「もういい。助けはいらないみたいだから——」

「待て、本気なのか? ほんとにええとその、事件を調べてるのか?」

「このブレスレットについてなにを知ってる?」ガラス窓の前にブレスレットを掲げた。

アイザックはますます肩を丸めた。「おれが知ってるのは、キャシディから聞いたことだけだ。あんたはいつもそれを遺産と呼んでいたんだろ。キャシディはそれを見るたびに、あんたみたいに裕福で有名な一族の出身じゃないのを思い知らされて妬ましかったそうだ」

「わたしの父は建築会社を経営してるんだけど」ただし資金繰りに困っていて、テンペストもいまでは助けることができない。

「お母さんの家族は有名だ。だからあんたはチャンスをつかめた。おれやキャシディとは違う」

「だからキャシディはブレスレットをほしがったの？　わたしを傷つけたくて？」

「は？　くだらない形見なんかほしがってねえよ。あいつがほしがったのは――」アイザックは口をつぐんだ。

「時間の無駄みたいだから帰るわ」

「あいつがほしかったのは、あんたのショーだ」

「そんなの知ってる！」いま求めている答えではなかったが、この数カ月、待っていたものではある。

「キャシディは自分にはあんたに負けないくらい才能があると思ってたんだ。実際、いい線いってただろ。あれだけ意志が強いんだから、成功していたはずなんだ……くそっ、あいつが死んだなんて信じられない」

テンペストは、あなたがキャシディを殴っていたのを知っていると言いたかったが、我慢した。彼に口をつぐませるのではなく、しゃべらせなければならない。「キャシディがわたしのショーを妨害しようとしていたのは知ってたの？」

「おれはなんの関係もない。法的な責任はない。おれのせいにしようったって――」

「なんの関係もないのなら、たしかにあなたのせいにはできないよね」

「だけど、あんたに警告しなかったのは事実だ」アイザックはテンペストの視線を受け止めた。彼の目に映っているのは深い後悔だろうか？

「どうして警告してくれなかったの？」

「どうしてだと思う？　キャシディは有名になって金持ちになるはずだった。ふたりで家も選んだ。あんたんちよりよほど趣味のいい家だ。白いフェンスとか、そういうやつがあって。一緒に住むつもりだったんだ」

「わたしのショーを台無しにして、自分のショーをやれるようになったらってことね」

「そうだ。でも、あれは想定外だった——」

「なにが想定外だったの？」

アイザックは傷だらけのガラス窓に手のひらを当てた。「あいつはあんたが死にかねないようなことまでやるつもりはなかった。だれにも危害をくわえる気はなかったんだ。あんたを水中に閉じこめて、そのあいだに火をつける計画が……信じてくれ。まさか、あんなことになるとは思ってなかった。あいつは火を消されないよう、あんたに少しだけ長く水中にいてもらうつもりだった。溺れ死にさせるつもりなんかなかったんだ」

不意に、テンペストは激しい寒気に襲われた。あの夜、水槽のなかに閉じこめられているのを気づいてくれた人がいたおかげでなんとか脱出できたときと同じ、全身がずぶ濡れの寒さだ。炎に囲まれているのに、凍えるような寒さだった。

キャシディがテンペストになりすまし、火事を起こすための花火を買った。細部まで動きの決まっているショーに、テンペストが無責任にも違法な演出を勝手にくわえたと見せかけるのが目的だ。さらに、海に見立てて作られた水槽の鍵にも細工をした。本来なら、テンペストは数秒で脱出できるはずだった。それが一分三十七秒間も水中にいなければならなかった。二本の力強い腕が水槽の蓋をあけて引きずり出してくれるまで。

炎が燃えさかるステージの上にずぶ濡れで立ったときには、救いの主は姿を消していた。ほんとうにそんな人物がいたのか、それとも幻影だったのか、何度も自問した。英雄的な行動をとったのは自分だと申し出るスタッフはいなかったが、炎があがった直後に客席からだれかがステージに飛びあがるのを見たという観客が数人いた。だが、その人物は見つからなかった。

ステージの幕を燃やした炎はほどなく消火され、押し合いへし合いした観客が何人か軽い怪我をしただけですんだが、あの十分間がテンペストのキャリアを完全に終わらせた。

「ほんとうにおれを助けてくれるのか？」アイザックはガラス窓に手のひらを強く押し当てた。

「いいえ。あなたを助けるわけじゃない。わたし自身を助けるの。あなたたちにすべてをぶち壊されたときにそうすればよかった。でも、あのときと同じように、あなたはなにもせずにただ流されていればいい。だからそうだね、あなたはわたしのおかげでここから出られるよ。だけど、あなたのためにするんじゃないから」

「その意気だ（ザッツ・マイ・ガール）。まさにおれの知ってるザ・テンペストだな」

テンペストはここぞとばかりにガンを飛ばした。「わたしはいまも昔もあんたの女じゃない。だけど、あんたはひとつだけ正しいことを言った。ザ・テンペストが帰ってきたのよ」

44

テンペストは日の出とともにヒドゥン・クリーク・ヒルの頂上にのぼった。今日は父親に無理やりつれてこられたのではない。目覚ましもかけなかった。寝室の窓から曙光（しょこう）が差しこむと同時に、自然と目を覚ました。

拘置所を出たあと、部屋代の安いギャンブル客相手のカジノのホテルで数時間眠り、車を飛ばして夜遅く〈フィドル弾きの阿房宮〉に帰り着き、家族に無事を知らせた。

風が魔法をかけたのか、地下の川のせせらぎが聞こえた。テンペストは古い願掛けの井戸の前で立ち止まった。今日はペニー硬貨を忘れずに持ってきた。

その銅貨は寝室の貯金箱から出してきた。貯金箱は、ダリウスが作った木のパズルキューブだ。順序正しく木のパーツを押して粘り強くパズルを解いた者だけが中身の宝物を取り出せるのだが、指先の記憶が錆（さ）びついていて、箱をあけるのに時間がかかった。箱のなかから寝室のフローリングの床に十七ドル十三セントがこぼれ出た。そのなかから、スケルトン・キーの形の黒ずんだ床板の上に転がったペニー硬貨を選んだ。

そしていま、左手にペニー硬貨を握りしめ、石積みの井戸に右手をすべらせた。ギディオンに出会っていなければ、この石はなんという種類の石なのだろうかと考えもしなかっただろう。

上部はすべすべだが、縁はざらついている。灰色ではなく桃色がかっているのが意外だった。とっさにスマートフォンを出し、石の種類を調べられるアプリをダウンロードしようと思ったが、考えなおした。なにを急いでいるのだろう？　どうして自分はつねに急いでいるのだろう？　なぜ突っ走るのをやめられないのだろう？　静かなこの場所にひとりたたずみ、石の縁に生えている灰緑色の苔のやわらかさを感じながら、せせらぎの音に耳を澄まし、広い空が夜から朝へ移り変わるのを眺めた。目を閉じ、ペニー硬貨を握って願いごとをし、井戸に落とした。二秒もたたないうちに、それはいままでに人々が願いをこめて落とした無数の硬貨の上に着地し、チャリンと音を立てた。

迷信じみた無意味な行為の締めくくりに、テンペストはくるりとピルエットをした。くだらないことをしたあとには別のくだらないことをするくらいがちょうどいい。願掛けとピルエットの両方のおかげで、思わず口元がほころんだ。この数年は目標に向かって過剰なまでに自分を律していたので、ばかげたことをする楽しさを忘れていた。だれにも見られていないのを確かめもせず、もう一回転した。やわらかな土にルビーレッドのスニーカーのソールの跡を残し、丘の頂上のほうを向いてぴたりと止まる。磯臭さにも似た水苔のにおいや、ハイランド地方を思い出す泥炭のにおい、そばのクルミの木のレモンに似た香りを吸いこんでから、ふたたび歩きだした。

丘の頂上で、朝日に顔を照らされた。新しい一日のはじまりだ。なんだってできそうだ。

先客がふたりいた。車の通れる道をのぼってきたのだろう。テンペストも一週間前なら、歩いてたった十分の山道を面倒臭がり、ためらうことなく車を選んでいただろう。

ひとりになりたかったので、見晴らしのよい場所を離れ、オークの木の枝越しに朝日を眺められる場所を見つけた。そこで、自分で作ってきた簡単な朝食を広げた。トーストしたてのサンフランシスコ風サワードウのパンに、細く割いたジャックフルーツのカルニータ（もとは豚肉をラードで低温調理したもので、タコスの具などにする）にチャツネを添えて挟んだサンドイッチだ。頭のなかを落ち着かせるには、ここはうってつけの場所だ。自分と同じく、いろいろな地域の郷土料理をマッシュアップしたサンドイッチにかぶりつく。

自分らしくいることの大切さを教えてくれたのはアッシュおじいちゃんだった。テンペストが七歳の夏、エジンバラで過ごしたときのことだ。不運な男の子に容姿や食べているものをからかわれた（不運というのは、公園でテンペストとしゃべっているのを目撃されたあと、両脚の膝小僧にひどいかすり傷を負ったからだが、両親にどうしたのかと尋ねられても答えるのをかたくなに拒んだ）。

「タミル語の格言を教えよう」あのとき、アッシュは言った。「ヤーダム・ウレ、ヤーヴァダム・ケーレ。ヴァラ、ヴァラ」

テンペストは自分にはわからない詩的な響きの言葉を繰り返した。その言葉が舌にもたらす感じは悪くなかった。

「どこの国もわたしの国、だれもがわたしの家族。生きなさい、生きなさい、という意味だ」と、アッシュは説明した。

テンペストはあのときの祖父の満面の笑みを思い出した。悪い知らせを予感していた患者によい知らせを告げるときにもあんなふうに笑ったに違いない。祖父はさらにつづけた。「おまえはこの地球の住民なんだよ、テンペスト。それを忘れるんじゃない。みんながおまえをわかってくれるとは限らない。そういうものなんだ。でも、自分から逃げることはない、おまえを愛している人たちがいるところならどこだろうがおまえのふるさとだ。そして、おまえを愛している人はたくさんいる」アッシュは左胸に手を当ててつけくわえた。「さて、腹はすいてないか?」

ひんやりしたオークの幹に背中をあずけ、テンペストはマッシュアップのサンドイッチをたいらげた。

近くで小枝の折れる音がした。

テンペストは、すぐには警戒しなかった。ここは公園だし、日も昇っている。ほかにも人がいるだろうとは思っていた。でも……いまの音はなんとなく違和感がある。その後の静寂のなかで、テンペストは違和感の正体がわかった。小枝の折れる音が一度しかしなかったことだ。人や動物が通りかかったのなら、あんなふうに一度きりでやんだりしない。頭上から聞こえたのでもなかった。

「だれかいるの?」

返事はなかった。

近くの木の小枝が折れただけかもしれない。風のせいでどこから音が聞こえたと勘違いすることはあると、地下に川のあるこの町で育ったテンペストはよく知っている。きっと風のせいだ。

けれどいま、テンペストの頭のなかはざわついていた。静かに朝食をとれば問題が解決するなんて愚かな思いこみだ。自分の心に目くらましをかけてしまっている。ほんとうは、犯罪捜査についてなにひとつ知らない。知っているのは目くらましの技術だ。だから、トリックを解くことはできるはず。答えはキャルヴィン・ナイトの屋敷にある。その答えを見つけるのは自分だ。

45

テンペストが電話したとき、サンジャイはまだ眠っていた。

「スマホの電源を切っとけばよかった。ぼくはほんとに学ばないな。もう切るよ、テンペスト」

「ひとりで調べろって言うの?」

サンジャイは悪態をついた。

四十五分後、ふたりはキャルヴィン・ナイトの屋敷の呼び鈴を鳴らした。この前テンペストがスクービー・ドゥーのお化け屋敷を連想した屋敷は、明るい朝日のもとではおとぎ話のお城に見えた。

ジャスティンがリビングルームの張り出し窓からテンペストに手を振った。彼が玄関にいる父親のもとへ駆けていく音が聞こえた。訪問することは前もって電話で知らせてあった。

「ほんとに解決したと思ってるのか？」サンジャイが尋ねた。

「わたしたち、秘密の通路の入口を探してたよね。でも、わたしの考えが正しければ、みんな見逃してたんだよ。入口だけが答えじゃない」

「目くらましか」サンジャイはつぶやいた。

「マジックショーをするの？」ジャスティンが尋ねた。

「あとでやってあげる」テンペストは答えた。サンジャイがピックアップトラックにだいたいのマジックの道具を積んであるはずだ。

「ジャスティン、二階でピアノの練習をしておいで」キャルヴィンは言った。

ジャスティンはおもしろことを見逃すのではないかと思ったらしく鼻にしわを寄せた――たしかに彼はおもしろいことを見逃すかもしれない。いや、おもしろいことになればいいのだが。

四秒後、キャルヴィンは父親の顔つきを見て、玄関ホールのなめらかなフローリングの床を走り抜け、階段の手すりをつかんで止まった。一瞬、大人たちを振り返り、階段を駆けのぼった。

テンペストとサンジャイとキャルヴィンは、日当たりのよい玄関ホールからキッチンを通り抜け、パントリーに入った。

「わたしたちは、複数の目で見れば秘密の通路が見つかると思ってた」テンペストは言った。

「でも、見方が間違ってたの。だれもが秘密のレバーのようなものを探した。それこそ〈秘密の階段建築社〉が作るようなものをね。でも、絶対に知られてはならない秘密を隠すのは、そう簡単なことではない」

サンジャイはうなった。「何段階もの目くらましを仕込まないとな」

テンペストはうなずいた。「複数の目は必要なかった。必要だったのは、いくつかの手順を踏んで考えること」

キャルヴィンは装飾のほどこされたドア枠に指を走らせた。この屋敷を愛しているのが傍目にもわかる手つきだった。「でも、なにを探せばいいのか教えてくれる人がいなかったら、見つけようがないだろう？　ふさがれていた棚は、きみたちがもう調べてくれた。お父さんの会社の人たちや警察の人たちも調べてくれたじゃないか」

「わたしたちはみんな、すぐに思いつく疑問に気を取られていたの」テンペストは言った。「どうやってキャシディの遺体を壁のなかに入れたのか？　そればかり考えて、なぜそもそもこの屋敷に秘密の通路があるのか、とは考えなかった」

キャルヴィンはかぶりを振った。「この屋敷の歴史は前に話しただろう。最初の家主は、逃亡奴隷法から逃げていたわけじゃないんだよ」

テンペストはにんまりと笑った。「父が造った秘密の本棚を見せてもらってもいいですか？」

「テンペスト」サンジャイが舌打ちした。「ぼくもよくできたパフォーマンスを愛する気持ちはだれにも負けないけど、キャルヴィンの時間を無駄には――」

「しない」

キャルヴィンは本棚の『見えない人間』を引き、レバーを作動させた。現れた小部屋は、テンペストがこの屋敷をはじめて訪れた日からなにも変わっていなかった。なによりも重要なのが窓だ。テンペストは高窓を指さした。コルク抜きをかたどったセキュリティレバーとおぼしき棒がはまった、ワインボトルの形の窓だ。

「あれはレバーかな?」サンジャイが尋ねた。

「鍵よ」

サンジャイはコルク抜きをつかもうとしたが、テンペストは彼の腕に手をかけて止めた。

「鍵というのは比喩。この窓は、わたしたちになにを探せばいいのか教えてくれるシンボルなの。この屋敷の見取り図を見たとき、一九二五年に作成された見取り図がオリジナルと一致しなかった。一九二五年といえば、どんな年?」

サンジャイは目をすっと細くしてテンペストをにらんだ。「ぼくのひいひいおじいさんとおばあさんがラジャスタンでつきあってたころだ」

キャルヴィンは満面に笑みを浮かべた。「禁酒法だ」

テンペストはうなずいた。三人は、足早にパントリーへ戻り、壊された壁のなかに見つかったばかりの棚の前に立った。

「なにを探してるのかまだよくわからないんだけど、もしわたしの想像どおりなら、なかなか見つからないような部屋。たとえば、いざというときに逃げこめるような」

二分後、キャルヴィンはガラス瓶が並んだ棚の基部を指さした。「ぼくだけかな、この模様が水差しの形に見えるのは？」

「そして、中央にあいた穴は生きものがあけたようには見えない」テンペストはつけくわえた。

テンペストとサンジャイがその周辺を押したり引いたりしているあいだに、キャルヴィンが姿を消した。一分もしないうちに、彼はコルク抜きの形の棒を持って戻ってきた。「これを使ってみてくれ」

ふたりはコルク抜きを鍵穴にねじこみ、引っ張った。棚板の奥のパネルがひらき、奥行き三十センチほどの棚が現れた——古い酒瓶がずらりと並んでいる。禁酒法時代の隠し場所だ。

「すごいな」キャルヴィンは頬がゆるむのをこらえきれないようだった。

歴史的な観点から見ればたしかにそうだ。だが、秘密の通路ではなかった。どうやってキャシディを壁のなかに入れたのか、まだわからない。


三十分後、ジャスティンに三種類のマジックを披露し終えたサンジャイは、ドライヴウェイを歩きながらテンペストに尋ねた。「これからどうなると思う？」

「もしキャルヴィンがあの酒瓶の隠し場所を歴史的に重要な部屋だと判断したら、パパの仕事は終わるかも」

「あの壁のなかの棚はよくできた目くらましだったな」

「なんらかのトリックだっていうことは、前からわかってるんだけど」テンペストはいつもの癖でブレスレットの手錠のチャームに触れようとして、手首にはまっていないのを思い出した。

「きみはキャシディが壁のなかから転がり出るのを見たと思ってるけど、思い違いじゃないか。じゃあ帰ろうか？」

テンペストはかぶりを振った。「ほんとうに見たの。とにかくわたしは間違いなく見た。真っ先に駆け寄ったんだもの。壁にあけた穴からあの空間を覗きこんで、キャシディの遺体が入ってるのを見たんだから」テンペストはあの日のことを思い出した。「アイヴィがいちばん先に、壁のなかに遺体を見つけたの」

サンジャイは人差し指で車のキーをくるくるとまわした。「だからといって、アイヴィが遺体をそこに入れたわけじゃないよな」

「なにかが引っかかるの……」テンペストの頭の隅でなにかが点滅したが、その光はすぐに消えてしまった。

サンジャイはキーをポケットに突っこんで、きっぱりと言った。「だれが遺体を入れたのかわかった」

「ほんとに？」

歩道の手前でサンジャイは足を止め、屋敷のほうへ駆け足で戻っていった。テンペストはあとを追った。彼は屋敷を一周するテラスを指さした。「テラスは屋敷の裏につづいてるよね？」

「そうよ」

「きみたちが屋敷のなかであちこちの部屋に閉じこめられていたとき、テラスにいたのはだれだ？」

「ギディオン」テンペストはささやいた。キャシディの着ていた服をテラスから見たと本人が言ったのだから間違いない。

サンジャイはうなずいた。「そのとおり。あの新入りだ。きみもよく知らない男」

知らないということはない。だが、サンジャイは本人の気づかないうちに、テンペストが必要としていた手がかりをくれた。すべての答えがわかったわけではないけれど、パズルのなかの最大のピースがいまや手の内にある。サンジャイは、はからずも答えをくれたのだ。

「ねえ、今夜はショーがあるの？」

「ないよ。どうして？」

「よかった。キャシディを殺した犯人を捕まえるのに、あなたの助けが必要なの」

46

「あの鴉（からす）、わたしたちを見てるみたい」テンペストは〈密室図書館〉の本棚の上にとまっている黒い鳥の剝製（はくせい）に向かって片眉をあげた。サンジャイと別れたあと、アイヴィに会いにここへまっすぐ車を飛ばしてきていた。

「たしかにヴァルデミアは不気味だね」アイヴィは鴉を見あげて鼻にしわを寄せた。「あの子のセンサーがあたしたちを見張ってて、前を通り過ぎるとカァって鳴くんだよ」

「ほんとに？」

アイヴィは肩をすくめた。「あの子が客車の集会室にいなくてよかったよ」

「どうして鴉の名前を知ってるの？」

「いまここでアルバイトしてるの。常勤のスタッフが休みだから、週末はたいていここにいる。平日でもひまさえあれば来てるけど。だから今日はここにいなくちゃいけなくて。さっきナイト邸に一緒に行けなかった理由もこれ」

「パパはあなたがバイトしてるとは言ってなかった」

「ダリウスには言ってないから。司書になりたいなんて裏切りみたいな気がして」

「ほかにやらなきゃいけないことがあるって、このことだったんだ」

アイヴィの頬がピンク色に染まった。

「司書の学校に行きたいのなら、パパは応援するよ」

アイヴィはますます顔を赤くしたが、うれしそうにほほえんだ。「その話はあとにしよう。あたしのキャリアカウンセラーをするためにここに来たんじゃないんでしょ。ナイト邸で禁酒法時代の隠し戸棚を見つけた話はメッセージで教えてくれてもよかったのに。会って話したいことがあるんでしょ？」

「仕事に戻らなくていいの？」

「あんたが来たときに、イーニッドには昼休みをもらうって言っといた。集会室ならだれにも聞かれないよ」

アイヴィは客車を模した集会室のドアの鍵をあけ、動く風景のスイッチを入れた。「さあ、話して」

「まずは、わたしのアイデアがうまくいく理由をわかってもらわなくちゃ」

「そのアイデアをまだ聞いてないいんだけど」

「まあつきあってよ。フェル博士の密室講義では、考えうる限りの不可能犯罪が分析されてるよね。鍵のトリックも分類されてる。さらにアイヴィ・ヤングブラッドは、博士の密室講義を単純化した独自の理論を――」

「単純化じゃありません」アイヴィはうなるように言った。

「じゃあ合理化で。これでどう?」

「よろしい」

「アイヴィ・ヤングブラッドの分析法は特定の手法にもとづくものではなく、一見不可能に見える点に真相が隠れているという概念にもとづいている。たとえば、被害者が実際には死んでいた時間に生きていたように見せかける、あるいはその反対に見せかけるトリック。事故や自殺を殺人に見せかけるトリック。室内になんらかの仕掛けをするトリック。部屋の外から殺すトリック。部屋の内側から鍵がかかっていて、犯人が外に出られないかのように見せるトリック」

「ちゃんと聞いてたんだ」アイヴィはにっこりし、偽の風景が流れていくのが見える席に腰をおろした。「感心しちゃった。あんた独自の分析だね。あたしの手法じゃない。あたしの分析もフェル博士の分析もフィクションの世界では通用するだろうけど、現実の犯罪には歯が立たない。だれがキャシディを壁のなかに閉じこめたのか、あたしたちの分析じゃわからないんだよ。壁のなかに入れられたときにキャシディは生きていたのか、だれかが彼女のふりをしたのか、彼女がなんらかの仕掛けで殺されたのか、それとも人の手で殺されたのか――それとも自殺したのか、そういう問題じゃないんだよね。今週、あたしはあんたの役に立てなかった」

「役に立ってくれたよ、アイヴィ。あなたが子どものころから研究してきた理論のおかげで、わたしはここにたどり着いたの。ただ、若干の修正が必要だった――それと、実際の行動がね。考えれば考えるほど、すべての不可能犯罪はひとつの言葉に集約されると確信するようになったの。その言葉とは、〝目くらまし〟」

「それってテンペスト・ラージの密室講義？」

「そんなつもりはなかったけど、そうかもね。説明するよ。一見不可能な犯罪を可能にする方法は無数にある。ジョン・ディクスン・カーは、トリックを七種類に分類して、さらに五種類の鍵のトリックを提示した。つまり全部で十二種類。フェル博士はこれだけ多くのバリエーションを用意することで、この分類こそが決定版だ、あらゆるトリックはこのどれかに分類できると誤解させた。たしかに、フェル博士は無限のバリエーションがあると言ってる。でも、両手で数えられないくらいの項目を立てて、あらゆるトリックを網羅したリストのように思わせたわけ。そこにすべての答えが載っているかのようにね。ほんとうはそうじゃないのに。

で、あなたは大まかに五種類に分けて、より正しい方向へ進展させた。五つに絞ることで、大まかな分類だということが明確になった。アイデアを磨くための叩き台になるアイデアだよね。だけど、その五種類に共通する核心は目くらましなの。

　わたしがステージでやること――というか、やってたことも、目くらましなんだよ。観客の注意をこちらの思いどおりに操り、誘導する。細部まで計算ずくでね。実際の現象と、観客が自分の目で見たと思うものとが、複雑に作用しあうようにするの。この技術は何層にも重なったパズルを解くようなものよ、自分の五感は頼りにできないから。なにが現実で、なにが錯覚なのかを解くパズル」

「第二次世界大戦後に、パズラー・ミステリが下火になった時期があってね」アイヴィが言った。「心理学的な要素が大流行したの――フーダニットからホワイダニットへ移行した。もちろん、多くの作家がフーダニットのパズラーを書きつづけたし、この移行が起きる前から心理学的な要素を取り入れた作品を書いていた作家もたくさんいる。アガサ・クリスティなんてその両方をみごとにやってのけたよね。彼女がいまでも読まれている作家のひとりである所以(ゆえん)だよ」

「アガサは正しかった」テンペストは言った。「犯行の方法(ハウ)と同じくらい、動機(ホワイ)も重要なんだよね。そのふたつは絡み合ってる。動機は解決へ導いてくれるもうひとつの要素なんだよ。トリックだけに注目してもだめなの、わたしはそれをわかってなかった。最初は、どうやってキャシディの遺体を壁のなかに入れて不可能犯罪を成功させたのか、それがわかればすべて解決できると思ってた。でもそうじゃない。それだけじゃ足りないんだよ」

「で、あたしと話したかった理由はなんなの？」

「どうやったのかはわかったんだよね」

「キャシディの遺体をどうやって壁のなかに入れたのかわかったってこと？」

「トリックはわかった。でも証拠がない。だから、あなたの助けが必要なの」テンペストは、アイヴィに計画を語った。

47

ドアを引いて暗闇に足を踏み入れたとき、ほとんど音はしなかった。

「あたし、ここの玄関ドアが不気味な古いドアっぽくきしまないのが不満だったんだよね」アイヴィが言った。「でも、今夜はきしまなくてよかった」

あと数分で午後十時だ。〈密室図書館〉は数時間まえに閉館したが、アイヴィはテンペストのために使用許可を得ていた。まもなく助っ人も合流する予定だ。

明かりがともった瞬間、テンペストは受付デスクの脇に立っている甲冑(かっちゅう)と向かい合っていることに気づいてぎょっとした。はじめて見るわけではないけれど、夜の彼はなんだか違って見える。〝それ〟ではなく〝彼〟という言葉をとっさに思いつくほどだ。テンペストは兜のなかを覗きこんだ。だれかが入っていると思ったわけではない。だが、この一週間はあまりにもいろいろなことがあったので、なかにだれかが入っていても驚かなかったかもしれない。

客車の集会室へ歩いていけるだけの明るさはあったが、アイヴィもテンペストと同じ気持ちだったらしく、こぢんまりした図書室の照明をひとつ残らずつけた。

「ほんとうに答えがわかると思う?」アイヴィは尋ねた。

「ここで〝ありえないものを消してしまえば、残ったものがどんなにありそうもないことでも、それが回答だ〟って言うのがあなたの役目でしょ」

「『四つの署名』のシャーロック・ホームズの言葉なら、〝ありえないことをぜんぶ排除してしまえば、あとに残ったものが、どんなにありそうもないことであっても、真実にほかならない〟だよ。でも、ホームズはフェル博士じゃないからね。実際、〝残ったもの〟ってなに? それって重要?」

テンペストのスマートフォンが鳴った。うまくいきますようにと、テンペストは願った。

一時間二十分後、準備がととのった。午後十一時五十分、〈秘密の階段建築社〉の全社員が到着した。ダリウス、ロビー、ギディオン、アイヴィが集会室の細長いテーブルを囲んだ。午前零時まであと五分を遺した時点で、サンジャイもくわわった。

「時間ギリギリだね」テンペストは言った。

「なにをするのか教えてくれれば、それなりに準備をしてきたのに」サンジャイは山高帽をはじいて両手で受け止めた。「それに、午前零時きっかりにはじめるんじゃないのか?」

「その必要はないの。全員そろったから、さっそくはじめるね」

サンジャイは空いている席に座ってうなずいた。

「今週はいろいろ不可解なことが起きたけれど、せんじつめればすべて目くらましなの」テンペストはテーブルから一冊のペーパーバックを取り、全員の目が自分の目からその本へ移るのを待った。この図書室から借りたものではなく、〈フィドル弾きの阿房宮〉から持ってきたシェイクスピアの『テンペスト』だ。

「サンジャイ以外のここにいる全員が、キャシディの遺体がキャルヴィン・ナイトの屋敷で壁のなかから発見されたときに、現場にいたのよね。みんなそれぞれ知っていることが異なるから、なぜ今夜みんなに集まってもらったのか説明するにあたって、まずは三つの重要な疑問を簡単にまとめるね。ひとつ目、ほんとうならキャシディではなくわたしが死ぬはずだったのか？　なにしろキャシディはわたしのドッペルゲンガーと言われてたからね。彼女はそのことを利用して、わたしのショーを妨害した。さらに、わたしは五代にわたって呪われている家系の人間だし」

ダリウスは顔を手でこすった。テンペストは父親を目顔で制し、話をつづけた。「ふたつ目、これはほんとうに不可能犯罪なのか？　どういうわけかキャシディの遺体は百年のあいだ一度もあけられたことのない壁のなかに閉じこめられていた――おっと、せいぜい五十年くらいか、壁板は石膏ボードだったんだから。それでも、キャシディを壁のなかに入れるのは不可能だったはず。三つ目、今週〈フィドル弾きの阿房宮〉で幽霊が目撃され、幽霊の音楽が聞こえた。

何者かが幽霊のふりをしているのか？　そうでなければ、やはり呪いなのかと考えざるをえない」

「そして」ギディオンが言った。「おれたちはなぜ真夜中に図書館へ呼び出されたのか？」

「みんなに集まってもらったのは」テンペストは本の折れた背を指でなぞった。「こういうことをやってるのがだれかわかったからなの。それを証明するために――」テンペストは両手で本を包んだ。ふたたび手をひらいたとき、『テンペスト』は影も形もなかった。「――わたしが消えるのを手伝ってもらうためよ」

48

テンペストは、あっけにとられている顔から顔へ視線を移した。「犯人を捕まえるにはわたしが消える必要があるの」

全員がいっせいにしゃべりだした。

「とんでもない」ダリウスが叱りつけるように言った。

ギディオンがうなずいた。「犯人と同じやり方で仕返しをするつもりか？」

アイヴィはピンクのダウンベストのファスナーをあげて顔の下半分を隠した。「あんたが帰ってきたらややこしいことに巻きこまれるだろうと思ってたけど、さすがにこれは予想してなかったわ」

「やめたほうがいい、くるりちゃん。おれは抜ける」ロビーは立ちあがり、ドアへ向かった。ちょっと頭をさげて出入口をくぐり、集会室の外へ出ていった。

「みんなが手伝ってくれようがくれまいが、わたしはやるよ」テンペストは言った。「ただ、手伝ってくれたほうがうまくいくけどね」

ダリウスは顔をこすった。「だれを捕まえるんだ？」

テンペストは深呼吸した。「それは言えない」

「は。なに言ってんの。信じられない」アイヴィの声はひとこと発するたびに大きくなった。

ダリウスは両手で頭を抱えてため息をついた。「おれたちにどうしろと言うんだ？」

鴉の鋭い鳴き声がして、その場のだれもがはっと口を閉じた。ロビーが図書室を突っ切ったので、センサーが反応したのだ。

テンペストははじかれたように立ちあがり、ロビーを追いかけた。彼はゴシック小説のセクションのあたりを歩いていた。テンペストは、鴉の黒曜石のような目に一挙手一投足を見張られているような気がした。「あなたがいないと成功しないの」

「そんなことはない――」

「ねえ、この音はあなたが立ててるの？」テンペストはすっと目を細くしてロビーを見つめた。

「音？」

トクン、ドクン、トクン、ドクン。かすかな鼓動の音がする。

「あなたも聞こえる？」テンペストは、ロビーが不安そうにうなずくのを見てほっとした。

「よかった、幻聴じゃなかった」

「どこから聞こえるんだろう？」ロビーはさっと振り向いた。壁に駆け寄り、耳を当てた。

テンペストはロビーから少し離れた、煉瓦でふさがれた扉を模した壁を指さした。「そこよ」

みんなに見守られながら、テンペストはそろそろとそちらへ近づいた。

カーの作品のなかでも物議を醸した短編「死への扉」にもちなんで、アイヴィはそのドアを〝無への扉〟と呼んでいた。

煉瓦に触れると冷たくざらついていた。「本物じゃない」テンペストはささやいた。「本物の心臓の音が、壁越しにあんな遠くまで聞こえるわけがない」

「『告げ口心臓』だね」アイヴィはそばの本棚からエドガー・アラン・ポオの薄い本を取り出した。「殺人犯は罪の意識のせいで心臓の鼓動の音が聞こえたと思いこむの」

トクン、ドクン、トクン、ドクン。

「でも、みんなに聞こえてるぞ」ギディオンの声は、壁のむこうから聞こえてくる規則的な鼓動の音より低かった。「それに、だんだん大きくなっていく。おれはきみの一族が呪われてるなんて信じてなかったんだ、テンペスト。でもいまは――」

「幽霊が――幽霊だかなんだかわからないのが、わたしのもとへ来たのはこれがはじめてじゃないの」テンペストの声はギディオンと同じくらい小さかった。「呪いがわたしを捕まえにきた。呪いが――」

「呪いなんかにおれの娘を奪われてたまるものか」ダリウスがうなるように言った。

ダリウスが煉瓦の壁を拳で叩きはじめ、アイヴィとロビーは跳びあがった。テンペストはうわべこそ落ち着いていたが、心臓は壁のなかの音と同じくらい激しく鼓動していた。ギディオンは意外なほどたくましい両腕でダリウスを壁から引き離した。ダリウスの指から血が流れている。

「壁を破るならもっといい方法を考えないと」ギディオンは言った。

「もう考えた」サンジャイがつかつかと部屋に入ってきた。みんなは彼がいなくなっていたことに気づいていなかったようだった。サンジャイは年季の入った大きな医療鞄のようなものを抱えていた。サンジャイがピックアップトラックの前部座席の陰につねに隠してあるマジック用品の鞄だ。

サンジャイはダリウスとギディオンの前に割りこみ、無への扉の前にひざまずいた。心臓の音がどんどん大きくなっていく。鞄のファスナーをあける音が、規則的なトクン、ドクン、トクン、ドクンという音にかき消されていった。

サンジャイはガーゼの包帯をダリウスに放り、ダリウスは怪我をしていない左手で受け取った。「備えあれば憂いなしですから」次にサンジャイが鞄から取り出したのは短剣だった。

アイヴィが息を呑んだ。

サンジャイは目だけで天を仰いだ。「ぼくは人殺しじゃないよ。これで煉瓦を抜き出せるだろ。あの、はずせるよね？」と、〈秘密の階段建築社〉の面々を見やった。

アイヴィがまた息を呑んだ。「図書室を壊す前に、イーニッドに許可を取らなくちゃまずいよ」

「時間がない」サンジャイは煉瓦のあいだの漆喰（しっくい）にナイフの切っ先を入れた。

「アイヴィの言うとおりだ」ダリウスは包帯を巻いている右手から目を離さずに言った。手を握ったりひらいたりしてうめいた。「イーニッドはこの上に住んでるんだ」

「それを忘れてたな」ロビーはまだうろうろしていた。ゴシック小説の棚から離れ、現代の密室ミステリの棚の前にいた。そのあたりは心臓の音からいちばん遠かった。「こんなにうるさいのによく眠れるな」

「眠れないわよ」数日前にテンペストが会った司書が、〝部外者以外立入禁止〟という札のついた白いドアをあけて入ってきた。今夜はマットな赤い口紅と一九四〇年代風の服ではなく、褐色の長い髪を頭頂部でポニーテールにし、紫色のパジャマを着ている。足下はつま先の覗くパンプスではなく、つま先に兎の顔がついた白いふわふわのスリッパだ。それなのに、腰に両手を当てて立っている彼女は、先日と変わらず威厳があった。

「それ、なんの音なの？」彼女はつづけた。

トクン、トクン、トクン、ドクン。

「『告げ口心臓』、かな？」アイヴィが答えた。

イーニッドは眉をひそめた。「アイヴィ、閉館後に集会室を使ってもいいとは言ったけど、まさか殺人ミステリ・パーティをやるつもりだとは思わなかったわ。わたしを誘ってくれなかったなんてひどいじゃないの」にんまりと笑う。「もうひとり参加者が増えてもいい？　着替えてくるわ」

アイヴィは唇を嚙んだ。サンジャイが口を挟んだ。「パーティじゃありません。一族の呪いがテンペストに迫ってきてるんです、というか、ぼくたちを手玉に取っていた殺人犯が。この煉瓦の壁を壊して、なかを調べさせてください」

トクン、ドクン、トクン、ドクン。

イーニッドはまばたきし、口もきけないようすでサンジャイののばした腕をまじまじと見つめた。その腕はあいかわらず短剣を握っている。目を見ひらき、両手をぎゅっと握り合わせた。

「素敵！」

「あの、イーニッド？」アイヴィは司書の腕に触れた。「ほんとに壊すんですけど」

「じゃあ壊しましょう。短剣しかないの？　たしか木槌ならどこかにあるんだけど」

「みんな正気か？」ロビーが声をあげた。「なにが出てくるかわかったもんじゃないだろ」

「だからあける必要があるんじゃないの」イーニッドは兎のスリッパできびきびと歩いてきて、サンジャイから短剣を取りあげた。「まあ、うるさい音ねえ」

トクン、ドクン、トクン、ドクン。

「やっぱり」イーニッドがつづけた。「木槌のほうがいいわ」

「時短にはなりますね」ギディオンが言った。「あまり壁に優しくないけど」

サンジャイは大きな鞄のなかを漁った。「つるはし、要る？」

「なんでつるはしなんか持ってるの？」テンペストは尋ねた。「つるはしを使うなんて、どんなイリュージョンよ？」

サンジャイはギディオンにつるはしを渡した。ギディオンは顔をしかめ、つるはしで壁を殴りつけた。テンペストは、拳を手当てしている父親の隣に立っていた。アイヴィとイーニッドは少し離れて見守った。ロビーはあいかわらずかぶりを振りながらうろうろしている。

ギディオンの手からつるはしが落ち。鼓動と同じくらい大きな音が響いた。穴はせいぜい三十センチ四方しかあいていない。

トクン、ドクン、トクン、ドクン。

テンペストは駆け寄り、壁のなかを覗きこんだ。いまや音は耳を聾(ろう)するほどうるさい。「いやだ。やだやだやだやだ！」

「またか」ギディオンがつぶやいた。

「なんなんだよ？」ロビーが語気を強めた。

「自分の目で見たら」

テンペストは脇に退(しりぞ)き、みんなに場所をあけた。奥行き三十センチほどの空間に、袋に入った死体が横たわっていた。

見紛いようがなかった。長い褐色の髪が袋の口からはみ出ている。壁にあいた穴から漏れ出た金臭(かなくさ)いにおいが室内にたちこめた。懐中電灯で穴のなかを照らすと、においのもとがはっきりした。髪の根元に赤黒い血がべっとりとついていた。

49

「通してくれ」ダリウスはギディオンを押しのけ、やみくもに煉瓦を壊しはじめた。

サンジャイはダリウスの肩に手をかけたが、振り払われた。「警察を呼んだほうがいいんじゃないですか？」

トクン、ドクン、トクン、ドクン。

「まだ生きてるかもしれない」ダリウスにそう言われて、テンペストは身震いした。

「ああなんてことだ」ロビーがつぶやいた。

最後の一撃で、迷彩柄のキャンバス地の袋が転がり出てきた。ダリウスは両腕で受け止めたものの、包帯を巻いた手を死体の重みに直撃された。

声にならない祈りの言葉を唱えているかのように、ダリウスの唇が動いた。かぶりを振る。

「死んでいる」

鼓動の音がやんだ。

七秒間、だれもが無言のままたがいの顔を見つめて待ったが、鼓動の音は二度と聞こえなかった。

「みんな、集会室に行ってくれ」ダリウスは死体をそっと床に置いた。「早く。テンペスト、おまえもだ。もう詮索するのはやめろ。またおまえが狙われたのかもしれない」

ダリウスは集会室に入る前にスマートフォンを耳に当てた。「死体を見つけたんだ」電話口で言い、自分の名前とここの住所を告げた。

電話を切ったあと、ほかのみんなのほうを振り向いた。「さすがに新たな死人が出たとなるとおごとらしい。すぐに来てくれるそうだ」

「ねえ」アイヴィが小声で言った。「イーニッドは?」

「吐きに行ったんだろう」ロビーこそ吐きそうな顔をしている。

アイヴィはかぶりを振った。「壁を崩したときにはもういなかった」

サンジャイが急に立ちあがり、みんなに引き留められる前に集会室を出ていった。パンジャブ語の悪態が彼の唇から漏れた。

「胃の弱い人はこっちに来ないほうがいい」

「どうして?」テンペストはサンジャイを押しのけた。

「壁から出てきた遺体は、たったいまぼくらが会ったばかりの、この小さな図書館を運営している司書さんだからだ」

テンペストのルビーレッドのスニーカーが遺体の三十センチ手前で止まった。袋のようすが先ほどと違っていた。軍の放出品の袋の口が大きくひらかれている。まるで中身の遺体が這い出ようとしていたかのように。

紫色のパジャマを着たイーニッドの死体は、床にうつ伏せになっていた。後頭部がへこみ、血にまみれている。右腕は床を引っ掻くようにのびている。だが、後頭部の傷からして、ダリウスの言ったとおりだ――彼女はどう見ても死んでいる。

トクン、ドクン、トクン、ドクン。

また鼓動の音が聞こえてきた。

「こんなことがあるなんて」ロビーががっくりと膝をついた。

「たしかに、ありえないことのように見えるね」サンジャイが言った。

ロビーはたくさんのポケットのひとつからハンカチを取り出して目をふき、みんなを見あげた。「どうしてそんなに落ち着いていられるんだ？」

「みんな、聞こえないのか？」ロビーはしわがれた声をあげた。

あなたの仕業よ、という声だけが聞こえた。

あなたがわたしを殺したのよ、ロビー・ローナン。

「やめろ」ロビーはささやいた。立ちあがろうとしたものの、尻餅をついた。「テンペスト、聞こえないのか？」

「なにが？　大丈夫、ロビー？」

ロビーは本棚にぶつかった。クレイトン・ロースンの『天井の足跡』が床に落ちた。

トクン、ドクン、トクン、ドクン。

「やめてくれ！」ロビーは叫んだ。

トクン、ドクン、トクン、ドクン。

「こんなことありえない！」ロビーは両手で耳をふさいだ。

テンペストはロビーのそばへ行き、耳をふさいでいる両手をおろさせた。「わたしに言いたいことがあるんでしょう、ロビーおじさん？」

彼の目はイーニッドの死体に釘付けになっていた。テンペストは彼の視線を追った。「かわまり、爪が床をガリッと引っ掻いた。

いそうなイーニッド」

その言葉が合図になったかのように、イーニッドののばした手がわななきはじめた。指が丸まり、爪が床をガリッと引っ掻いた。

ロビーは震えだした。「ありえない。どうしてこんな……みんな、どうして平気な顔で見てるんだ？」

「そんなに怖い顔をしないで、ロビー」テンペストは言った。「これが現実じゃないのはわかってるよね。壁のなかにキャシディを見つけたときみたいに。これはあのときあなたがやったことでしょう？」

ロビーは、のたくるイーニッドの死体から悲しげなテンペストの顔へ目を転じた。「ごめんよ、くるりちゃん。ほんとうにすまない。もうだめだ。こんなことになるとは思ってなかったんだ。嘘じゃない」

「ロビーおじさん、あなたは偉大なイリュージョニストになれたかもしれないね。あなたがどうやったのか、わたしにはなかなかわからなかった。確かめるために、パパと友達に手伝ってもらったの」テンペストは話しながら声が詰まりそうになった。人を頼ったのは久しぶりだった。人を信じてもいいのだと感じたのも。

「ねえ、もう起きてもいい？」死体が起きあがった。

50

「消えるためにおれたちをここに集めたって、あれは悪ふざけだったのか？」ロビーは客車の集会室で細長いテーブルの端の席に座っていたが、手首はサンジャイのマジック道具の鞄に入っていた亜鉛メッキ鋼の手錠でテーブルの脚につながれていた。一同は、まさに容疑者を見る目で彼を見おろした。

「というか、罠ね」テンペストはテーブルの反対側に立っていた。ダリウスが右、イーニッドが左にいる。イーニッドは絞ったタオルで後頭部をふいていた。偽の血がついたかつらをかぶっていたのだが、一部が髪に染みこんでいた。

「どうやったんだ？」ロビーの声はしわがれていた。

「あなたはもうわかってるんじゃないかな」とテンペスト。

「テンペストはおまえがどうやったか突き止めたんだ」ダリウスは威嚇するように長年のあいだ信頼してきた男を見おろした。包帯をはずした手は、イーニッドの頭より簡単に偽の血を洗い流すことができたので、きれいなものだった。

テンペストは、ダリウスがいまにもロビーに飛びかかるのではないかと思い、肩をしっかりとつかんだ。ダリウスはその手を握り、うなずいて話をつづけるように促した。

「そもそもナイト邸の壁のなかに死体はなかったのよね。みんなが言ったとおり、あの壁は何十年も前から一切いじられていない。怪しいものはなかった。秘密の通路もない。偽の壁板もない。最初にみんなが見たのは、死体のようななにかだった。あれはマネキンだったの。仕立屋とお針子が住んでいたあの屋敷の、あの古い棚にしまわれていたマネキン」

今夜のイリュージョンに使った婦人服用のワイヤートルソーが、いまギディオンとロビーのあいだに置かれ、アイヴィとサンジャイと向かい合っていた。ギディオンはできるだけトルソーから離れようとして、ダリウスと体がくっつきそうになっていた。それくらいトルソーは不気味に見えた。

「あたしのせいだよ」アイヴィが言った。「死体みたいなものがあるって言ったのはあたし」

「でも、紛らわしいものが出てきた状況をとっさに利用して、目くらましを仕掛けて本物の死体にすり替えたのはロビーだからね」

テンペストとアイヴィはそろってロビーにガンを飛ばした。ロビーはうなだれ、両手にはまった手錠を見つめた。

「どうやったのか、いまだにわからないよ」ギディオンはさらにトルソーから離れようとして、ダリウスの肘にぶつかった。「あの日、おれはあそこにいた。一部始終を見ていたんだ。観察力には自信がある。でも、どうやってキャシディを袋に入れたのかいまだにわからない。きみを信頼しているから、この計画にも乗った。イーニッドは生きているんで、自分でトルソーを出して自分で袋にもぐりこめたけど、キャシディは死んでたんだよな」

「目くらましだよ」サンジャイは客車の集会室に戻ってきてはじめて口をひらいた。山高帽を両手でくるくるとまわし、宙に放り投げた。ロビーを含めてみんなが振り返り、山高帽が低い天井をかすめてふたたびサンジャイの頭に着地するのを見た、「そうだろう、テンペスト？ あれ、テンペスト？ ねえ、テンペストはどこへ行った？」

一同はそろってテーブルの反対端を振り向いた——が、テンペストの姿はなかった。

サンジャイが笑い声をあげた。「つい我慢できなくてね」

ダリウスがうなり声をあげたので、テンペストは予定より早く集会室のドアから顔を突っこんだ。外でこっそり耳を澄ましていたのだ。

「複雑な小道具はかならずしも必要ではないことを示したかったの。心理学とタイミングを組み合わせればこと足りる。もっと早く気づくべきだったし、ロビーを疑ってはいたけれど、目くらましって何度も何度も練習しないと成功しないと思いこんでた。でも、今回はなにしろ気が利くとみんなが認める人物だからね。ロビーは〈秘海の階段建築社〉でだれよりも頭の回転が速い。想定外の問題が起きたら、ロビーはものの数分で——ときには数秒で解決策を考えてくれる。みんなご存じのとおりね。あのベストからなんでも出てくるし」今日のロビーは作業ベストを着ていなかった。着ていれば、テーブルに手錠でつなぐ前に脱がせただろう。

「まさか、キャシディをベストのポケットに隠したとか言わないでくれよ」ギディオンが身震いした。

「そんなわけないでしょ。そうじゃなくて、あなたがあの壁を壊そうとしたとき、ちゃんとした道具を持ってきたほうがいいと言いだしたのはだれか、思い出して」

アイヴィはひたいをぴしゃりと叩いた。

「ロビーだよね」テンペストはつづけた。「道具を取りに行くのを口実に、トラックに戻ったの」

ギディオンはうめいた。

「トラックには、キャシディの遺体が積みこまれていた」テンペストは言った。「そうでしょう、ロビー?」

ロビーはテンペストから目をそらしたまま、小さくうなずいた。

「ロビーのピックアップトラックには、いつも便利なものがぎゅうぎゅうに積んである。死体の処理方法を考えるあいだ、一時的な隠し場所にうってつけでしょ。万一、荷台に死体をのせているのが見つかっても、言い逃れできる。鍵がかかってるわけじゃないし、閉じた空間ですらないから。でも、いまわたしが言ったことは憶測に過ぎない。確実にわかってるのは、ロビーはキャシディの遺体を道具袋に入れただけじゃないということ——遺体の髪を切ったの」

ロビーはテンペストの顔を見あげたが、なにも言わなかった。悲しみと賞賛の感情が入り混じった目をしていた。

テンペストは長い黒髪を指に巻きつけた。「髪を切ったのは、壁から袋を出したときに袋の口から覗かせるためだった。最初はロビーも袋になにが入っているのか知らなかったけど、みんなと同じように、死体みたいだと言ったアイヴィに同調した。そのあと、もっと大きな道具が必要だと言ったのはロビーだし、袋が転がり出るように電動鋸で壁を切り取ったのもロビーだよね——ほんとうならもっと慎重にやるはずだと、わたしでもわかるよ——そして、転がり出てきた袋のすぐそばにいたのもロビーだった。ロビーは袋の口をあけるふりをして、切り落としたキャシディの髪を袋の口に突っこんだ——ベストに入っていた輪ゴムかなにかで、前もって縛っておいたんだろうね——これで、いかにも死体の髪の毛が覗いているように見えた。わたしたちは、そのときには死体が入っているとすっかり信じきってしまって、パパが責任者としてみんなに外に出るように指示して、警察に通報した。パパが通報しなければ、ロビーがしたはず。わたしたちをパントリーから出す必要があったから」

ギディオンは悪態をついた。「そのあとのことは覚えてるぞ。ロビーは道具袋を証拠として警察に持っていかれないように、パントリーからトラックに戻さなくちゃと言ったんだ」

テンペストはうなずいた。「そのときに遺体とすり替えたの。ロビーがパントリーに持ちこんだのは、壁を壊すのに必要な道具が入っているはずの重そうな袋だった——でも、実際に入っているのは電動鋸一本とキャシディの遺体だった。そのあと持ち出したのは、仕立屋のマネキンが入っていた袋だった」

ロビーは手錠をいじるのをやめ、テンペストの顔を見あげた。話しはじめた彼の声はしわがれ、弱々しかった。「やってるあいだは、まるで現実じゃないような気分だった。言い訳にもならないとわかってるが、ほんとうなんだ。おれはいつも頭を働かせている。問題が起きれば、なにかしら切り抜ける方法を考える。それがたったひとつの取り柄なんだ。だから、アイヴィが壁のなかに死体みたいなものがあるって言ったときに、おれの頭のその部分にスイッチが入った。ごめんな、テンペスト。ほんとうに悪かった。こんなことになるとは思ってなかったんだ」

「どうして殺したの？　それがわからなくて、ずっと考えてたの。あなたはキャシディに一度しか会ったことがないはずだよね。ラスヴェガスにショーを観に来てくれたときに、楽屋で一度だけ会わせたきり。でも何年も前のことで、ほんの五分ほどだったでしょう」

「それが問題なんだ」ロビーは言った。「おれは殺してない」

51

「ほんとうにおれは殺してないんだ」ロビーはすがるようにテンペストを見た。「はめられたんだよ。突然、家に死体を置いていかれて、わけがわからなくて死体を動かしちまった。ばかなことをしたよ、わかってる……アイザックのことなんか、あいつが逮捕されるまで思い出しもしなかった。ラスヴェガスへ行ったとき、楽屋でキャシディとアイザックに会った。あいつはおれのことを覚えてたんだろうな、うちの前に死体を捨てていったんだから」

「おまえのしたことのせいで、だれかがおれの娘を殺そうとしてるとみんな心配したんだぞ」ダリウスはどなった。「なんてことをしてくれたんだ」

ロビーは身をすくめた。この一時間で体が縮んでしまったように見えた。この場から消えてしまいたいと思っているかのようだ。「考えなしでした。とっさにやっちまったんです。問題が起きたときはいつもそうなんです」

「キャルヴィンとジャスティンのことは考えたのか?」ダリウスはテーブルの上に大きな体を乗り出した。「おまえは黒人のシングルファーザーの家に女性の遺体を隠したんだぞ」

「そこまで考えてなかったんです! とにかく怖かった、はめられたとわかってたから」

「十五年間、おれはおまえをうちの社員ってだけじゃなく友達だと思っていたが、いまはそう思えない」ダリウスは体を引き、かぶりを振った。歯を食いしばり、悔しそうにつづけた。「遺体を見つけたときに、ほかにやりようがあっただろうに、とんでもない間違いを犯したな」

ギディオンは目を丸くしてダリウスを見た。「まさか、殺してないなんて言葉を信じてないですよね?」

「信じてないよ」テンペストは言った。「だって、ロビーは幽霊役もやってたんだから」

アイヴィが息を吞んだ。ダリウスは悪態をついた。ロビーは黙っていた。

イーニッドが立ちあがった。「飲みものがほしい人は?」すべるようにテーブルを離れ、客車の奥にあるバーカウンターに入って戸棚の鍵をあけ、四分の三ほど残っているアイリッシュウィスキーのボトルを掲げた。みんなうなずいたが、テンペストは頭をはっきりさせておきたかったのでやめておいた。ショーの前にアルコールは口にしない。まさにいまはショーの真っ最中だ。みんなの前で物語を語り、ロビーから話を引き出さなければならない。

「あなたはだめよ」イーニッドは手錠をかけられたロビーを傲然と見おろした。テーブルのまわりに座っているほかのみんなに小さなグラスを配った。ギディオンは不安そうにマネキンのようすをうかがいつつグラスを受け取った。イーニッドは笑顔でダリウスにグラスを渡したが、彼の顔を見つめる時間がやや長すぎた。三十歳から六十歳までの独身女性がダリウスをそんなふうに見るのを、テンペストは幾度となく目撃していた。ダリウスが結婚指輪をいまだにはずさないのは、女性を遠ざけるためだ。だが、あまり役に立っていない。

「アイヴィ」テンペストは目を閉じ、数日前のことを思い出したが、もはや遠い昔のことのように感じた。「キャシディの遺体が発見された日、あなたとロビーはマリン郡へ仕事に行ったよね。子どもがなにか壊して、修理しなくちゃいけなかったとかで」

「そうだよ」

「その前に……」テンペストはその日を思い返した。「わたしはあなたの家に行って、アイザックは犯人じゃないと思うって話をした。あのときはまだ、キャシディが殺されたのは一族の呪いのせいで、わたしの身代わりにされたんじゃないかと思ってた」

「覚えてるよ」

「その話をロビーにした?」

「午後はずっと一緒にいたからね。もちろん――」アイヴィは言葉を切り、両手で頭を抱えた。

「あたし、またしてもロビーに都合のいい情報を渡しちゃったんだ」

「ロビーはアイザックが犯人じゃないことは知っていた。だってキャシディを殺したのは自分だから。いずれ捜査が進めばアイザックの容疑が晴れるのはわかっていたから、状況をさらに混乱させせなければならなかった。アイザックの容疑が晴れたら、わたしと一族の呪いに疑いの目が向けられるようにね。そう仕向ければ、だれもロビーには注意を払わない。ロビーのしたことでいちばんひどいのはそれよ。わたしの母が幽霊になって戻ってきたように思わせて苦しめたんだから」

「ごめん」ロビーは小さな声で言った。「自分がどんなにひどいことをしているのかわかってた。だから、二度目は映像を使わなかった。音楽だけにした」

テンペストはまばたきして涙をこらえた。あれはなんらかのトリックだとわかっていても、頭のどこかではほんとうに母親が戻ってきたのだと信じていたかったのだ。

「いわゆるペッパーズ・ゴースト?」サンジャイがロビーに尋ねた。

テンペストは苦笑した。サンジャイの言葉でわれに返った。

ロビーがぽかんとロビーを見た。「ペッパーってだれだ?」

「あの有名なイリュージョンの技法は手間がかかるよ」テンペストは言った。「ロビーひとりじゃできない。しかも、わたしの部屋の窓の外にセッティングするのは無理だね。とにかくわたしを驚かせるだけで目的はじゅうぶん果たせる。だからトリック自体はあきれるほど単純なものだったけど、心理作戦を使ったの。幽霊がはじめて現れたときは、母がフィドルを弾いている映像を投影しただけ。わたしが子どものころ、母は〈阿房宮〉のパーティでいつもフィドルを惹いてた。わたしは幽霊が現れるなんて思ってもいなかったから、稚拙なイリュージョンに引っかかった。寝室のドアから映像が映っていたオークの木までは距離があるしね。そのあとは、大がかりな映像を使うのをやめて、音楽だけを流すことにした」

テンペストは立ち止まり、小型スピーカーと小型マイクを手のひらにのせて掲げた。「〈フィドル弾きの阿房宮〉に自由に出入りできる人は数少ないけど、あなたはそのひとり。これがあったのはわたしの部屋じゃない。あなたもわたしの部屋には入れないし。これは読書室の天井近くにある〝魔女の隠れ家〟に仕掛けてあった。だから、久しぶりにあそこにのぼったとき、だれかが最近入った形跡が残ってたのね」

ダリウスは喉の奥でうなり声をあげ、立ちあがりかけた。テンペストは彼の肩に手を置いて制した。「パパ、もうちょっと待って。ロビーがなぜこんなことをしたのか、動機を知りたいの」

「おれは自分がやったことをほんとうに後悔してる」ロビーは言った。「でも、殺したのはおれじゃない」

「嘘。やめて。アイザックが無実なのはわかってるの。わたしは彼に会って――」

「やっぱりそうか」ダリウスは手で顔をこすり、苦笑混じりのうなり声を漏らした。「おとといの晩、おまえはドライヴに行くと言ってラスヴェガスへ行ったんだな」

「話せば止められると思ったから」

「電話をくれたときはどこにいたんだ？」

「バーストウだったかな」

「いったいなんの——」

サンジャイが咳払いをした。「いまはテンペストのステージじゃなかったっけ」

「もうすぐ終わるから」テンペストはロビーに向きなおり、穏やかに話しかけた。「ロビーおじさん。何度言えばいいの？」目を閉じて三つ数えた。ロビーをどなりつけたところで、求めている決定的な答えは返ってこない。

「まだひとつだけパズルのピースが残ってるの」テンペストは気持ちが落ち着いてから話を再開した。「わたしのチャームブレスレットのこと。ひどい幽霊作戦でわたしの目をくらませたのはわかったけど、ブレスレットを盗んだ理由がわからないの。それも、なぜ〈ヴェジー・マジック〉で？　わたしはこの町に帰ってきたんだから、いつだって簡単に盗めたはずだよ。キャシディを殺したのは、ブレスレットのレプリカがほしかったから？　わたしが違いに気づかないと本気で思ってたの？　それに、プラスチックのレプリカでも鍵が作れるとは思わなかった？」

ロビーはわけのわからなそうな顔になった。

テンペストは指先で鍵をつまんで掲げた。「これがなんの鍵か知ってるの？」

ロビーはますます混乱したような顔つきになったが、四秒後、完全に表情をなくした。

テンペストは数日前に幻のフィドルの音を聞いたときと同じ、冷たい恐怖が忍び寄ってくるのを感じた。その恐怖が背中に達し、背筋がぞくりとした。ロビーはなにかに気づいたのだ。あるいは、なんらかの決断をくだしたのか。

「なぜキャシディ・スパロウのことで人生を台無しにするの？」テンペストはささやいた。

「白状するよ」ロビーはささやき返した。「おれが彼女を殺した」

ダリウスはスマートフォンを耳に当てた。「今度こそほんとうに警察を呼ぶぞ」電話がつながると、彼は集会室から図書室に出ていった。

テーブルを囲んでいる人々は、気まずそうに視線をかわしたりグラスを見つめたりしていた。ギディオンは最後にもう一度、隣のマネキンを横目でちらりと見てから、ダリウスのあとを追った。

「なぜ？」テンペストはテーブルのむかいにいるロビーに問いかけた。「なぜキャシディを殺さなければならなかったの？」

ロビーは客車の窓を見つめていた。いま窓の外には美しい海岸線の偽の風景が流れている。荒々しい波が打ち寄せる岩場が通り過ぎていく。

「おじさんは子どもたちも危険にさらしたんだよ」テンペストはつづけた。「ジャスティンとナタリーを」

ロビーはかぶりを振り、テンペストの目を見据えた。「あれは子どもたちの空想だ。あの夜の幽霊はおれじゃない。自分が許してもらえないことをしでかしたのはわかってるが、子どもに危害をくわえたことはない。現に、きみたちと一緒にふたりを捜したじゃないか」

「ふたりがいなくなったあとにね」

ロビーはかぶりを振りつづけた。「その前からずっと一緒にいただろう、思い出してくれ。

子どもたちがまだキッチンにいたとき、おれはきみとデッキにいた」

「パーティをしたの？」サンジャイが尋ねた。

「あなたがショーをやってる時間帯にね」テンペストはサンジャイに振り向きもせず答えた。ロビーから目をそらせない。彼の後悔に満ちた表情にだまされないためにも、自分の感情を信用してはいけないのはわかっている。彼にやっと白状させたのに、なにかが大きく間違っていると感じるのはなぜだろう？　タイミングだ。ロビーはほんとうのことを言っている。あの夜、彼が幽霊に化けられたはずがない。別の人物が関係している。

52

「なんか変なんだよね」テンペストは寝室の上にある尖塔の小部屋で、鍵を指でつまんでくるくるまわしながら、マジシャンのポスターの前をうろうろと歩きまわった。

警察はロビーを拘束した。ロビーは弁護士を呼ぶ権利を放棄し、すべて自分がやったと自供した。サンジャイは念のため〈密室図書館〉の会話の一部始終を録音していたが、ロビーが自供したので音声データが必要になることはなさそうだった。カリフォルニア州の個人情報保護法は許可なく録音することを禁じているから、かえってよかったと言える。

ダリウスは、早起きしてアッシュとモーに話すと約束し、午前二時過ぎに床についた。

いま、尖塔の部屋にはテンペストのほかにサンジャイとギディオンとアイヴィがいた。先ほど母屋のキッチンを漁ったが、収穫は少なかった。尖塔の部屋に持ってくることができたのは、トルティーヤチップスとワカモレのディップだけだった。

ギディオンはあくびをした。サンジャイは山高帽を両手でまわしながらギディオンをぎろりとにらんだ。

「悪い」ギディオンはぶるりとかぶりを振った。「夜更かしは苦手なんだ。それにこのビーンバッグチェアの座り心地がよすぎるもんだから」

「あたしもテンペストと同じ意見」アイヴィが言った。「なんか変だよ」

ギディオンはふかふかのビーンバッグチェアから体を起こし、魔術師ニコデマスのポスターの下に飾られたテンペストの古い写真のコラージュに目を凝らした。「子どものころからロビーを知ってたのか？」

「十一歳のときからね」テンペストは窓の外に目をやった。夜の闇は濃く、静まりかえっている。

「あたしは十六歳のときからロビーと一緒に働いてる」アイヴィがつけたした。「ダリウスの会社でアルバイトをはじめたときからね。当時はロビーに片思いしてたんだ」アイヴィは顔を赤らめたが、恥ずかしいからなのか、それとも怒りなのかは、傍目にはわからなかった。「あたしだけの冒険野郎マクガイバーだと思ってた。しょっちゅうへんてこな小物を作ってくれて、あのころあたしは家族のことで悩んでたんだけど、ロビーのおかげで気が紛れた。いまでもロビーがあんなことをしたなんて信じられないよ」

「われらがアガサ・クリスティやジョン・ディクスン・カーの作品から、いちばん怪しくない人物こそが犯人だと教わったんじゃないの？」テンペストは額装されたコラージュを壁からはずし、ロビーのおどけた笑顔をコツコツと叩いた。

「ロビーより怪しくない人物もいるよ」アイヴィは言った。

テンペストは額縁が壊れるのを気にもせず放り捨てた。「ロビーが幽霊になりすまして、キャシディの遺体で不可能犯罪を仕組んだ張本人だってことは間違いない。でも、わたしに薬を盛ってブレスレットを盗んで、キャシディを殺したのは？　ロビーは当てはまらない」

「なに言ってんの、当てはまるよ」アイヴィはテンペストをとがめるように見た。「ロビーは二枚舌の裏切り者だよ――」

「こらこら、喧嘩しない」サンジャイはふたりのあいだに割って入り、テンペストの手から鍵を取った。「やっぱりこの鍵が鍵なんだな」

「鍵だけに」アイヴィはくすくす笑った。

テンペストはため息をついた。「どうしてくれるの、サンジャイ。アイヴィが壊れちゃったじゃない」

アイヴィはピンクのダウンベストのファスナーを閉め、顔の下半分を隠した。「あんたたちの頭も壊れてるんじゃないの？　今週ほど変なことがつづいたのって、生まれてこのかたはじめてだよ。もう午前三時になるのに起きてるし、テンペストはずっと幽霊に取り憑かれてたし、信頼できる友達がただでさえ少ないのに、そのうちひとりが人殺しを白状したし、テンペストのお母さんの形見の鍵の謎は残ってるし」

サンジャイは言った。「まだあるよ、テンペストは死んだって噂がSNSで広まって、テンペストは呪いが自分を捕まえにきたんじゃないかと怖がって、不気味な超大ファンが実家の近くに現れた」

「別に、なにもかも並べるつもりはなかったし」アイヴィは口をとがらせた。

「ロビーはなぜ自白したのかな?」テンペストはつぶやいた。

「きみがすごかったからだよ。なにもかも解明したじゃないか。それでロビーは――」

「なにもかもじゃないよ。密室の謎を解いて、ラージ家の呪いは偶然のできごとがつづいたに過ぎないという事実を示しただけ。キャシディの遺体をあの家に運びこんで発見されるように仕組んだのはロビーだし、わたしがアイザックは犯人じゃないと考えてるのを知って、幽霊を見せたのもロビーだった。ただ、パーティの夜の幽霊はロビーじゃない。人殺しは認めても、どうして最後の一度だけは幽霊になりすましたことを認めないの?」

「あの夜は、あたしの姪っ子とジャスティンを危険にさらしたからだよ」アイヴィが言った。

「大人を殺すのと、子どもに危害をくわえるのとでは、ぜんぜん違うでしょ」

「それよりも、ロビーがなぜキャシディを殺して、わたしから本物のチャームブレスレットの鍵を奪わなければならなかったのか、さっぱりわからないのが問題」

「その鍵も目くらまし(レッド・ヘリング)かもよ」アイヴィが指摘した。「たんなる心のこもった贈りものでしょ、お母さんとマジックへの愛を共有してたこととか、お母さんがあんたならフーディーニみたいにどんな錠前でもあける鍵になれるって言ってたことを忘れないようにっていう」

「だったら、なぜロビーは盗んだの？」テンペストは鍵を窓のほうへかざした。「個人的にはロビーが人殺しだなんて思いたくないよ、でも感情だけで判断しちゃいけない。ロビーおじさんだから犯人じゃないって考えるのはだめだってわかってる。だけど論理的に考えてみても、ロビーがわたしのブレスレットを盗む道理がない――それも、あんなやり方で。だから、なにか見逃してる気がするし、ロビーの最初の告白は信じるべきだという気がする――遺体を動かしただけだっていう告白を」

「下にコーヒーメーカーがあったよな」ギディオンが言った。「話をつづけるなら、コーヒーを淹れてこようか？」

「ひとりでここまで戻ってこられないよ。秘密の鍵をあける方法を知らなければ、わたしの部屋にもこの尖塔にもあがれない」

「ぼくが一緒に行くよ」サンジャイが申し出た。「そうすれば、見張れるからね」

ふたりは壁のむこうのはしご並みに急な階段をおりていった。ギディオンが「あんたに訊きたいと思ってたんだ。テンペストが〈ヴェジー・マジック〉で客のカップルとテーブルを消したんだけど、あれはどうやって……」と話している声が聞こえた。つづきは聞こえなくなったが、サンジャイが種明かしをしないのはわかっていた。

「あたしもあんたと同じ考えなの」アイヴィが言った。「ロビーが人殺しだとは思えない。だけど、感情だけで判断してるってはっきりと言い切れる。あんたがこの町を離れたあと、ロビーにはほんとうに助けられたから。ロビーは子どものころ、家族とうまくいってなかったんだって。出ていったお父さんに対する怒りが強かったみたい」

「そうだった、忘れてたな」テンペストは言った。

「それでもお父さんのことを思い出して、会いたがってた。あたしも、自分が小さかったころの父親のことは恋しいよ。人生が思いどおりに行かなくなって、あたしたちに八つ当たりするようになる前の父親がね。こういうのは理屈じゃないんだよ。ロビーが人殺しだなんて思いたくない。絶対にいやだ」

「ロビーが犯罪を隠蔽して、わたしを不安に陥れたのは事実よ。だけど、急に殺人を認めたのはどうしてだろう？　殺人に関しては証拠がないし、筋の通った仮説も立てられない。わたしがアイザックは犯人じゃないと言ったら、ロビーは突然白状した……」

アイヴィはますますダウンベストのなかに首を引っこめた。

「なにかに気づいたんだね」

アイヴィはベストからひょっこりと顔を出した。

「ロビーはだれかをかばってる。そしてだれをかばってるのか、あなたが教えてくれた」

53

テンペストは飛ぶように階段をおり、アイヴィもそのすぐあとにつづいた。ふたりはキッチンで急停止した。だれもいない。サンジャイとギディオンがいない。

「あのふたり、コーヒーを淹れてくるって言ってなかった？」アイヴィはささやいた。

「言ってた」テンペストは袋からこぼれていたコーヒー豆を拾った。

アイヴィがさっと両手で口を押さえた。

テンペストがダリウス（とバット）を呼びに行こうとしたとき、別の部屋からかすかな声が聞こえてきた。

「そりゃまずいよ」ギディオンがぼそぼそと言った。

「これよりましな考えはあるのか？」サンジャイが小声で返した。

テンペストとアイヴィは、ふたりをリビングルームで見つけた。部屋は暗く、ふたりは窓の外を覗いている。

「ちょっと、あんたたちのせいで死ぬほどびっくりしたんだからね」アイヴィは明かりをつけた。

サンジャイが二秒で飛んできて明かりを消した。「ちょっと意外なことが起きてる」

アイヴィはまた両手で口を押さえた。「だれかいるの？」

「聞いて」テンペストは鋭くささやいた。かすかなクラクションの音がする。いや、ブザーの音だ。「フェンスのブザーが鳴ってる。パパはもっと大きな音がするものに取り替えるって言ってたのに」眠っていたら気づかなかっただろう。テンペストはサイドテーブルの上のブロンズのランプの蓋を持ちあげた。仕掛けが作動し、秘密のコートクローゼットの扉がスライドした。テンペストは赤いジャケットを取り出してはおった。

「おっと、なにをしてるんだ、テンペスト?」サンジャイはすばやくテンペストの行く手をさえぎった。

「うわっ、あれ見て!」テンペストは目を見ひらき、側面の窓を指さした。

サンジャイたちがそちらへ駆け寄った隙に、テンペストは玄関から抜け出した。背後でサンジャイがうめいている。「ぼくとしたことがあんな手に引っかかるなんて」

夜の空気は自分の吐息が見えるほど冷たかった。テンペストは足音を忍ばせて石畳の小道を歩いていった。外に出るとブザーの音が小さいながらもはっきりと聞こえるようになった。訪問者はだんだんじれったくなってきたようだ。

ギディオンが最初に追いついた。「こんなことやめるんだ」

テンペストは足を止め、ギディオンにほほえみかけた。「わたしが殺人犯と対決するつもりだと思ってるのに、ついてくるの? 勇ましいね、ギディオン・トレス」

暗闇のなか、彼の表情はよく見えなかった。

サンジャイとアイヴィが追いついたときには、テンペストは視界の先にあるゲートではなく、工房へ向かっていた。引き戸の鍵をあけてなかに入り、敷地のおもて側にある物置へ歩いていった。

「潜望鏡ね」アイヴィがうなずいた。「まだ使えるかな?」

「それを試すのよ」

「潜望鏡があるの?」サンジャイは不思議そうに工房のなかを見まわした。

「話せば長くなるの」テンペストは両手をあげ、作業台の上にぶらさがっている色とりどりの塩化ビニールの管の取っ手を引っ張った。

「アートだと思ってた」

「機能的なアートよ」テンペストはファインダーを覗き、くるりと振り向いた。半ブロック先の街灯がゲートの前にいる人物を照らしている。テンペストは満足そうにうなずいた。

「見える?」アイヴィが尋ねた。

「驚いてはいないようだな」ギディオンが言った。

「ええ、驚いてない」テンペストは潜望鏡を脇に押しやった。「アイヴィのおかげで、ロビーがだれをかばってるのかわかったから、こっちから当人に会いにいくつもりだったの。でもその必要がなくなった。正面ゲートにリーアム・ローナンが来てる」

アイヴィは、出口へ向かいかけたテンペストを引き留めた。「ロビーの弟が犯人なの? 出てっちゃだめだよ」

「大丈夫、武器は持ってない」テンペストはアイヴィをなだめた。「それを確かめたかったの」

「アイヴィの言うとおりだよ」サンジャイが言った。「銃を隠し持ってるかもしれない」

「キャシディは銃で殺されたんじゃない。ポケットに棍棒を持ってるとしても、四対一だからね。それに、フェンスの外で辛抱強く待ってるでしょ。頼りないブザーをえんえん押さなくても、その気になればフェンスなんか簡単に乗り越えられるのに。危害をくわえに来たとは思えない」

「じゃあ、なにをしに来たんだ？」ギディオンは低い声でつぶやいたが、全員がはたと動きを止めて考えこんだ。

「それを確かめようってわけよ」テンペストは工房の引き戸をあけた。

「ぼくはいつまでつきあうつもりなんだ？」サンジャイはぼやきながら、ゲートへ向かった三人のあとを追った。

リーアムはブザーを押すのをやめ、どうすべきか迷っているかのように、ゲートの前を行ったり来たりしていた。茶色のレザージャケットが右肩からずり落ち、左足のスニーカーの紐がほどけていた。彼は近づいてくる四人に気づき、あわててあとずさった拍子に靴紐を踏んづけそうになった。すぐさま体勢を立てなおし、ゲートに駆け寄ってバーをつかんだ。

「警察は無実の人間を逮捕したんだ」リーアムはフェンス越しに訴えた。「兄貴は犯人じゃない」

「ロビーから電話がかかってきたの？」テンペストは尋ねた。

リーアムは指先が白くなるほど強くバーを握りしめた。「兄貴からの電話が録音されてた。とにかく兄貴はそのことを心配してるみたいなんだけど、言ってることが謎かけみたいでわけがわからなかった」暗くてだれもいない通りを不安そうに見まわした。「なかに入って話してもいいか？」

「普通は人殺しを〈フィドル弾きの阿房宮〉には入れないんだけど」

リーアムはゲートで感電したかのようにぎょっとした。「おれが――?」激しくかぶりを振った。「違う、誤解だ」

ギディオンが前に出た。「上着を脱げ」

「な、なんでだよ?」リーアムはしどろもどろに言った。

「人殺しではない、テンペストに危害をくわえる意図もないというのなら、上着をあずかっても平気なはずだ。それから、武器を持ってないか身体検査させてもらうぞ」ギディオンの声は表面上は普段と変わらず穏やかで落ち着いていたが、わずかに震えているのがテンペストには聞き取れた。

リーアムはつかのまためらったが、レザージャケットを脱いでゲート越しに放り投げた。サンジャイがそれを受け取った。さらにリーアムはチノパンツのポケットを引っ張り出した。薄い財布とスマートフォンと、つぶれたガムのパックしか入っていなかった。

サンジャイはうなずいた。「上着にも武器は入ってない。なかに入れて身体検査をしても大丈夫だ。ゲートをあけてもいいよ」

テンペストがゲートをあけると、リーアムはなかへ入ってきた――とたんに、サンジャイが彼の右手首に手錠をかけた。リーアムが不意をつかれて一瞬ぽかんとした隙に、サンジャイは彼をくるりとまわし、背中の後ろで左手と右手を手錠でつないだ。

「おい!」リーアムは抗議した。「こっちから来てやったのになんだよ。それにあんた、何者だ?」

「これは失礼」サンジャイは山高帽をちょっと持ちあげた。「ぼくはザ・ヒンディー・フーディーニ、以後お見知りおきを。おっと、きみはテンペストと話したいんだろ。手錠ははずせないよ、このまま話してくれ」

「おみごと」アイヴィがつぶやいた。「あたしたちTSTLじゃなそうだね」

サンジャイは怪訝(けげん)そうにアイヴィを見た。

「ばかすぎて死ぬ(トゥー・ステューピッド・トゥー・リヴ)ことはないって意味よ」テンペストは説明した。「手錠を持ってきたのはいい判断ね」

「なんで手錠なんか持ってるんだよ」リーアムは両手をもぞもぞと動かした。

サンジャイが手錠をぐいと引いた。「どこへ連れていこうか?」

「工房へ」テンペストは即答した。

「こんなの拉致(らち)じゃねえかよ」リーアムは叫んだ。

テンペストは片眉をあげてリーアムにガンを飛ばした。「いますぐ警察を呼んでもいいんだよ」

リーアムは静かになった。

「では工房へ」テンペストは先頭に立って歩きだした。

「あんた、あくびが止まったね」テンペストとサンジャイとリーアムの後ろで、アイヴィはギディオンに声をひそめて言った。

「ポット一杯のコーヒーより殺人犯を捕まえる興奮のほうが眠気には効くと覚えておくよ」

54

サンジャイは工房のアイヴィのコーナーへリーアムを連れていき、床にボルトで固定された金属の作業台に手錠でつないだ。椅子をすすめたが、リーアムは断った。作業台は高さがあるので、屈まずに立っていることはできる。リーアムにできないのは、その場から逃げることだけだった。

「こんなひどい扱いを我慢してるのは、あんたらが兄貴を助けてくれると信じてるからだぞ」リーアムはがちゃがちゃと手錠を引っ張ったが、本気で腹を立てている感じではなかった。

「自首すれば、自力でお兄さんを助けられるよ」サンジャイは、リーアムがマジックさながらに手錠抜けをするのではないかと心配しているかのように、テーブルの反対側の端から彼の動きを見張っていた。

「おれが殺したんなら、あんたらを頼るわけがないだろう?」リーアムは手錠を揺すり、高い天井を見あげた。「ロビーが自白したのは、おれがやったと思いこんでるからだ。勘違いした理由は見当がつくけど、ロビーはしゃべってくれないから、おれの考えが当たってるかどうかはわからない」

「なぜ警察じゃなくてあたしたちに相談するの?」アイヴィは腕組みをし、ロビーを険しい目わたしのほうがわかってないのかもしれない、という目で見つめた。

リーアムはテンペストから視線をそらさずに答えた。「あるものについては、テンペストのほうが警察よりよく知ってるはずだから」

「ブレスレットね」テンペストは、母親の形見のブレスレットが五年間巻かれていた手首に触れた。「この前会ったときにブレスレットの話をしたら、あなたはなんだかようすがおかしくなった。パズルの最後のピースについてなにか知ってるのね。なぜわたしのブレスレットが盗まれたのか知ってる？」

リーアムはごくりと唾を飲みこんだ。テンペストはリーアムから目を離すことができなかった。「一週間ちょっと前にキャシディから電話がかかってきた」

隣でだれかが息を呑んだが、テンペストはリーアムから目を離すことができなかった。

「キャシディを知ってたの？」

リーアムは肩をすくめた。「親しいわけじゃない。二年前、あんたの楽屋で会った。おれに気があるようなそぶりだった。連絡先を交換して、その週末にデートしたけど、そのあとは話もしてない。ところが先週、あんたの住所を知りたいと電話をかけてきたんだ。あんたがヴェガスを離れる前にあるものを盗んでいったから、取り戻したいと言ってた」

「わたしがなにを盗んだって？」

「最初は教えてくれなかった。新しい電話番号じゃなくて住所を知りたがるあたり、なにか怪しいと思った」

「自分で調べられなかったのかな?」サンジャイは尋ねた。

テンペストはかぶりを振った。「わたしは父とは違う姓を名乗ってるからね。この家の名義は父の本名のダリウス・メンデスになってるけど、キャシディは父の名前を知らなかった。わたしは必要以上に個人情報を漏らしたくないから、そうしてる」

「おれがあんたの住所をなかなか教えなかったから、キャシディはまた電話をかけてきて、なにを盗まれたのか教えてくれた。あんたはヴェガスを離れる前に、キャシディのブレスレットと自分のブレスレットをすり替えたって言うんだ。自分はブレスレットのチャームのなかに相続した遺産を隠していた、あんたはそれを知って盗んだ、と」

「まったくあべこべの話を聞かされたんだね」アイヴィが割って入った。「ブレスレットは、テンペストの二十一歳の誕生日のためにお母さんが作ったんだよ」

「キャシディは、テンペストはその物語も自分から盗んだ、自分をステージ・ダブルにしたのは、秘密を漏らさないように監視するためだったと言ってた」

「そんなのばかげてる!」テンペストは叫んだ。

リーアムは肩をすくめるような動きをした。「どっちを信じればいいのか、そのときのおれにわかるわけがないだろ? キャシディは、助けてくれたらブレスレットに埋めこんだ貴重なルビーをひとつくれるって言ったし。ブレスレットを取り戻しにこっちへ来るって言うから、もし泊まる場所が必要ならっておれの住所も教えた。だけど、結局は現れなかった。殺されたと聞いて、その理由がわかったよ」

「キャシディから連絡があったことを警察には黙ってたの？」

リーアムはつながれていないほうの手をあげた。「殺されたニュースと同時に、ボーイフレンドが逮捕されたことも聞いたから。おれとは関係ない」

「チャームのなかにルビーを隠していた？」サンジャイが尋ねた。「だからきみはブレスレットが盗まれたときにあんなに動揺したのか？　貸金庫にあずければよかったのに——」

「ルビーなんか隠してない」テンペストはぴしゃりとさえぎった。「その話は次のショーのために書いた台本。契約上、二年たったらショーの内容を更新することになってたの。新しい物語が書けなかったから、ショーは一年延長されたけど、マネージャーのウィンストンには新しいものを書くように急かされてた。物語あってのショーなの、だからわたしもおもしろい続編を書こうと努力した。そして思いついたのが、あなたの友達のジャヤが見つけたルビーの話に触発されたものだった。八個のチャームのうち四個は、全体が銀ではなく銀メッキならなかにルビーが隠されていてもおかしくない大きさだから、宝石が隠されたチャームブレスレットの物語を考えたの。母はあのブレスレットはわたしへの遺産だと言ってたし……」テンペストはうめいた。「キャシディは実話だと思ってたんだ？」

リーアムはうなずいた。「だろうな。キャシディがその台本を読むことはできたのか？　あんたが読ませたのか？」

テンペストはまたうめいた。「読ませてない。でもノートが何冊かなくなったの。まだ荷解きが終わってないから、どこかに紛れこんでるんだろうと思ってた。もし劇場に置き忘れたのなら、キャシディが読んだかもしれないね。大急ぎで荷物をまとめたから、忘れたものもあったかも」

頭がずきずきと痛んだ。疲労と怒りが押し寄せてきて、まともに考えられなかった。あのときはとにかく一刻も早くヴェガスを去りたかった。忘れたものはないか、確認しようともしなかった。アイヴィが言ったとおり、逃げ出したのだ。

「つまり、キャシディはブレスレットにルビーが埋めこまれていると思いこんで、盗もうとしたってわけ?」アイヴィが言った。「でも、ブレスレットが盗まれたのは、キャシディがとっくに死んだあとだよね」

「どうやら兄貴はおれがキャシディと組んでたと思いこんでる」リーアムは手を拳に握り、手錠をがちゃがちゃと揺らした。「きっと、キャシディから送られてきたメッセージを見たんだ――おれのスマホを覗き見するくらいやりかねない。おれを早く自立させたくて、いろいろお節介を焼いてたから。おれが人を殺すなんて、どうしてそんなひどい勘違いをするんだ? たしかに年が離れてるから一緒に育ったわけじゃないけど、あんまりじゃないか? どうしてそんな思いこみを――」

「リーアム」テンペストはさえぎった。「ロビーはどこで遺体を見つけたのか聞いてない?」

リーアムはかぶりを振った。

「キャシディはあなたの家にいたのよ。ていうか、ロビーの家だけど、あなたはロビーの家に住んでるから、わたしの言いたいことはわかるよね」

リーアムは悪態をついた。「あの日、兄貴のようすが変だったのはそのせいか。いきなりアショクに料理を教えてもらったらどうかとか言いだして。おれはてっきり、人の死体を見たせいだと思ってた――だれだってショックを受けるよ。そのあと、自分がついてるからおまえはなにも心配するなって言われたときも、おれと同じ年頃のだれかが殺されたから感情的になってるんだろうと思ったんだ。でも、じつはおれがキャシディを殺したと本気で信じてたんだな?」リーアムはまた手錠を金属の作業台の脚にぶつけた。

「ロビーは愚かだけど」テンペストは言った。「あなたをほんとうに愛してるから、あなたを守るためなら一生を刑務所で送ってもいいと思ってるんだね」

「もうこれをはずしてくれないか?」リーアムは手首をこすった。「キャシディとボーイフレンドがルビー入りのブレスレットだと思いこんで盗もうとしたことは、いまの話でわかっただろ。警察がアイザックを逮捕したのは正しかったんじゃないのか? 兄貴は一時の気の迷いで嘘の自供をしたことにすればいい」

テンペストはかぶりを振った。「ブレスレットが盗まれたときには、アイザックは拘置所に入ってた。殺人犯はまだ野放しのまま……」テンペストはリーアムの顔を見た瞬間、息を止めた。兄にそっくりな顔。この夏、彼の新しいアルバイト先で何度か見た顔。「カフェでわたしに薬を盛って、ブレスレットを盗んだのはあなたね!」

「違う」リーアムは口ごもり、あとずさった。

「こんな下手くそなポーカーフェイスは見たことないな」サンジャイが言った。

「あのライオンの口のなかに手を突っこんでやったら、もっと話したくなるかもな」ギディオンが低い声で言い、石のライオンのほうへ首を傾けた。ライオンの顎が動かないことは、テンペストは承知している。

リーアムがよろめいた勢いで重いテーブルがガタンと跳ね、コンクリートの床をこすって耳障りな音を立てた。「あんたらおかしいよ！　あんなの薬を盛ったうちに入らねえよ！　ドラッグストアで買える睡眠薬だぞ。違法でもなんでもない。ぜんぜん危険なやつじゃないのに」

テンペストは低く言った。「じゃあ、ブレスレットの鍵がなにをあけるものか知らないんだ」

「鍵ってなんだよ？　あの小さい鍵のチャームのことか？　あれには手をつけてないぞ。あんなに小さかったらルビーが入ってるわけがない」

まさか。まさか、そんな。「ほかのチャームは壊したの？　ルビーを探して？」

リーアムはうなだれて床を見つめた。テーブルを動かすほど強く手錠を引っ張ったせいで、手首は赤く腫れていた。「全部じゃない」弱々しく答えた。「全部は壊してない」

「パーティの夜の幽霊もあなただったんだ！」

「ロビーかと思ってた」サンジャイが口を挟んだ。

テンペストはかぶりを振った。「ロビーはフィドル弾きの幽霊をでっちあげたけど、パーティの夜はだれかがシーツをかぶって、子どもたちにお化けの格好をした人がゲームをしてると思わせた」リーアムに向きなおる。「シーツをかぶってツリーハウスと母屋を行き来して、ほかにブレスレットがないか探したんでしょう？」

リーアムはうなずいた。「あいつらがゲームだと勘違いするとは思わなかった。勝手に抜け出すなんて予想外だった。おれはただ、手に入れたブレスレットがステージ用の小道具だったのなら、あんたの部屋に本物のルビーのブレスレットがあるはずだと思ったんだ。結局、部屋には行けなかったけど。子どもがいなくなったって大声が聞こえて、すぐに走って戻ったから」

リーアムがブレスレットを盗んだのは、鍵として使うためではなかったのだ。チャームブレスレットにこめられた遺産がなんであれ、いつまでたってもたどり着けそうになかった。

55

リーアムをどうするか決めるのに三十分話し合ったあげく、ひとまず自宅へ送り、テンペストにブレスレットの残骸を返させることになった。そのあと警察署へ連れていき、テンペストがブレスレットの被害届を出し、リーアムに取り調べを受けさせるという流れだ。

彼がキャシディに会っていないというのは嘘だった可能性もあるが、ブレスレットを盗んだことを責められたときの反応から、嘘ではなさそうだとテンペストは考えた。ということは、殺人犯はまだ捕まっていない。ロビーとリーアムがすべて包み隠さずに供述してくれれば、まもなく犯人が逮捕されるかもしれない。

テンペスト、アイヴィ、サンジャイ、ギディオンの四人が警察署を出たとき、空は黒からオレンジ色に変わっていた。一睡もしないまま、夜が明けてしまった。

〈フィドル弾きの阿房宮〉に帰ってきたテンペストは、アブラカダブラのようすを見に行った。〈秘密の砦〉と傾いた文字で書かれた札を見て、テンペストはほほえんだ。なかに入ると、灰色のふわふわの兎は干し草の山のなかで心地よさそうに丸まっていた。薄い右耳が目を隠している。

「長いあいだほったらかしにしてごめんね。ゆうべはこの前みたいに脱走しなかったんだね」

アブラカダブラは体を起こし、テンペストに向かって鼻をひくひくさせて、そっけなく尻尾を向けた。テンペストは、嫌われてしまったかと思いかけたが、彼は干し草をむしゃむしゃと食べはじめていた。いままで眠っていたのだろう。なにしろやっと夜が明けたばかりだ。いつもはこんなに朝早くからアブラカダブラに会いにきたりしない。

「兎小屋を作ったらちゃんとしたあなた用のドアをつけてあげるね。安全な遊び場にしなくちゃ」ケージの扉を見やり、テンペストは眉をひそめた。この一週間はあまりにも忙しすぎて、アブラカダブラが脱走したあともケージをろくに観察していなかった。ケージの鍵は、ラスヴェガスからここへ移動するあいだに壊れたのだろうと思っていたけれど、もしかしたら別の原因があったのでは？

徹夜明けでぼんやりしはじめていたのが、急に眠気が覚めて、疲れが吹き飛んだ。キャシディが殺された晩、だれかがアブラカダブラをケージから出したのだ。

アブラカダブラは脱走した翌朝、黒い布の切れ端をくわえていた。さらに、ギディオンがやはり同じ布の切れ端をケージのなかに見つけた。アブラカダブラは番犬ならぬ番兎だ。知らない人間にケージから出されて、腹を立てたに違いない。

「キャシディはわたしに会いに来たんじゃなかったんだ」テンペストはアブラカダブラにささやきかけた。「家に忍びこんで、ブレスレットを盗むつもりだったのね。侵入する方法を探していて、ケージの鍵形の取っ手を見つけた。わたしたち家族が変わった鍵を使うことは知っていたから、取っ手が鍵かもしれないと考えた。だから、取っ手を折り取ったんでしょう」

あの夜、キャシディを殺した犯人もその場にいたかもしれない。キャシディはここ、〈フィドル弾きの阿房宮〉で殺されたのかもしれない。

そのぞっとするような可能性について、じっくり考えるひまはなかった。背後で落ち葉を踏む重たげな足音がしたからだ。

「もう起きていたのか、びっくりだな」足音と声の主はダリウスだった。

ダリウスが〈秘密の砦〉の未完のドアから入ってきたとたん、テンペストはほっと体の力を抜いた。「徹夜したの」目をこする。

「一緒にツリーハウスへ行こう。もう明かりがついてるから、おじいちゃんとおばあちゃんと話をしてから、少し眠るといい」

「うん……パパたちが寝たあと、いろいろ進展があったの」

ダリウスは顔をこすった。「なんだって——いや、あれから進展があったなんてどういうことだ」

「ふたりともコーヒーが必要だよ。アッシュおじいちゃんとモーおばあちゃんと一緒に話を聞いて」

一時間後、テンペストは居心地のよいツリーハウスの朝食コーナーで、二杯目のジャガリー・コーヒーを飲みながら話を終えた。

アッシュはテンペストに、野生のブルーベリーのジャムをのせたアッパムの皿を差し出した。

「まったく、おまえは年寄りに心臓発作を起こさせる気かね?」

挽いた米とココナッツミルクとジャガリーの生地をスキレットで焼いた南インドの朝食は、疲れた感覚にシンフォニーのように響いた。薄いライスパンケーキのふわりとした食感、脂肪分たっぷりのココナッツミルクの贅沢なコク、ジャガリーのほのかな甘さ。そこにブルーベリーのジャムがくわわると? 最高だ。ジャムはモーのレシピで、野生のブルーベリーを摘んでいた子ども時代から作っているものだ。テンペストは、話をはじめたときにアッシュが燃料を入れなくちゃと言ってくれたことに感謝した。

アッシュはコンロの前に戻り、朝食コーナーを振り返りつつ、モーにリクエストされたベイクトビーンズをかき混ぜた。この豆料理は、モーが子どものころからほっとしたいときに食べるものだった。キッチンはなつかしい雰囲気に満たされた。ダリウスは甘い朝食用シリアルをひとつかみ口に入れた。

「あの兄弟はふたりともいい青年に見えたがな」アッシュが言った。

「ロビーの首を絞めてやらなくちゃ」モーがつけくわえた。テンペストの知る限り、ガウン姿でこれほど上品に見える人物はほかにいない。シルク地のあざやかなロイヤルブルーは、まるでモーの絵から取り出したようだ。

テンペストはクリーム色のライスパンケーキを残らず口に詰めこんでしまう前にフォークを置いた。「捜査を攪乱（かくらん）した罪で服役することになるだろうね」

モーは舌を鳴らした。「当然よ」

アッシュはダリウスの手からシリアルの箱を奪い取り、アッパムとベイクトビーンズを盛った皿を渡した。モーにはトマトソースを多めにベイクトビーンズを盛ったボウルに、三角形のバタートーストを二枚添えて出した。

「お義父さんも座って」ダリウスは言った。

アッシュはうなずき、自分の皿を用意して朝食コーナーに戻ってきた。両手を組んで木のテーブルに肘をつき、料理に手をつけようとしなかった。

「テンペストの話を聞く限り、リーアムが殺人を犯したとは思えないな」アッシュは言った。「殺人と昏酔強盗は別物だ。テンペストのステージ・ダブルを殺したのがだれなのか、やはりわからない」

「その鍵がなにをあけるものなのかもわからないわ」モーがつけくわえた。「エマがわたしの海の絵に鍵を描き足した理由もね。あの子はあなたになにを見つけさせたかったのかしら？」

食事をはじめようとしていたアッシュが、いきなり立ちあがってキッチンを出ていった。十五秒後に戻ってきた彼は、皿を押しやり、ローロデックスをテーブルに置いた。タミル語で数を数えながら名刺をめくり——いまでも数を数えるときは母語が楽なのだ——目当てのものを見つけた。テンペストはその名刺を受け取った。

「私立探偵?」テンペストは名刺を返した。「私立探偵なんて必要ないよ。どうして私立探偵と知り合いになったの? まさかこの人もおじいちゃんのカルダモンクッキーのファンだったりして」

アッシュは喉を鳴らして笑った。「ベイエリア高速鉄道(BART)の駅のエスカレーターが壊れていたときに、どう見ても肩を脱臼しているのに自転車を運ぶのを手伝ってくれたんだ。健康保険に入っていないと言うから、その場で肩をはめてやった」

テンペストは身震いした。「肩を脱臼するような私立探偵は必要ないってば」

ダリウスが名刺を取った。「いや、必要かもしれん。年長者を助けるだけじゃなくて腕っ節に覚えのある男なら、事件が解決するまでテンペストの護衛を頼めるんじゃないか」

アッシュがうなずいたので、テンペストはふたりに向かって片眉をあげてみせた。「護衛なんていらない。必要なのは、キャシディ・スパロウの遺体をロビーの家に置いていったのはだれなのか突き止めることよ」

「そのとおり」とダリウス。「おまえの生活圏に殺人犯がいるんだぞ。おれは心配でしょうがない。心当たりに連絡して、うちの周辺の警備を強化してもらおうと思ってるんだ」

「私立探偵を雇う余裕なんかないでしょ」

「そんなことはない。よその建築会社は普通の現場をたくさん抱えてるから、手伝いに行けばいいんだ。家を抵当に入れて金を借りてもいい」

家を抵当に入れるなどもってのほかだ――家族みんなの家を。

「まだ朝の六時だもの。人に電話をかけるには早すぎる。もう少し時間をちょうだい」

「なんのために？」モーがテンペストの癖っ毛を顔の後ろへ払った。

「事件を解決するの」

56

三時間。

一睡もしていないのに、善意の家族によって軟禁される前に三時間で事件を解決しなければならない。

キャシディは高価なものと勘違いしていたブレスレットを盗もうとして、そのために殺された可能性が高い。テンペストは、キャシディの動機と行動についてわかっていることを思い返した。

キャシディは、当然手に入れてしかるべきものを手に入れる方法を思いついたつもりだった――自分勝手なテンペストのショーを奪い取る方法を。テンペストに負けないくらい才能があると自負していたから。そこで、テンペストになりすましてショーで花火を使うための材料を買った。

新シーズン初日の夜、妨害工作は計画どおりに成功したが、そのあとはうまくいかなかった。計画の前半こそ順調に進み、テンペストは事故の責任を負わされてラスヴェガスから追放された。契約と資金援助は打ち切られた。多額の借金を返すために、住まいも貯金も失った。

一方でキャシディは、自分がショーを引き継ぐと申し出た。それほど簡単なことではないとはわからずに。テンペストより才能があるとアイザックに吹きこまれ、すっかりその気になっていたのだ。

自分を過小評価していたテンペストに仕返しすることはできたものの、計画が中途半端に終わってしまい、キャシディは腹を立てた。スターになれなかったどころか、仕事もなくなった。そこへ持ってきて、アイザックに暴力をふるわれたに違いない。キャシディがショーを引き継ぐ計画が失敗して、彼は逆上したのではないだろうか。

切羽詰まったキャシディは、テンペストのブレスレットを奪うことにした。リーアムによれば、キャシディはブレスレットに宝石が隠されていると思いこんでいた。テンペストがどこに住んでいるのか、知っていそうな人々に連絡を取りはじめた。そしてリーアムがキャシディにテンペストの住所を教え、自分の家に泊めてやると申し出た。キャシディはカリフォルニアへ車を走らせてきた。靴跡とアブラカダブラが食いちぎった服の切れ端によって、彼女が〈フィドル弾きの阿房宮〉へ来たことが証明されている。さらに、母屋に侵入しようとしたことを示す証拠も見つかった。

以上が、テンペスト自身が見たもの、アイザックから聞いたこと、アイザックの車に残っていたキャシディの血痕から導き出せる事実だ。

もし自分がキャシディだったら、母屋に侵入できず、アブラカダブラに嚙みつかれたあと、なにをしていただろう?

考えるためにカフェインが必要だ。家にいては父親や祖父母に世話を焼かれて気が散るだろうから、アイヴィに電話をかけて〈ヴェジー・マジック〉で会うことにした。

カフェに到着すると、開店したばかりだった。好きな席に座っていいと言われたので、窓際の席でアイヴィを待った。

三分後、アイヴィはテンペストのむかいに座り、ウェイターが注文を取りにきた。

「テイクアウトでお願いします」テンペストは言った。「わたしはダブルのアメリカーノ。うん、トリプルで」

「あたしも」アイヴィが言った。

ウェイターは注文を通しに立ち去った。

「あんたに残された時間はあと二時間十二分だよ。集中しなくちゃ」

「わかってる」

「ほとんどだれもいないから、テイクアウトはやめてここで話し合ってもいいんじゃない?」

テンペストはかぶりを振った。「混みはじめたら、だれか聞き耳を立ててないか気にしないといけなくなる」

「次の場所を決めてるのなら、あたしはそこでいいよ。だけど……当てがないよね」アイヴィは唇を嚙んだ。「そうでしょ？」

「あるよ。飲みものを持って、この前の晩にジャスティンとナタリーを見つけた丘に行こうと思ってるの」

「事件現場に戻るってわけね」

「テイクアウトのコーヒーなんてどこでも買えるのに、〈ヴェジー・マジック〉に来たのもそのためなの。リーアムに睡眠薬を盛られた夜のことを何度も思い返した。あの夜はほかにもなにか引っかかることがあった……ただ、あのときはひどく疲れていたから、なにも思い出せないんだよね」

　ウェイターが飲みものを運んできた。テンペストは、一枚だけ残しておいたクレジットカードを渡した。カードを返されたときに、ウェイターのすべすべした指とテンペストの指が軽く触れ合った。

　パズルの最後のピースだ。

　テンペストは顔をあげ、ウェイターと目を合わせた。「プレストン？」

　彼はほほえんだ。テンペストの見慣れた内気な笑みではなかった。その得意げな笑顔は、テンペストが知っているつもりだった男と同一人物のものには見えなかった。

「どこに？」アイヴィはさっと振り向き、にわかに混んできた店内を見まわした。あわてて立ちあがったせいで椅子がひっくり返り、プレストンに隙を与えた。彼はあっというまに入口から出ていった。

「あのウェイターを追いかけて！」テンペストは、あっけにとられているアイヴィにどなった。

57

テンペストは歩道で一瞬立ち止まり、プレストンが通りのむかい側にあるパブと文房具店に挟まれた路地に駆けこむのを見た。

二台の車のクラクションを無視し、一台のバンパーをかろうじてよけ、通りを渡って走った。並んだ商店の裏には配達用の細い道路があった。ビールの樽をおろしている男のほかに人影はなく、テンペストはプレストンを見失ったかもしれないと思った。そのとき、道路の先で動くものがあった。プレストンだ。

彼はまた角を曲がって姿を消したが、テンペストはそのあとを追い、丘の頂上へつづく曲がりくねった道に出た。数台の車が通り過ぎ、ふたりの歩行者が反対側の歩道をのんびり歩いていたが、そのどちらもプレストンには見えなかった。アイヴィの姿はどこにもないが、待っている余裕はない。

小石を踏む音が聞こえた。ハイキングコースの上のほうをだれかが走っている。プレストンかどうかわからないが、ジョギングをしている人にしてはペースが速い。テンペストもハイキングコースを走りだした。テイクアウトのコーヒーをカフェに置いてきてしまったが、もはや徹夜明けでもカフェインは必要ない。

やがて土と砂利の道は急な階段に切り替わった。テンペストは全力で走っていたので一段目でつまずいたが、なんとか転ばずにすんだ。この一週間は突っ走りすぎて真実が見えていなかった。五十五段目で立ち止まり、呼吸をととのえた。数段先にプレストンが立っていた。

彼は待っている。

最初から追いかけさせるつもりだったのだ。

プレストンはほほえみ、ふたたび走りだした。テンペストはしかたなくまたあとを追った。真実を知らずにはいられなかった。関係のないつながりを探してしまっていたと、いまならわかる。何重もの目くらましによって、真実が覆い隠されていた。ロビーは弟が犯人だと思いこみ、遺体を移動させ、幽霊のふりをして、警察の捜査を攪乱(かくらん)した。キャシディとリーアムはブレスレットを狙っていた。けれど、彼女が殺されたのはブレスレットのためではない。テンペストを守るためだ。

プレストンを見失ったのはせいぜい数秒だったが、追いついたのは十一分後だった。ふたりは頂上の近く、テンペストが日の出を見た場所にたどり着いた。

「ねえ」テンペストは足を止め、息を継ぎながら考えをまとめた。「わたしがここへ来たとき、物音を立てたのはあなただったんでしょう」

プレストンは、あの朝テンペストがジャックフルーツとチャツネのサンドイッチを食べた木に寄りかかった。肩をすくめて自信たっぷりに笑ったが、その表情は彼に似つかわしくなかった。

「わたしを守るためにキャシディを殺したのね」テンペストはかすれた声で言った。

「そうとも。わたしはいつだってきみを守るよ、テンペスト。あの初日の夜はぼくが最前列にいてよかったな」

あの夜、水槽からテンペストを抱きあげたなめらかな手とたくましい腕。テンペストの心臓は、のぼり坂を走ってきたせいでまだ激しく鼓動している。いまにも胸のなかで爆発しそうだ。

「ええ」

「ひとつ心残りなのは、キャシディがきみのショーをぶち壊した張本人だという証拠をつかめなかったことだ。証拠を集めるためにヴェガスに残るつもりだったが、きみがいなくなってから……どうしてもそばにいたいというわがままな欲望に負けてしまったよ」

「いまのあなたは、手品師プレストンとは……まるで別人だね」

彼は笑った。「ほんとうの腕前を見せてしまったら、人々に覚えられてしまうのでね。しがない素人マジシャンなら？　手品師プレストンは、記憶に残っても印象は薄い男だ。めったに人と目を合わせない彼の瞳の色は？　猫背の彼は、ほんとうはどのくらい上背があるのか？　言わせてもらえば、〈キャッスル〉のオーディションに落ちるのには神経を使ったよ」

「とんだ役者だね」

「そうとも。きみも役者じゃないか。わたしは役を演じていたんだよ。ザ・テンペストやザ・ヒンディー・フーディーニ、魔術師ニコデマスのようにね。われわれは似た者同士なのだよ。わたしはそのことをきみに伝えるタイミングを待っていたんだが、正直なところ今日そのときが来るとは思っていなかったな」

プレストンが一歩近づいてきて、テンペストはとっさにあとずさった。

彼はため息をついた。「きみのためにこんなに尽くしてきたのに、わたしを恐れる理由はなにひとつないとわからないのかな」

「人を殺したくせに」

「わたしはきみの命を救ったんだよ。それも二度」

「助けてもらわなくても、わたしは自力で水槽から脱出できた」そう言ったものの、心からそう信じているわけではなかった。「キャシディだってわたしを殺すつもりはなかったのよ。わたしのブレスレットがほしかっただけ」

「きみはあちこち旅しているわりには、驚くほど世間知らずだな。彼女はリーアムの睡眠薬なんかよりずっと強力な薬を大量に持ってここに来ていたんだぞ。クロロホルムだ。テレビに出てくるものより本物ははるかに有害だ。もしクロロホルムを使われていたら、きみも無事ではいられなかっただろうな」

「どうやって――」テンペストはなにを訊けばいいのかわからず、言葉を切った。どうやってキャシディを殺したのか？　どうやって彼女を見つけたのか？　キャシディがクロロホルムを持っていたことをどうして知っていたのか？

「混乱するのも無理はないよ。最初から教えてあげよう」プレストンの声さえテンペストの記憶とは違っていた。「きみがヒドゥン・クリークに帰ってきてまもなく、わたしはきみのそばにいるために〈ヴェジー・マジック〉で仕事を得た。ラヴィニアにスタンリーという偽名を告げたのは洒落（しゃれ）が効いているを思わないか？」

スタンリーの愛称はスタン――ストーカー・ファンを意味するスラングだ。

「きみがこの町に帰ってきてはじめて〈ヴェジー・マジック〉に来たとき、リーアムは無礼きわまりなかったね」彼はつづけた。「キャシディの死体をどう始末するか決めなければならなかったから、彼を利用させてもらうことにした。ところが、死体がよそで発見されたものだから驚いたね。おや、先走りすぎたかな」

「キャシディをどうやって殺したのかを飛ばしてる」

「当初は殺すつもりはなかったが、後悔はしていないよ。するわけがないだろう。さっきも言ったように、わたしがヒドゥン・クリークに来たのは、きみと離ればなれになりたくなかったからだ。わたしやこの世界からきみのショーを奪ったキャシディには腹が立っていた。殺すほどではなかったけれど。それがある晩、きみに遠くからおやすみを言いたくて、ほんの少しだけ〈フィドル弾きの阿房宮〉の外をうろついていたら、キャシディが出てきたんだ。きみの家でなにをしていたんだろう？　そう思ったわたしは、ジープであとをつけた。

もう夜も更けていたから、彼女は赤いジープがついてくることに気づいたはずだ。追跡しているうちに住宅街にたどり着いて、彼女は高いフェンスの横にある長い私道に入っていった。わたしはついていって、民家から離れた場所に車を止めた。とりあえず彼女の居場所がわかったから、きみの家に引き返して無事を確認しようと思った。そのときだ、彼女に不意を突かれたのは」彼はかぶりを振った。「普段はそこまで不注意ではないんだがね。まあ、彼女も一応はマジック業界で仕事をしていたわけだからね。不意打ちの効果をよく知っていた。わたしが状況を把握するより先に、彼女はわたしの乗っているジープに向かって〝テンペストね〟となった」

「ジープ。わたしと同じ赤いジープだ」

彼はうなずいた。「あたりは真っ暗だったから、わたしをきみと勘違いしたんだ。わたしは彼女を黙らせようと車を降りて、口をふさいだ。そのとき、彼女もわたしと同じことを考えていたのがわかった――ただし、素手ではなくクロロホルムを浸した布でわたしの口をふさごうとしていたようだ。次に起きたことは想像がつくだろう。わからない？　端的に言おう。わたしと彼女は揉み合いになった。わたしが勝った」

「一方が死ぬなんてよほどのことよ」

「わかってもらいたいんだが、そのときのわたしはキャシディがきみになにもしていないとは知らなかった。わたしはあわてていた。気がついたときには、彼女は死んでいたんだよ。殺すつもりはなかったとはいえ、殺してしまったからには死体を始末しなければならない。わたしは近所の家に明かりがついていないかどうか確認した。どの家も真っ暗だったから、わたしは彼女が車を駐めた家へ歩いていった。彼女が泊まっていたのは、なんとリーアムの家だった！自分の幸運が信じられなかったね」

「待って、キャシディはもうそこに泊まっていたの？」

プレストンはにやりと笑った。「リーアムは自分を守るために、彼女に会っていないと嘘をついたんだろう？」

「だから、ロビーはリーアムが犯人だと思いこんだのね。キャシディに会ってたから」

「そのあと、きみのようすを見に行った――いつだってきみはいちばんの優先事項だからね。午前零時過ぎに明かりが消えたきみの部屋が、また明るくなっていたから、無事が確認できた。それから、彼女の車を捨てに行った――手袋をはめて、細心の注意を払ったよ――ロビーとリーアムが仕事に出かけたら、死体をふたりの家に運びこむことにした。白状すれば、死体があんな場所で見つかったときは、わけがわからなかったよ。そのうち、ロビーがリーアムを守ろうとしたのだと気づいた。いやはや、世界を動かすのは愛だね。ロビーがリーアムを守る。わたしがきみを守る――」

「あなたはリーアムがわたしに薬を盛る前に、アイヴィの家の近くにいたよね」

「もちろん、きみを守るためだ。カフェの裏の路地で、リーアムが電話をかけているのを聞いて、なにかたくらんでいるのを知った。だから、きみに警告しようと思ってね」

「わたしに危害をくわえる気がないのなら、すでに警察を呼んだと知っても平気でしょう」テンペストはスマートフォンを掲げた。「警察にすべて聞かせたの。いまこっちへ向かってる」

プレストンは得意げに笑った。「ちょうどよかった。自分で呼ばずにすむ。そろそろ自首しようと思っていたんだよ」

「自首？」

「ほかに選択肢があるか？」踏み分け道を走る足音が近づいてくると、プレストンはほほえんで両手をあげた。

その顔に浮かぶチェシャ猫のような笑みに、テンペストはいやな予感がした。けれど、彼はおとなしく手錠をかけられ、パトカーの後部座席に乗せられた。

一時間後、プレストンが警察署に到着しなかったことがわかった、警察署の前にパトカーが止まったときには、後部座席にはだれもいなかった。

58

プレストンの自白はテンペストがこっそり９１１に通報していたので録音され、ロビーとアイザックは釈放された。プレストンには逮捕状が出たが、テンペストは彼が捕まるとは思っていなかった。なにしろ何年ものあいだ正体を隠してきた男だ。

翌日の午後、テンペストのスマートフォンに知らない番号から電話がかかってきた。

「テンペストか？」

「ウィンストン?」マネージャーのウィンストン・カプールが電話をかけてきたということは、よくない知らせかもしれない。

「お嬢さん、きみの声が聞きたかったよ」

「無理しなくていいよ、ウィンストン。どんな訴訟か、さっさと話して」

「訴訟?」

「訴えられたから電話をかけてきたんじゃないの?」

「まさか、違うよ。いい知らせだ。アイザックが釈放されてまっすぐおれを尋ねてきた。キャシディがきみのショーを妨害するのを助けたと告白したよ。おれには最初からわかってたんだ、あの娘はトラブルのもとだって。いつここに戻ってこられるか?」

「ここって?」

ウィンストンは三秒間、沈黙した。テンペストは、デスクの隣の鏡に映った自分を眺めながらお気に入りのネクタイを直している彼を思い浮かべた。「ヴェガスだよ。きみのショー。ほかにどこがあるか?」

「ショーはなくなった。住むところもなくなった。訴訟を四つ起こされなかったのはたまたま運がよかっただけだって言ったのはあなたでしょ」

「テンペスト、あいかわらず大げさだなあ。でも、だからこそきみのショーはいつも大成功なんだろうな。また成功させるぞ」

「いったいなんの話?」

「プロデューサーの連中が早くきみを呼び戻せとうるさいんだ。あの事故の補償をほしがるやつらにはキャシディの財産を求めて訴訟を起こさせればいい。ただ、きみやスポンサーを訴えることはできない。みんなきみに帰ってきてもらいたがってる」

まさに望みどおりの展開だ。ふたたびあのハードワークに戻ることができる。人々を驚かせ、よろこびを感じることができる。けれど、語りたいことは語り尽くしてしまった。自分が成し遂げたことには愛着があるが、いまこそ一年前にすべきだった決断をしなければならない。

「みんなにわたしがノーと言ったと伝えて。わたしは引退するの」

沈黙。今度は十秒間つづいた。「失礼、電波が途切れたのかな。いま、きみが辞めると言ったように聞こえたんだが」ウィンストンはひきつった笑い声をあげた。「もちろん、きみがそんなことを言うはずがないよな」

「わたしはいつも、みんなにマジックと驚きのひとときを提供したいと思ってた」

「それでこそきみだよ。やっぱり――」

「それは、このヒドゥン・クリークにいてもできることなの。やっとそれがわかったんだ」

ウィンストンは咳払いをした。「それはかの有名なテンペスト・ラージ流のジョークかな――」

「ジョークじゃないよ。カリサかケイラにオファーを出してみて。承諾してくれるかどうかわからないけど、ふたりともすばらしいマジシャンだもの」

この一週間のできごとを通して、テンペストはあんなにヴェガスへ帰りたいと思っていたはずだったのに、ほんとうはそうではなかったことに気づいた。プロデューサーに新しいものを求められて三年目のショーをはじめたものの、妨害された夜のショーはテンペストによろこびも名声ももたらしてはくれなかった。ヒドゥン・クリークの家族と友人たちを愛している。この町にいても〈秘密の階段建築社〉の新たなマジックの作り手として、不思議な驚きを人々にもたらすことができる。母親がしていたのと似たような役割だが、自分だけの方法を編み出せばいい。創作と目くらましのスキルを駆使して、家業を軌道に乗せたい。

ニコデマスもエジンバラの劇場からのオファーを転送してきた。テンペストはそれも丁重に辞退した。

「頼むよ、あと一度だけお別れ公演をやってくれ」ウィンストンは懇願した。「これ以上なにを言っても無駄なら、せめて初日に成功させるはずだったあのショーを一晩だけやって、記録を塗り替えようじゃないか。ファンを納得させるんだ。映像化も検討する。いくつか心当たりを当たってみるよ」

テンペストは最後のショーをやることに同意して電話を切り、秘密の塔の窓から〈フィドル弾きの阿房宮〉の周囲の丘を眺めた。ここが故郷だ。

59

木漏れ日が〈フィドル弾きの阿房宮〉のツリーハウスのデッキにいるテンペストの左腕に降り注いだ。愛用の銀のブレスレットが以前のように手首にはまっているが、チャームがひとつだけなくなっていた。

リーアムは、ルビーを取り出そうとして四個の大きめのチャームを削り、ルビーが見つからないので『テンペスト』の本のチャームをハンマーでたたきつぶしていた。アッシュのローロデックスのなかに腕のいい宝石商の名刺があったので、傷ついた三個のチャームはすぐに修復できた。いま、写真をもとに新しい本のチャームを作成しているところだ。

テンペストは、チャームを組み合わせた鍵を人差し指と親指でつまんだ。これはアイヴィがプラスチックの偽物から鋳造した、より強度の高いものだ。合う錠前がどこにあるのかわかりさえすれば、この鍵が使える。その場所を見つければいいだけなのに。

「ジャケット・ポテトだ」アッシュが白インゲン豆のカシミール風チリ煮込みとギーでソテーしたきのこを詰め、こんがりと焼いたじゃが芋を持ってきた。ジャケット・ポテトは、イギリスではフィッシュ・アンド・チップスと同じくらいおなじみの料理だ。シンプルでボリュームたっぷりで、簡単にアレンジでき、寒い日に体を温めて栄養をとることができる。アッシュのレシピでは、塩とオイルをまぶした皮がカリカリになるまでじっくりと焼き、フィリングもバリエーションに富んでいた。今日はファーマーズマーケットでエリンギを見つけたので、チリペッパーを効かせて煮こんだ白インゲン豆と合わせた。

その日はさわやかな風が丘の中腹を吹き抜け、テンペストの髪をそよがせた。テンペストは髪をポニーテールにして、モーと一緒にダイニングデッキのテーブルについた。

「お昼だぞ！」アッシュが木の枝の手すり越しに声をかけた。

　デッキの下から子どもたちの笑い声が聞こえてきた。ジャスティンとナタリーはアブラカダブラと遊び、ダリアとヴァネッサとキャルヴィンが芝生の椅子からそれを見守っていた。ダリアとキャルヴィンはジャガリー・コーヒーのマグカップを持っているが、ヴァネッサは子どもたち用のホームメイドのリンゴジュースを飲んでいる。

「わかったぞ！」ジャスティンが大声をあげた。ナタリーと一緒に先頭を切ってツリーハウスの階段をのぼり、ダイニングデッキに出た。「モラグさん」ジャスティンはモーの隣でにんまりと笑った。「なぞなぞが解けたよ。ぼくの名前はジャスティン・ナイト（knight）でしょ。モラグさんのなぞなぞに出てきたのは、ある晩（one night）じゃなくて、ひとりの騎士（one knight）だ——鉄の鎧を着た人。だから、ひとりの騎士とひとりの鍛冶屋とひとりのパン屋とひとりの蠟燭（ろうそく）職人が端を渡ったら、全部で四人だ。四人より多かったら妖精が連れていっちゃう。これって、言葉の綴（つづ）り方のなぞなぞなんだ。そうでしょ？」

　モーは目を輝かせた。「賢い子ねえ」

　みんながテーブルを囲み、アッシュが残りの料理を運んでくるあいだ、テンペストはそこにいるすばらしい家族や友人たちを眺めていた。ジャスティンの言葉に、なにかが引っかかった。言葉の綴り方のなぞなぞ……。テンペストは頭のなかで繰り返した。

　十二人全員がテーブルを囲むスペースはなかった。テーブルを挟んだ二台のベンチに四人ずつ座り、テンペストとダリウスは両端に置いたスツールに座った。モーが作業台を運んできて、子どもたちのテーブルにした。テンペストは、子どもたちのそばに置いた小さなボウルにアブラカダブラの餌を入れたものの、彼の機嫌を取る必要はなかった。アブラカダブラは子どもたちの注目を浴びて食べもののことなど忘れているようだった。

「お義母さん、ホットソースをまわしてくれるかな?」ダリウスが尋ねた。モーはガラス瓶をアイヴィに渡し、アイヴィはギディオンに渡し、ギディオンはテーブルの端に置いた。彼はむかいに座っているサンジャイを、どうしてこいつのむかいに座るはめになったんだろうと言わんばかりに見ていた。

「ジャスティンはひとつ目のなぞなぞを解いたわ」ナタリーが言った。「もうひとつ出してくれますか?」

「もちろん」モーは湯気のあがるポテトにフォークを突き立てた。「デザートまでに、いい問題を思い出せるかしら」

大人にはシャンパン、子どもたちにはアップルサイダーが振る舞われ、みんなに料理が行き渡ったことに満足したアッシュが、妻とテンペストのあいだの空席に腰をおろした。

「乾杯」アッシュはグラスを掲げた。「賢い孫娘に。おまえがたくさんのパズルを解いたから、あの気の毒な娘に正義がもたらされたんだ」

「全部じゃないけど」テンペストは言った。言葉の綴り方のなぞなぞ……。もう一度、頭のなかで繰り返す。とたんに、はじかれたように立ちあがり、階段を駆けおりた。

「どこへ行くんだ？」背後でダリウスの声がした。

テンペストは一度も立ち止まらずに〈秘密の砦〉にたどり着いた。下手くそな文字が書かれた札に手をのばしたとき、アイヴィが隣に現れた。「まさか、わざと下手に書いたなんて思いもしなかった」

「〝T〟の文字が少し傾いてるってこと？」

「〈秘密(Secret)の砦(Fort)〉……」テンペストは、彫りこまれた文字をコツコツと叩いた。「これは〈秘密の砦〉じゃなかったんだ——〈Tに贈る秘密(Secret For T)〉だったのよ」

「テンペストに贈る秘密」アイヴィはささやいた。

「ここだったんだ」テンペストは未完の塔のなかに入り、中央でくるりとまわった。灯台によく似た塔の中央で。「この鍵の鍵穴はここにある。わたしへの遺産はここにあるのよ」

「敷地のなかは隅々まで探したんでしょ？」

「探したけど、鍵がはまりそうな隙間はいくらでもある」テンペストは外に飛び出した。

「どこへ行くの？」

「モーおばあちゃんのアトリエ。おばあちゃんが描いていない鍵が描かれた絵があるの」

テンペストは、傾いたイーゼルに置かれた絵を見つけた。水彩画の夜空を背景に、灯台が藍色の波に光を投げている。テンペストは身を乗り出した。「母が描き足した鍵はチャームの鍵に似てない。塔のステンドグラスの窓から差しこむ光の形に似てる」

「その光は窓からどこに差しこむの？」

「確かめに行こう」

鍵の形のステンドグラス越しに、光は反対側の壁を照らしていた。

「だめだ」アイヴィが言った。「時間帯によって光の照らす場所が変わるし、ドアもないよ」

テンペストは片眉をあげてみせた。「まず、この石積みの壁は海じゃないんだから。壁全体を調べればすむことよ。たしかにこの壁はドアには見えないけど、あなたは何年も〈秘密の階段建築社〉で仕事をしてきたんでしょ。なんでもうまく隠せるのを知ってるはずよ」

アイヴィはかぶりを振った。「そういう問題じゃない。壁のこの部分は丘の斜面にはめこまれてる。つまり、壁のむこうはどこにも通じてないんだよ」

「もしも……」テンペストは目を閉じ、冷たい石を指でなぞった。石はなめらかだ――ただし、凹凸（おうとつ）がまったくないわけではない。テンペストは目をあけ、指が止まった場所を見た。目立たないが、鍵の形が刻まれている。チャームで作った鍵を取り出し、石の隙間に差しこんだ。ヤヌスの顔をしたピエロと山高帽だけを残して鍵が差しこまれたところで、テンペストは息を詰めて鍵をひねった。

カチッ。

なにも起きなかった。

アイヴィは顔をしかめた。「拍子抜けだよ」

「でも、わたしが鍵なら……」テンペストは精一杯の力をこめ、鍵の周囲の石を押した。一メートル四方の壁が、斜面のなかへめりこんだ。

アイヴィは息を呑んだ。「洞穴だ」

「一緒に来る?」テンペストはすでに小さな入口に半分体を入れていた。

「やめといたほうが――」

「奥に光が見える」テンペストはスマートフォンのライトを消して後ろポケットにしまった。ライトの反射ではなかった。前方の暗闇に明かりがともっている。エマが明かりを設置したのだろうか?

「ほんとにわからなくなってきた」

「アイヴィ、来て」しゃがんで一メートル半ほど進むと、天井の高い洞窟に出た。テンペストは立ちあがってのびをした。洞窟は広々としている。土と苔の香りのする空気を深々と吸いこむ。新鮮な空気がどこかから入ってきているらしい。

「あんたのお母さんはいったいどうやってだれにも知られずにこんなものを造れたんだろう?」アイヴィが隣に来た。

「母が造ったんじゃないと思う」

「あんたのお父さんが知ってたら教えてくれたはず――」

「知らないはず。あの夏、母さんは足首を捻挫してずっと家にこもってた。父さんはよその町の現場に出かけてたから、母さんはそのあいだ塔をひとりで造ってた。秘密のドアの作り方は知ってただろうけど、あの短期間に、丘の斜面にこんな洞窟を掘るなんて絶対に無理」

「じゃあ、ここはなんなの？」

「目を閉じて」テンペストは自分も目をつぶった。「耳を澄まして」

「水の音。川だ」

「町の名前のもとになった地下の川だよ。百年以上前の大地震で地盤が動いて、川の大部分が地下にもぐってしまって、この洞窟ができた」

「でも、それじゃ光の説明がつかない」

「たしかに」さらに奥へ進むにつれて、光はますます明るくなった。それでもあたりは薄暗いが、歩いているうちに目が慣れてきた。木の根につまずいたテンペストは、ふたたびスマートフォンのライトをつけた。

五分後、ライトが宝の山を照らし出した。いや、宝の山ではない。コインだ。ペニー硬貨の山。ここは願掛けの井戸の真下なのだ。井戸とは名ばかりの、地面にあいた穴をこれ以上広げないために造られた構造物だった。

ふたりは規則的なせせらぎの音を聞きながら、来た道を戻った。

「どうしてここまで秘密を重ねてここに来る鍵を作ったんだろう？」テンペストは疑問を口にした。ライトがその答えを教えてくれた。来たときは前進することに集中していたせいで、見落としていた。洞窟の入口から一メートル半ほど内側にある黒いスチーマー・トランクを。

テンペストはトランクの前にひざまずいた。〈密室図書館〉で偽造した心臓の鼓動よりも大きく胸が高鳴っていた。トランクの南京錠を握った。

「この鍵は大きすぎて入らない。でもこっちなら」ブレスレットのチャームのなかでひとつだけ余ったのが、小さな鍵のチャームだ。テンペストは留め金をはずし、鍵のチャームを南京錠に差しこんだ。

ぴったりはまった。

トランクの蓋がきしみながらあいた。なかには防水加工をほどこした箱が二個入っていた。片方の箱には〝エマの日記〟というラベル、もう片方には〝テンペストのためのビデオ〟というラベルが貼ってある。その上に、テンペストに宛てた封筒がのっていた。

あなたがこの手紙を読んでいるということは、ウィスパリング・クリーク劇場で計画がうまくいかなかったわけね。でも、あなたはどんなときもどんな鍵でもあけられる人だから、きっとこれも見つけてくれると思っていたわ。

わたしの不思議な物語を綴った日記をあなたに遺すから、好きなだけいくらでも、ほんの少しでも読んでみて。エルスペスとわたしが練習しているビデオもあげる。

この手紙があなたの手元に届くのは、なにか悪いことが起きたということだけれど、ラージ家の呪いなんてものはないの。あなたのおじいちゃんが想像しているようなことじゃない。わたしになにかあったとしても、調べたりしないで。あなたにはあなたの人生があるんだもの。すばらしい人生が。

かわいいテンペスト、なによりもあなたを愛してる。

過去ではなく未来を見て。呪いなんかないんだから、あなたはどんなマジシャンにもなれる。マジシャンじゃなくても、あなたの好きなものになれるのよ。

60

テンペストは家族を洞窟に案内したが、手紙と日記は見せなかった。母が遺してくれた情報をどうするかまだ決めていなかったが、時間はたっぷりある——それに、どんな未来が待っているにせよ、頼りになる家族がいる。

翌日、アイヴィから工房で会いたいとメッセージが届いた。「あたし、言っちゃった!」ピンクのダウンベストのファスナーをあげ、顔の下半分を隠した。

テンペストは、この数年間何度もなつかしんだおなじみのしぐさに顔をほころばせた。「わたしたちの友情はまだおたがいの心を読めるまでには発展してないみたいね」

アイヴィはファスナーを少しおろして口を覗かせた。「ダリウスに〈密室図書館〉でアルバイトをしていて、将来は図書館学の修士号を取りたいって言っちゃったの」得意げに頰をゆるめた。「その前に、取り残した二単位を取って学士号を取らなくちゃ。あんたの言ったとおりだよ。ダリウスは、あたしがほんとうにやりたいことを見つけたってすごくよろこんでくれた」

アッシュはその夜、祝いのしるしに名高いラジャルー・ポテトカレーを作った。大皿に盛ったサフランライスには、クミンシードで〝おめでとう、アイヴィ！〟と書いてあった。二日連続でおなかいっぱい食べたテンペストは、その夜ほほえみながら眠りについた。気分よく眠れたのはいつ以来だろうか。

テンペストは毎朝、夜明け前に目を覚ました。新しい仕事のためだ。〈秘密の階段建築社〉に残ったフルタイムの作業員はダリウスひとりだけで、アイヴィとギディオンはパートタイムで働いている。人手が足りないときには、インディゴ・ビショップをはじめ、手伝いに来てくれる人もいる。責任を負っている社員の給料を稼ぐために無理をしなくてもよくなったダリウスは、家業をどう展開するかテンペストと考えるようになった。テンペストは、マジシャンと創作のスキルを家業の再建に役立てることができるのがうれしかった。

けれど、目覚ましよりも早く目が覚めるのは、胸騒ぎがするからだ。暗い海の夢を見ては、手の届かないところで泳いでいるセルキーたちを見かけ、恐怖と入り混じった興奮を味わった。いまのところはまだ、過去へ戻って母が遺してくれた箱の中身を検める勇気はなかった。とはいえ、目下の問題として毎朝いちばんにプレストンのニュースが報道されないかチェックした。プレストン、いや、本名がなにかわからないが、彼が自分を守るために人を殺したことが、いまだに怖かった。逮捕された日以来、彼は姿を見せていない。

テンペストはロビーを訪ねた。彼はキャシディ・スパロウの遺体を隠した容疑で判決を待っている。まだ彼を許す気にはなれないが、なぜ彼がすべてを捨てるようなことをしたのか、思い当たることがあった。

「リーアムはほんとうの弟じゃないんでしょう?」

ロビーは答えなかった。

「あなたの息子ね」

「どうしてわかったんだ?」

「リーアムが生まれたとき、あなたは十七歳だった。お父さんはその何年も前にいなくなっていたけれど、リーアムは異父弟として育てられた。あなたはお父さんのように、彼のそばにいなかったことに罪の意識を感じて、彼のために自分の人生を投げうったのね」

「あいつは知らないんだ、テンペスト」

「わたしは黙ってる。あなたが話す気持ちになるまではね」

テンペストはラスヴェガスへ行き、最後のショーの準備をした。そのあいだ、ジャスティンがアブラカダブラの世話をしてくれた。ヒドゥン・クリークへ帰ってきたテンペストは、〈秘密の砦〉へ行き、鍵の形のステンドグラスから差しこむオレンジ色の光のなかにたたずんだ。そのあと、折りたたみ式のテーブルとスツールを四脚、アブラカダブラのケージの隣へ運んできて、用意しておいた設計図をギディオンと一緒に眺めた。

「ほんとうにやるのか?」ギディオンが尋ねた。

アブラカダブラはギディオンの靴に鼻をこすりつけたが、嚙(か)みつきはしなかった。

「アブラカダブラ・ラビット殿下がやれとおおせだもの」テンペストはアブラカダブラを抱き

あげ、ケージに戻した。「この顔にノーとは言えないよ」

「新しい家を建てるのは、一から建てるのさえ難しいよ。少なくともきみが考えてる倍以上の労力と時間と費用がかかる。もっとかもしれない。だってこの場合は洞窟に隣接する丘の斜面を補強しなくちゃいけないし」

「マネージャーがラスヴェガスで最後のショーを企画してくれたから、資金はじゅうぶんあるよ」

「考えなくちゃいけないのはお金のことだけじゃない」

「わかってる。母がこの〈秘密の砦〉を造りはじめたのは、ここが敷地のなかでいちばんプライバシーを守れる場所だから。たまたま石材加工が得意な人を知ってて、わたしはラッキーだよね」

「その人がおれの思ってるやつなら、そいつはよろこんで手伝うだろうな」

「ほんとうに時間はあるの？　〈秘密の階段建築社〉で働きながら、建築の学校を受験するんでしょ？」

「その話をしようと思ってたんだ。きみがヴェガスへ行ってるあいだに、両親をうちの工房に招いた。ふたりがこっちへ来たのははじめてだ。いつもはおれのほうがあっちに行ってたからな」

「それで？」

「わかってくれたわけじゃないが、おれが石の彫刻家になると決めたことをようやく受け入れてくれた。おれは以前、石工の仕事ではしごから落ちたせいで高いところが苦手になったんだが、そのことは両親に黙ってた。だけど、おれが隠しごとをしているのは気づいていたようだ。今度はそうならないように、支えてくれることにしたみたいだ。去年、ほんとうにひどい転落事故を起こしたんだけど、回復するうちに怖くなくなった。むしろ、やりたいことをやるべきだと思うようになった。おれは石の彫刻家になりたい。作品が売れるようになるまでは、きみのお父さんの会社でアルバイトをして家賃を払う。それから、おばあさんが地元の美術界の人たちを紹介してくれるそうだ。でもその話はまた別の日にしよう」彼は設計図に目を戻した。テンペストの次のステップは建築家を探すことだが、さしあたっては自分の家の設計図を完成させなければならない――自分の物語の青写真を。

「石の加工が得意なやつの話だけど」ギディオンが言った。「そいつをだました一見不可能なことに見えるマジックの種明かしをしてくれる人としか仕事をしないそうだ」

「その職人は観察眼が鋭いから、もう答えを知ってるような気がするの。あとは知っていることに気づくだけ」テンペストは設計図を丸めてポスターを入れる筒にしまった。

「まずは、消えたふたりはきみの知り合いで、トリックを手伝ってるのかなと考えた。でも、それはありえない。ふたりはおれが到着する前からあそこにいた。おれたちの席を選んだのはおれ自身だし、きみにマジックをやってくれと頼んだのもおれだ。どちらもきみに指図されたわけじゃない」

「そうかな?」

「きみはおれに座る席を指示しなかったし、マジックをやろうと言いだしたわけでもない」

「わたしの悪魔のささやきに気づかなかったんじゃない？」

ギディオンはうめいた。「あのとき、指でくるくるまわしていたコインか」

「暗示の力ってやつね」

「きみは、おれがマジックをやってくれと頼むように仕向けた。あのカップルは、きみの協力者だったのか」

「近所のカフェであの美大生ふたりを見つけて、夕食をおごるからイリュージョンを手伝ってって持ちかけたの。もし失敗してもごちそうするって保証した。席についてては、カードマジックでよく応用される〝フォース〟という技術を使ったの。カードを選んだ観客はみずからの意志でそのカードを選んだと思ってるけど、マジシャンの思いどおりに選ばせるために、観客に影響を与える方法はたくさんあるのよ」

「席はどうやって選ばせたんだ？」

「あなたは自分でテーブルを選んだつもりでも、わたしはあなたがあそこを選ぶように条件を設定したの」

「きみはまだそのとき店に来ていなかったじゃないか」

「あなたは石工よ。がたつくテーブルは選ばない。〈ヴェジー・マジック〉のテーブルはがたつくものばかりなの。もう何十年も使ってるからね。それがあの店の魅力でもあるんだけど。だから、お店の人は脚の下にくさびをかませて、がたつかないようにしてるの。わたしは早めに来てそれを抜いただけ。マジシャンと知り合った人はたいていマジックをやってくれってねだるのよね。あなたはまだだったけど、わたしは時間の問題だと思ってた。とはいえ、確信はなかったから、美大生に食事をごちそうしてあげる気になった。あのふたりにはテーブルをひっくり返してすばやく消えてもらった。わたしはコインをくるくるまわして、手先の器用さをさりげなく示した。もしあなたがわたしにマジックをやってほしいと思っていたら、あのしぐさを見て、いまがそのタイミングだと思うはず。あなたが暗示に負けてわたしにマジックをねだったら、わたしは美大生たちに合図を送る。果たして、あなたがねだったから、わたしはハンカチを大きく振って美大生に合図したの」

テンペストは宙から赤いハンカチを取り出し、ギディオンの顔の前で振った。ハンカチをおろした瞬間、ギディオンはみずからマジックをやってのけた。テンペストの左手を取り、手首を自分の唇に近づけた。そしてこのうえなく優しく、手首の内側の稲妻のチャームがかかった場所にキスをした。その古風なしぐさとささやかな触れ方が、テンペストに稲妻のような電撃を与えた。

ギディオンはテンペストの視線を受け止め、手首をそっとなでて手を離した。「さて、仕事に取りかかろうか」

そのときドアのない入口の外から物音がしていなかったら、つづきはどうなっていただろうか。

「ぼくたち抜きではじめたの？」サンジャイが〈秘密の砦〉に入ってきた。その少し後ろにアイヴィがいる。

「やることがたくさんあるのよ」テンペストは言った。「そろそろわたしも人生のつづきをはじめなくちゃ」

「行く先々で爪痕を残す人物の言葉とは思えないな」とサンジャイ。

「わたしも大人になったのかもね」テンペストは友人たちにほほえんだ。

サンジャイは山高帽を宙に放った。帽子がアブラカダブラのケージの城壁に着地したと同時に、サンジャイは一歩前に出て、テンペストを腕のなかでくるりとまわした。「おかえり、テンペスト」

レシピ

カルダモン風味のショートブレッド・クッキー

テンペストお気に入りのクッキー。このレシピは、インドのナンカタイというクッキーとスコットランドのショートブレッドを組み合わせたものです（以下1カップはアメリカ基準）。

［材料］

Ⓐ

・中力粉　1と½カップ（ふるっておく）
・ひよこ豆パウダー　½カップ（ふるっておく）
・カルダモンパウダー　小さじ½
・ベーキングパウダー　小さじ1
・塩　小さじ¼

Ⓑ
・溶かしたココナッツオイル　½カップ
・お好みのミルク　¼カップ（オーツミルクやアーモンドミルクも可）
・粉砂糖　½カップ

［作り方］
オーブンを350°Fに予熱し、天板にオーブンシートを敷く。2個のボウルを用意し、1個にⒶを入れて粉類をよく混ぜ合わせ、もう一個にⒷを入れて砂糖を溶かしておく。ⒶをⒷのボウルにくわえ、さっくりと混ぜ合わせる。できた生地を1口大に丸め、中央を押さえて平らにする。だいたい大さじ½ずつで丸めると、ひと口サイズのクッキーが40枚ほどできる。オーブンで15分焼く。

［バリエーション］
クッキーの中央にジャムやナッツのバター、刻んだナッツなどをのせてもよい。ジジの簡単でおいしい自家製ジャムのレシピについては、ウェブサイト www.gigipandian.com/recipes を参照してください。

◎

アッシュおじいちゃんのラージャルー・ポテト

酢をほんのり効かせてローストしたポテト、クミンでキャラメリゼした玉葱、スパイシーなヴィンダルーのソースという、3種類の東洋と西洋の味が組み合わさった料理。それぞれを単品で作ってもよいし、テンペストの祖父がツリーハウスのキッチンで作るように全部組み合わせてもおいしい。

酢はスコットランド料理では広く使われていますが、伝統的なインド料理では使われていませんでした。ヴィンダルー発祥の地であるゴアにポルトガル人が酢を持ちこむまでは、南インドではライム、レモン、グリーンマンゴーを使って酸味を効かせていました。

○リンゴ酢風味のロースト・ポテト

[材料]

・じゃが芋　1ポンド（½インチ角に切っておく）

・リンゴ酢　½カップ

・塩　大さじ1
・オリーブオイル　大さじ1

［作り方］

オーブンを425°Fに予熱し、天板にオーブンシートを敷く。じゃが芋は親指くらいの大きさに切る。鍋に水4カップ（分量外）、リンゴ酢、塩を入れて沸騰させ、切ったジャガイモをくわえて10分間ほどゆでる。ゆであがったらザルにあげて水気を切り、5分間ほど冷ます。オリーブオイルをオーブンシートに塗り、じゃが芋を重ならないように置く。425°Fのオーブンで45分、こんがりと焦げ目がつくまで焼く。

じゃが芋を焼く前に酢で下ゆでにすると、イギリス風に酢をまぶして食べるフライドポテトに似た風味になります。

○ヴィンダルー・ソース

ヴィンダルーと呼ばれる料理はたくさんありますが、それらに共通しているのはスパイスです（意外にも酢とは限らないんです！）。ここでご紹介するソースは辛めですが、唐辛子の量を減らせば、辛さ控えめでも風味豊かに仕上がります。リンゴ酢風味のロースト・ポテトのトッピングにしてもおいしいし、スパイシーなソースはどんな料理にも合います。パンに挟んでサンドイッチにしてもいいですね。

[材料]

・鷹の爪　5本（辛いのが苦手な方は2本に減らしてください）
・ニンニク　大さじ2
・ショウガ　大さじ2
・粗みじんに刻んだエシャロット　¼カップ
・オリーブオイル　¼カップ
・リンゴ酢　大さじ2
・パプリカパウダー　小さじ1
・クミンパウダー　小さじ1
・ジャガリー*または黒砂糖　小さじ1
・シナモンパウダー　小さじ¼
・塩　小さじ¼
・黒胡椒　小さじ¼

[作り方]

鷹の爪を10分間ほど湯に浸し、ひらいて種を取り除く。すべての材料をミキサーにかけ、とろりとしたペースト状になるまで混ぜる。酢で炒めたジャガイモにつけて食べる。
＊ジャガリーはインドで広く使われているヤシ糖で、オンラインショップやアジアの食品を扱うマーケットなどで手に入ります。ほかの砂糖にくらべて精製されておらず、糖蜜が含まれています。

◎

玉葱のクミン・キャラメリゼ

［材料］
・オリーブオイル　大さじ1
・クミンシード　小さじ2
・玉葱　大1個（薄切りにしておく）

［作り方］
厚手の鍋でオリーブオイルを弱めの中火で熱し、クミンシードをくわえる。1分ほどしてクミンシードがパチパチと音を立てて香りを放ちはじめたら、薄切りにした玉葱をくわえる。と

きどきかき混ぜながら、弱めの中火で1時間近くじっくり煮こむ。長時間煮こむことで、玉葱から糖分が出てキャラメル状になり、甘く香ばしいトッピングになる。リンゴ酢風味のロースト・ポテトが焼けるタイミングでこの料理を完成させるとよいでしょう。ロースト・ポテトにのせると、ますますおいしくなります。

注：クミンパウダーでは代用できません。クミンシードがない場合は、ブラウンマスタードシードで代用できますが、どちらも入れなくても大丈夫です——スパイスがなくてもキャラメリゼした玉葱はじゅうぶんにおいしいものです。

［バリエーション］

時間がない場合は？　オリーブオイルを熱し、中火で10分ほどカリカリに揚げ焼きにします。甘さは控えめになりますが、おいしく仕上がります。

もっとレシピを知りたい？　ジジの月刊ニュースレター　www.gigipandian.com/subscribe に登録すると、電子ブックのレシピ集をさしあげます。

謝辞

いまテンペストが存在しているのは、わたしの素敵な両親、スーザン・パーマンとジェイコブ・パンディアンのおかげです。ふたりは多様な文化が混在する家庭でわたしを育て、アメリカ合衆国各地やヨーロッパやインドへ連れていってくれました。当時のわたしは幼かったのでその価値をよくわかっていませんでしたが、それでも自分が世界市民であることは理解していました（とくに食べることに関しては世界市民です！）。そしてジェイムズ、あなたはわたしの無謀とも言える夢をはじめから応援してくれましたね。あなたとともにいるかぎり、人生は驚きに満ちた冒険でありつづけるでしょう。

わたしはテンペストの物語を数年前にスコットランドのエジンバラで書きはじめました。そのまえにカリフォルニア州北部で丸一年をかけて癌の治療を受けたのですが、寛解したらエジンバラで作家仲間と執筆合宿をして思うぞんぶん書きまくろうと自分に誓ったのです。その誓いどおり、わたしは古城を望む広いフラットを借り、数人の仲間とそこにこもって作品を書きました。ミスティ・ベリー、レイチェル・ヘロン、リサ・ヒューイ、エンバリー・ネズビット、あなたたちがいてくれたからこそ、あの合宿はわたしが思い描いていたとおりに刺激的なものになりました。

原稿を最初に読んでくれたナンシー・アダムズ、S・A・コスビー、ジェフリー・マークス、エンバリー・ネズビット、スーザン・パーマン、ブライアン・セルフォン、ダイアン・ヴァレアにも感謝します。ほかにもたくさんの方々がブレインストーミングやファクトチェックや深夜のクラシック・ミステリ談義につきあってくれ、最後のパズルピースをはめようとしているわたしを励ましてくれました。レスリー・ベイコン、ジェフ・バー、ダイアナ・バー、アドリーン・ベル、ジュリエット・ブラックウェル、スティーヴン・ビーラー、エレン・バイロン、リン・コディントン、シェリー・ディクスン・カー、アーロン・エルキンズ、テイムリー・エザトン、マーサ・フリン、ケリー・ガレット、ダグ・グリーン、ゴージ・ヘイル、ジェイムズ・リンカーン・ウォレン、ソフィ・リトルフィールド、ローザ・マクロード、リサ・Q・マシューズ、ロイド・ミーカー、シャノン・モンロー、ローリン・オーバーウィガー、ウィノナ・レイエス、カトリーナ・ローロス、ナンシー・ソーダー、スティーヴ・スタインボックにお礼を申しあげます。また、すでにこの世を去りましたが、作品を通してわたしを鼓舞してくれた作家たち、とりわけエリザベス・ピーターズとジョン・ディクスン・カーにも感謝しなければなりません。このふたりの独創性に満ちた小説に影響されて、わたしはミステリ作家になりました。

次の団体のみなさまにも大変お世話になっています。シスターズ・イン・クライム、シスターズ・イン・クライムの北カリフォルニア支部、シスターズ・イン・クライム・グッピーズ、アメリカ探偵作家クラブ、またその北カリフォルニア支部、ショート・ミステリ・フィクション・ソサエティ、クライム・ライターズ・オブ・カラー。ミステリ・コンヴェンションの主催者であるマリス・ドメスティック、バウチャーコン、レフト・コースト・クライム。小さいながらも頼りになるわが町の公共図書館、独立系書店のマーダー・バイ・ザ・ブック（ジョンにマッケナ、ありがとう！）、ブック・パシッジ（シェリル、キャサリン、あなたたちは最高）、ア・グレイト・グッド・プレイス・フォー・ブックス（キャスリーン、あなたはすごい）、ミステリー・ラヴズ・カンパニー、ミステリアス・ギャラクシー、ブック・カーニヴァルをはじめ、読者と本の出会いの場となって作家を支援してくださっているすべての書店に感謝を。このような温かいコミュニティに恵まれたのは信じられないほどの幸運だと感じています。

それから、わたしの作品がどこにはまるかわからないうちからわたしと作品を信じてくれたすばらしいエージェントのジル・マーサルと、セント・マーティンズ・ミノトーアの優秀な編集者であり、テンペストの物語をよりおもしろくするために数々の難題をともに乗り越えてくれたマデリン・ハウプトに感謝します。おふたりと仕事ができてうれしい。セント・マーティンズ・ミノトーアのチームのみなさま、とくにサラ・メルニク、ジョゼフ・ブロスナン、デイヴィッド・ロッタインにもお礼を申しあげます。

最後になりましたが、読者のみなさまに心からの感謝を捧げます。本書はわたしの十四作目の長編です。作家になりたてのころから応援してくださった方々にハグを、そしてはじめてわたしの本を手に取ってくださった新しい読者のみなさまに感謝を。わたしは作家である以前に大のミステリ好きでもあります。この仕事が楽しいのは、仲間であるミステリ読者のみなさまのおかげです。ほんとうにありがとうございます！　ご感想をぜひお聞かせください。www.gigipandian.com.でニュースレターの登録をしていただければ、最新情報をお届けします。

訳者あとがき

古い屋敷に隠し部屋、密室の謎、一族に伝わる呪いと幽霊。カルダモン風味のショートブレッド、カシミール風豆の煮込みを詰めたジャケット・ポテト。幼なじみの元親友との再会、家族の秘密。クラシック・ミステリへのオマージュと、インドとスコットランドとカリフォルニアの文化、友情と家族愛にひとさじのロマンス、そしてマジックを混ぜ合わせた、盛りだくさんで楽しい一冊をお届けします。

〝マッシュアップのアメリカ人〟を自任する主人公、テンペスト・ラージは、ラスヴェガスの花形イリュージョニストでしたが、公演中の事故で自身と観客の命を危険にさらしてしまい、ショービジネス界を追われてサンフランシスコ近郊の故郷へ帰ってきました。再起を目指すもなかなかうまくいかず、父親に頼まれて不本意ながら家業を手伝うことに。父親が営む〈秘密の階段建築社〉は、呪文を唱えると入ることのできる隠し部屋や、秘密の花園に通じるドアが隠された柱時計など、愉快な仕掛けのある空間造りに特化した工務店なのですが、初仕事の現場で、テンペストは思いがけない事件に遭遇します。およそ築百年の屋敷の壁から、ラスヴェガスで彼女の替え玉(ステージ・ダブル)を務めていた女性、キャシディの死体が出てきたのです。

自分に瓜二つの死体が、出入口のない、いわば密室である空間に、マジックさながらに封じこめられていた――テンペストは、自身の一族に呪いがかかっているという言い伝えを思い出さずにはいられません。その呪いとは、「一族の長子はマジックに殺される」というもの。現に、テンペストのおばのエルスペスはマジックショーの最中に事故死し、結婚前はマジシャンとして活躍していた母親エマも、エルスペスを追悼する特別公演中に忽然と姿を消して五年がたち、もはや生きてはいないだろうと考えられています。まさか、一族はほんとうに呪われていて、今度は自分が殺されるのか？　それとも？　真相究明に乗り出したテンペストは、ある晩、母親の幽霊を目撃し……。

冒頭に書いたように、本書にはさまざまな要素が詰めこまれていますが、魅力を無理やり三つにまとめるとすれば、まずあげられるのは個性にあふれたキャラクターでしょう。名前のとおりにエネルギッシュなテンペストは言うまでもなく、彼女の脇を固める人々もそれぞれにおもしろいのですが、訳者がとりわけ気に入っているのは、テンペストの幼なじみのアイヴィです。テンペストはキャシディ事件の謎を解くため、アイヴィに助けを求めます。クラシック・ミステリのオタクであるアイヴィのアイドルは、ジョン・ディクスン・カーの生んだ名探偵、ギディオン・フェル博士。博士の密室講義にならったアイヴィ版密室講義には、訳者も勉強させてもらいました。アイヴィとテンペストのクラシック・ミステリ談義には、著者ジジ・パンディアンのミステリというジャンルと先達への敬愛が感じられます。また、テンペストはアイヴィを相手に推理を展開するうちに、不可能犯罪と、自身が生業にしていたイリュージョンとのあいだに、ひとつの共通点を見出します。その共通点がなにかは、ぜひ本編でお確かめください。それから、つねに人々のおなかを満たすことを考えているテンペストの祖父、アッシュがこしらえるおいしそうな料理の描写にはこちらのおなかがすいてきますが、彼のレシピが巻末に載っていますので、ぜひお試しを。

第二の魅力は、〈秘密の階段建築社〉の作品の数々の楽しさです。テンペストが子ども時代を過ごした寝室は、秘密の階段をのぼらなければ入れませんし、アッシュとモーの住む家はツリーハウスです。だれもが子どものころ、ちょっと特別な自分だけのスペースに憧れ、夢の部屋をあれこれ空想したのではないでしょうか。だからこそ、〈建築社〉の造るギミック満載の小部屋がありありと目に浮かび、ノスタルジーすらかきたてられます。訳者が「これはほしい」と思ったのは、秘密の読書室。壁一面を占める本棚から決まった本を抜き取ると、本棚の一部が音もなくひらき、そのむこうには座り心地のよいソファのある小部屋が。ソファに身を沈め、だれにもなににも邪魔されず、思うぞんぶん読書に没頭する——本好きの理想の空間ではありませんか。

第三は、もちろん謎解きのおもしろさです。だれが、なぜテンペストのステージ・ダブルを殺したのか、そしてどうやって死体を密室空間に封じこめたのか？　先ほど書いたように、テンペストは不可能犯罪とイリュージョンとのあいだに共通点があると気づき、それをきっかけに、じつにイリュージョニストらしい視点で謎を解いていきます。しかも、アイヴィと推理を進めるのが、これまた〝あったらいいな〟のミステリ専門の図書館！　棚には古今東西のミステリがずらりと並び、オリエント急行の客車のような集会室で読書会もできてしまいます。さらには、自身やラージ家にまつわる謎もテンペストの前に立ちはだかります。すべての謎を解くには、テンペストの母親が遺した〝遺産〟のほんとうの意味を探らなければなりません。テンペストと一緒に、ばらばらだったパズルのピースが少しずつはまっていくのを楽しんでいただければ幸いです。

著者のジジ・パンディアンは、テンペストと同様にミックスルーツの女性です。父親は南インド、母親はニューメキシコ州の出身で、ふたりとも文化人類学者だったため、子どものころは両親の調査旅行でいろいろな国へ連れていかれたそうです。旅先でひまつぶしにミステリを書きはじめた彼女は、大学院生だった二〇一二年、世界中を旅するインド系アメリカ人、ジャヤ・ジョーンズを主人公にした〈Jaya Jones Treasure Hunt Mystery〉シリーズの第一作となる *Artifact* でミステリ作家としてデビューしました。このシリーズはほかに長編が五冊、中短編集が一冊あり、本書に出てくるザ・ヒンディー・フーディーニことサンジャイは、長編第五作の *The Ninja's Illusion* でジャヤとともに京都を旅しています。どうやらパンディアンは日本に興味があり、とくに新本格ミステリを愛読しているようです。〝多くの作品が英語に翻訳されていますが、このジャンルを愛するわたしたちはもっともっと読みたがっています。いわゆる黄金時代の密室ミステリにくらべて暴力的な場面が多い点には注意が必要ですが、おもしろさではまったく引けを取らない〟とのこと。

アガサ賞やアンソニー賞などさまざまな賞を受賞し、人気作家として順調にキャリアを積んでいたパンディアンは、三十六歳のときに乳癌と診断されました。つらい治療を受ける一方で、齢(よわい)数百歳の錬金術師、ゾーイ・ファウストを主人公にしたパラノーマル・ミステリ〈The Accidental Alchemist Mystery〉シリーズの執筆を開始。こちらも長編七冊に中編一冊からなる人気シリーズに成長しました。

癌が寛解してから十年がたち、満を持して二〇二二年に発表したのが、〈秘密の階段建築社〉シリーズの第一作である本書です。惜しくも受賞は逃しましたが、レフティ賞にノミネートされました。第二作の *The Raven Thief* で〈秘密の階段建築社〉が造るのは、新本格ミステリをテーマにした読書室です。完成した部屋のお披露目パーティの余興として催された降霊術の会の最中、有名なミステリ作家が殺され、なんとアッシュが犯人ではないかと疑われることに。テンペストは祖父の容疑を晴らすため、ほんとうはなにがあったのか探りはじめます。こちらも創元推理文庫より刊行が予定されていますので、楽しみにお待ちください。

〈秘密の階段建築社〉シリーズ・作品リスト

1　Under Lock & Skeleton Key（2022）本書
2　The Raven Thief（2023）創元推理文庫近刊

3　A Midnight Puzzle（2024）
4　The Library Game（2025）　刊行予定
※ほかに短編 The Christmas Caper（2022）がある。

訳者紹介　大分県生まれ。英米文学翻訳家。早稲田大学第一文学部卒。訳書にスローター『ハンティング』、クカフカ『死刑執行のノート』、リン『ミン・スーが犯した幾千もの罪』、ガルマス『化学の授業をはじめます。』などがある。

検印
廃止

壁から死体？
〈秘密の階段建築社〉の事件簿

2024年7月26日　初版

著　者　ジジ・パンディアン

訳　者　鈴（すず）木（き）美（み）朋（ほ）

発行所　（株）東京創元社
代表者　渋谷健太郎

162-0814／東京都新宿区新小川町1-5
電　話　03・3268・8231-営業部
　　　　03・3268・8204-編集部
URL　http://www.tsogen.co.jp
DTP　フォレスト
晩印刷・本間製本

乱丁・落丁本は，ご面倒ですが小社までご送付ください。送料小社負担にてお取替えいたします。

ISBN978-4-488-29006-1　C0197